KB131181

키시베로한은 쓰러지지 않는다

KISHIBE ROHAN WA TAORENAI −TANPEN SHOUSETSU SHU−
ⓒ 2022 by Ballad Kitaguni
/LUCKY LAND COMMUNICATIONS
First Published in Japan in 2022 by SHUEISHA Inc., Tokyo.
Korean translation rights in Republic of Korea arranged by
SHUEISHA Inc. through Shinwon Agency Co. and Sakai Agency Inc.
Korean edition, for distribution and sale in Republic of Korea only.

이 책의 저작권은 신원 에이전시와 사카이 에이전시를 통해 集英社와 독점
계약한 (주)문학동네에 있습니다. 저작권법에 의하여 한국 내에서 보호를 받
는 저작물이므로 무단 전재와 무단 복제를 금합니다.

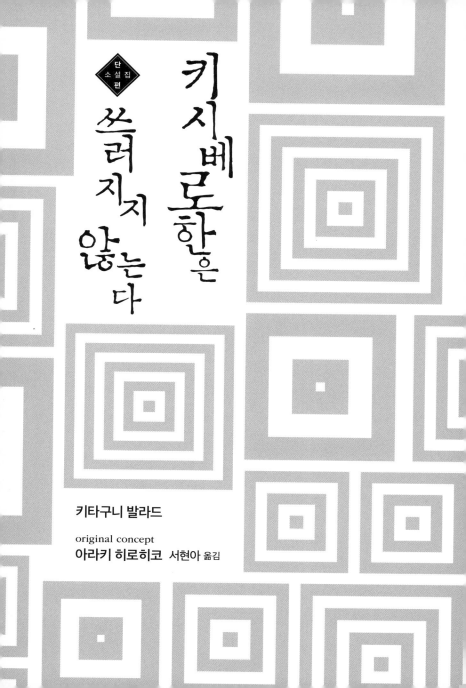

단편
소설집

키시베 로한은
쓰러지지
않는다

키타구니 발라드

original concept
아라키 히로히코 서현아 옮김

일러두기

* 페이지 하단의 주석은 옮긴이와 편집자가 정리한 내용입니다.

C O N T E N T S

황금의 멜로디

인간의 진보에는 〈추구〉가 필요하다.

스포츠, 학문, 예술.

모든 분야에서 타협을 허락하지 않고 궁극을 〈추구〉해온 선인이 있기에 오랜 세월에 걸쳐 문명은 여기까지 발전했다.

이따금 광기라고도 부를 만한 〈추구〉의 역사는 언제나 새로운 발명, 발견이라는 신세계의 문을 열어온 것이다.

그리고 이것 또한 〈추구〉라는 행위 끝에 열린 새로운 문에 대한 이야기다.

먼저, 7년 정도 전의 일이다.

당시 스무 살이던 키시베 로한岸辺露伴과 이사카 쿄메이伊坂恭明가 처음 만난 것은 아직 여름의 더위가 끈덕지게 남은 가을 초입이었다.

서부 무가武家의 혈통을 이어받은 이사카 집안은 대대로 T현의 〈사카모치坂持〉라는 시골 마을을 수호하며 부동산을 관리해온 가문으로… 쿄메이는 그 후예다.

삼형제 중 막내인 쿄메이는 큰 책임은 피하면서도 가문이 가진 힘을 향유할 수 있는 환경에서 자라, 어느 정도의 게으름은 집안에서 눈감아주는 면이 있었다.

취미는 음악 감상.

특히 좋아하는 장르는 〈얼터너티브 록alternative rock*〉.

한번은 도쿄의 음악대학에 다니기도 했지만 인간관계에 트러블이 생겨 2년 만에 중퇴. 애초에 연주 재능은 빈약했기 때문에 음악은 완전히 〈듣기 전공〉이었다.

결국 고향 사카모치로 돌아왔고 우여곡절 끝에 이사카 집안에서 관리하는 건물 중 하나였던 오디오 기기점 〈사카모치 레코드〉에서 일하게 되었다.

"음악과 관련된 일이긴 하지만 아마 아버지나 형이 보기에는… 나는 〈일족의 짐〉이니까, 좌우간 갖고 있는 건물 관리

---

* 1980년대에 기존 록의 구성 방식에서 탈피하고자 생겨난 대안적 성격의 록 음악.

라도 맡겨서 백수는 면하게 하자… 하는 생각이겠지. 뭐, 나야 최대한 꿀이나 빨면 그만이지만…"

그것이 쿄메이의 인식이었다.

본디 수요가 적은 시골의 오디오 기기점.

신진대사가 완만한 고목처럼 나이든 점주 밑에서 근근이 존재하던 그 가게는 운영이 된다고도 망했다고도 하기 어려운 상태로, 쇼와시대* 초기의 재고까지 잠들어 있을 법한 일종의 타임캡슐과도 같은 점포였지만 다행히 재고의 보존 상태는 양호했다.

"이런 물건은 시골에선 살 사람이 없겠지만 도쿄라면 탐닉 마니아가 제법 있을 텐데… 〈부품 구매〉라도…"

그렇게 쿄메이는 아이디어를 떠올렸다.

인터넷 통판을 이용해 판로를 개척하자, 재미있을 정도로 일이 술술 풀렸다. 시골에 존재하지 않았던 오디오 수요가 시대의 테크놀로지에 힘입어 피어난 것이다.

창고에 잠들어 있던 재고들 중 이제는 희귀품이 된 물건을 팔아, 그 수익으로 자기 취향의 최신 제품을 들여놓고 돈을 순환시켜 상품 라인업을 충실히 갖추어갔다.

---

* 昭和, 1926년~1989년 사이를 가리키는 일본의 연호.

이윽고 쿄메이는 "가게 관리는 나한테 맡기고 노후생활이나 편히 보내세요" 하며 늙은 점주를 내보내고 가게를 사유화 하는 데에도 성공했다.

그 결과 사카모치 레코드는 인터넷 통판을 중심으로 오래된 희귀품과 새로운 고성능 제품을 폭넓게 취급하는, 마니아들에게 이름높은 가게가 되었다.

아이디어는 좋았다. 행동력도 있었다. 하지만 그것은 단지 〈운〉에 힘입은 성공으로, 노력이 결여되어 있었다. 남는 물건을 처분하다보니 우연히 판로가 생겼을 뿐이다.

그래도 쿄메이는 일단 평가를 받아 궤도에 오른 사업을 좋은 게 좋다는 태도로 이어갔고, 그럭저럭 돈을 자유로이 쓸 수 있게 되자 경비를 조금 빼돌려 자기 취미에 사용하는 등 불편 없이 살아가고 있었다. 안정은 있지만 변화도 진보도 없는 나날. 그런 생활이 한동안 이어졌다.

그러던 어느 날, 키시베 로한이 사카모치 레코드를 찾아왔다.

가을 해는 짧다지만 아직 석양도 기울지 않았을 무렵.

그때 쿄메이는 이미 가게를 정리하는 중이었는데, '오늘은 일찍 문 닫고 맥주나 마시면서 전직 AV 여배우가 나오는 예능 프로를 봐야지' 생각하며 셔터를 내리려는 순간 로한이 말을 걸었다.

"이상하군… 구글 안내에 따르면 이 시간은 아직 영업중일 텐데?"

저녁해의 역광 때문에 로한의 표정을 쿄메이는 보지 못했지만 그 반대는 잘 보였으리라. 쿄메이는 성가시다는 표정을 감추지도 않은 채 대답했다.

"…아니, 영업시간이긴 하지만 손님도 없어서 그만 닫으려고요."

"그런가… 그럼 손님이 와서 다행이군. 레코드 플레이어가 필요한데. 택배로 M현까지 보내줄 수 있나?"

"…네에."

쿄메이는 '이 지역 사람은 아니네. 여행 오셨나? 그럼 인터넷으로 주문하든가!' 라고 말하고 싶은 걸 간신히 참고, 로한을 마주보며 고압적인 태도로 말을 늘어놓았다.

"그래서… 보자∼ 댁은 그래… 어느 〈메이커〉를 찾으시는데? 카트리지*는 〈MM〉? 〈MC〉? 이퀄라이저**는? 한마디로 플레이어라고 해도 말이지. 올인원으로 적당한 게 필요하면 요도바시 카메라 같은 양판점에서 알아보는 게 나은데. 설마 〈매킨토시***〉 같은 걸 원하시나──?"

---

* 턴테이블에서 바늘의 움직임을 전기 신호로 바꾸는 장치. MM형은 바늘 안쪽에 자석이, MC형은 코일이 들어 있다.
** 음성 신호의 주파수 특성을 보정하여 알맞은 음역을 유지시키는 음향 장치.

일찍 가게 문을 닫는 이유 중 하나는 사람을 싫어하는 쿄메이의 성격 때문이다. 인터넷 주문이라면 몰라도 사람을 상대하는 일에 적합한 성격은 아니었다.

그렇게 타고난 성격과 더불어 쿄메이는 학창시절부터 '나는 뭘 좀 아는 사람인데, 너는 어때?' 하는 〈순수 오디오 덕후〉 특유의 마니악한 어휘나 말투가 몸에 배어 있어서 괴팍한 성품에 박차를 가했다.

그리고 인터넷 주문이 주축인데도 굳이 쿄메이의 가게를 찾아오는 손님이라면 대개 오디오 지식깨나 있다는 마니아들뿐.

"플레이어 침압은 몇 그램이죠?" 라거나 "현대 CD 음질은 정말 레코드를 넘어섰다고 보세요?" 등… 그렇게 사람을 감정하려는 듯 던지는 말을 단숨에 찍어 누르고 "물건도 볼 줄 모르는 얼치기는 다른 데 가봐!" 라고 내치는 것이 쿄메이가 사는 낙이었다.

물론 그건 매상으로 이어지진 않지만… 점장이 불친절하다고 인터넷에 악평이 늘어난들 주문에는 썩 영향이 없었다. 주 수요층은 인터넷 고객이며 얼굴을 보고 물건을 사지는 않으니까.

***

*** 미국의 하이엔드 오디오 브랜드.

그래서 그날도 쿄메이는 그렇게 대응할 작정이었다. 지식 자랑에 상대가 어쭙잖게 말려들면 '나는 프로올시다' 하며 지식과 지위로 공격해서 쫓아낼 심산이었던 것이다.

그런데 로한의 반응은 쿄메이의 상상과 전혀 달랐다.

"그게 당신 일인가?"

"…네에?"

"마니악한 전문 지식을 늘어놓는 것이 자네가 하는 일인가? 하고… 묻고 있잖아."

로한은 지식 자랑이라는 쿄메이의 링에 오르지 않았다.

당당한 태도로 〈손님〉으로서 그 자리에 서 있었다.

"매장 입구에서 들여다보기만 해도 품목은 매우 잘 갖춰 뒀더군. 플레이어, 포노 이퀄라이저, 케이블, 앰프, 스피커… 정돈 상태도 좋아. 접객 태도는 못마땅하지만 이런 시골까지 일부러 온 보람이 있다는 기분이 드는군… 그래서, 나는 〈손님〉이고 자네는 〈점원〉이지…?"

"네? 그런데요…?"

"알고 있다면 왜 손님이 왔는데 진지하게 상품을 팔려 하지 않지? 혹시 전문용어를 나열해서 위압하면 월급이 들어오는 시스템인가?"

"…아뇨, 그런 건… 아닌데요, 하지만——…"

쿄메이는 조금 주춤거렸다. 접객 태도를 지적당하는 일은 드물지 않았지만 로한의 말은 묘하게 뼈에 사무치는 감각이 있었다. 호통을 치는 것도 아니고, 항의를 하면서도 자신을 똑바로 마주하는 듯 올곧은 것이 느껴졌다.

"허튼소리는 집어치워. 돈을 받는다면 자기가 하는 일 정도는 스스로 설명할 수 있어야지… 참고로 내 일은 〈만화〉를 그리는 것인데…"

"어, …만화가…세요?"

"『핑크 다크 소년』이라는 작품을 읽은 적이 없다면 모르는 이름이겠지만… 아, 읽은 적 없다고 해서 편집부에 전화하지는 말고."

"『핑크 다크 소년』?! 전권 다 갖고 있어요!! 당신이 키시베 로한 선생님이라고요?!"

"맞아— 사줘서 고맙군. 그래서 사실은… 얼마 전에 〈Led Zeppelin*〉 초회판을 양도받았는데… 지금 그리는 캐릭터가 즐겨 듣는 음악도 〈레드 제플린〉이라서… 〈BGM〉으로 쓸 생각이거든."

"초회판을요? 혹시 띠지도 있습니까?"

"그렇게 값비싼 것을 줄 지인이 없어 보이나?"

"…그런 말은 아니지만… 그걸 들으려고 굳이 우리 가게

---

* 영국의 하드 록 밴드 〈레드 제플린Led Zeppelin〉의 데뷔 음반.

에 기기를 사러 오신 겁니까? 만화 캐릭터의 취미에 맞춰서?"

"레드 제플린의 열렬한 팬인 캐릭터를, 5천 5백 엔짜리 플레이어로 음악을 듣고, 그 소리에서 느낀 감동을 바탕으로 그리면 생생함이 있을 것 같아?"

"…네에… 아니… 글쎄── 어떨지는…"

"〈찻잎〉을 예로 들어볼까. 그냥 전기 포트로 끓인 물에 우려도 맛이 나면 마실 수는 있지. 하지만 한 번 끓여서 염소 냄새를 날린 물을 그릇에서 그릇으로 여러 차례 따라서 온도를 낮춘 다음 우리면 감칠맛 성분인 〈테아닌〉이 우러나 〈찻잎〉 본연의 맛을 발휘한다… 그런 거야. 방식은 사람마다 다르지만 〈체험의 감동〉을 최대한 즐길 수 있도록 노력한다… 그것이 향유하는 자의 〈경의〉라는 것이겠지?"

"〈경의〉…라고요?"

"적어도 내 캐릭터에게는 그래. 되도록 좋은 환경에서 이 〈Good Times Bad Times*〉에 바늘을 얹어주고 싶어… 어떤 기기로 들어줘야 레드 제플린의 소리에 대해 〈경의를 표한다〉고 할 수 있을지… 음향 기기를 다루는 프로라면 대답할 수 있지 않나? 아니면 자네는 지식이 있는 손님에게 상품 선택을 떠넘겨야 물건을 팔 수 있는, 똥을 담는 그릇에 불과

---

* 〈Led Zeppelin〉 앨범의 첫번째 트랙.

한가?"

"……"

그것은 쿄메이에게 충격적인 사건이었다.

그때까지 쿄메이의 가치관은 〈많은 지식〉과 〈사용한 금액〉과 〈충실한 컬렉션〉에 있었으며, 취미로 여겼던 오디오는 마니아들의 서열을 결정하는 도구가 되어 있었다.

쿄메이를 찾아오는 손님도 그런 부류가 많았기 때문에 '이 메이커에서 나온 이 정도 등급의 앰프라도 써보고 으스대시지' 하는 대화만 오갔다.

그에 비해 로한의 태도는 무척이나 신선했다.

손님치고는 오히려 건방지다고 할지, 횡포라고 할 만한 표현을 서슴지 않았지만 소리에 대한 태도는 지극히 진지했고, 쿄메이에게는 눈이 번쩍 뜨이는 사건이었다.

로한이 설파하는── 〈체험 자체에 대한 경의〉.

그것은 마치 문화의 근원이라는 느낌마저 들었다.

과연 자신은 지금까지 〈소리〉와 그 정도로 순수하게 마주한 적이 있던가. 쿄메이는 지금까지 집착해온 수많은 것들이 불순물이었다는 기분에 사로잡혔다.

그런 쿄메이에게 로한은 말을 이어갔다.

"나는 〈만화를 그리기〉 위해 필요한 것에는 타협하지 않아… 집필에 들어갈 때 환경을 정비하는 것도 일에 포함된다는 뜻이지. 작업실에 틀어박혀 집필하는 만화가의 일에 〈BGM〉의 힘은 매우 커. 나도 나름대로 오디오 환경을 구축하고는 있었지만… 제길. 어느 바보를 상대하다가 불행히도 화재가 발생해서 못 쓰게 돼버렸거든…"

"…그거 안타깝군요…"

"확대경에 의한 〈수렴화재〉라는 거지. 태양이라는 큰 힘에 대한 경외심이 모자랐다, 그런 교훈을 주는 사고라고 생각해… 그렇게 돼서 새 오디오가 필요해졌다는 말이지. 〈Led Zeppelin 등장〉에 담긴 정열을 펜으로 퍼뜨려 소리의 에너지를 담아낼… 그런 장치가 필요해. 알겠나? 나는 느긋한 성격이 아니야. 하지만 좋은 작품을 위한다는 필요에 쫓기고 있으며, 이 가게라면 그것이 충족될 가망이 보였기 때문에 이런 신상 이야기까지 공들여 하고 있는 거야. 뇌에 입력됐나?"

"〈소리의 에너지〉…"

"그래서. 자네는 내게 상품을 팔겠나, 팔지 않겠나. 어느 쪽이지?"

손님치고는 여전히 거만한 태도였다.

"마니아밖에 상대하지 않는 가게라면 상관없어. 그렇다면 빨리 그렇다고 해주게. 문전박대도 나름대로 효율적이거든… 만화가의 시간은 귀중하니까."

하지만 그런 로한의 태도에 쿄메이는 감동을 느끼고 있었다.

키시베 로한은 쿄메이가 보기에도 일류 만화가였다. 그 만화에는 생명력과 약동감이 있으며, 손글씨로 표현되는 의성어나 의태어에는 확실한 〈음감〉이 있었다. 오디오라는 도구가 그렇게 굉장한 만화를 낳는 원동력이 된다는 데에 쿄메이는 한 사람의 오디오 마니아로서, 그리고 오디오 기기를 다루는 점원으로서 자랑스러운 마음이 들었다.

"…팔고 싶습니다."

그리고 쿄메이는 그날, 처음으로 〈프로다운 일〉을 하자고 생각했다.

"브랜드나 지식에 의존하지 않고, 오로지 좋은 〈소리〉를 들으려는 의지. 분명 그런 것이 〈순수〉라고 생각합니다… 저는 당신에게 팔고 싶습니다. 좋은 음악을 듣게 하고 싶습니다."

그리고 시간을 들여 물건을 고르기 시작했다.

로한의 예산과 취향에 맞추어 쿄메이는 가능한 한 자기의 지식을 총동원했다. 꼼꼼히 상품을 선정하고, 설명하고, 모든 기기의 발송 수속을 마쳐… 거래를 성사시켰다.

그러고는 마치 어린아이처럼 순수하게 좋아하는 밴드 이야기를 하고, 저녁해가 산너머로 숨어들 무렵 로한은 귀로에 올랐다.

"〈이사카 쿄메이〉라고 했나…? 감사의 말을 남겨두지. 자네

안목은 확실했어. 이제 좋은 기기를 갖췄으니… 지금 그릴 에피소드의 클라이맥스에 더욱 힘이 들어가겠지. 자네가 독자라면 그런 형태로 은혜를 갚겠어… 이삼일 정도 더 이쪽에서 취재를 하고 갈까… 마음이 내키면 한번 더 들르지. 그때는 휴대용 플레이어도 한번 볼까."

"…이용해주셔서 감사합니다———!"

쿄메이에게 그것은 처음으로, 손님에게 물건을 팔고 고개를 숙이는 체험이었으며—— 오랜만에 진지하게 오디오를 마주한 체험이기도 했다.

그리고 이사카 쿄메이에게 키시베 로한은 처음이자 유일한, 순수한 고객이었다.

탁하고 썩어 있던 쿄메이의 인생의 전환점은 분명 그날이었다.

그리고 쿄메이의 7년에 걸친 〈추구〉의 여행이… 훗날 한 마을을 멸망시키게 된다.

이야기는 7년 후의 봄부터 시작된다.

스물일곱 살의 키시베 로한은 아직 만화라는 길을 계속

〈추구〉하고 있었다.

　그러나 인간의 자원에는 한계가 있다. 사람이라는 그릇이 받아들일 수 있는 용량은 〈무한〉하지 않다. 이것은 중요한 일이다. 한 분야를 파고들어 경지에 이른다는 행위는 반대로 인생에서 〈요령〉을 앗아간다. 그래서인지… 특히 예술가나 작가 중에는 괴팍한 사람이 많다. 누구라고 콕 집어 말하지는 않겠지만, 있다.

　그래서 작가의 담당 편집자에 적합한 성격은 크게 두 부류로 나뉜다.

　사소한 일 하나하나를 세심하게 챙기고 소통 능력이 뛰어난 자.

　또는 웬만해서는 스트레스를 받지 않고, 어떤 의미로는 〈대범하다〉고 할 만한 자.

　달리 말하면 처세술이 좋거나, 아니면 터프하거나.

　4월. 모리오초의 〈카페 뒤 마고〉에서 편집자와 미팅이 있었다. 늘 이용하는 장소다. 그해는 벚꽃 개화 시기가 일러서 봄바람도 한창때를 지나고, 다소 이른 여름의 기운이 섞인 듯 조금 더운 날이었다.

　그날 처음으로 직접 얼굴을 마주한 여성 편집자는 아마 성품이 〈대범한〉 타입일 것이다. 로한의 눈에는 그렇게 비쳤다.

　"─지금 〈단편〉을 그리라고 했나? 이미 그릴 예정인 작품과는 별개로?"

누가 들어도 로한의 목소리는 언짢은 듯했다.

눈앞의 편집자는 개구리 얼굴에 물 붓기*라고 할지, 그리 신경쓰는 기색도 없이 웃는 얼굴로 끄덕였다.

"네. 본지가 아니라 기념 증간호에… 로한 선생님의 만화가 실리면 매력적이겠구나~싶어서요. 편집부 입장에서는 가능하면 여름이 끝날 즈음에 한 편 완성해주시면 기쁘겠는데요."

"…자네… 오늘 무슨 일로 여기 온 건가?"

"전부터 부탁드렸던 단편 미팅인데요. 여름에 낼 〈화집〉에 실을…"

"……그렇지~ 난 또 나만 기억하는 줄 알고."

그쪽 이야기는 아직 시작하지도 않았는데—

"그치만… 그건 그거고요. 다른 작품도 부탁하면 좋겠다~해서요. 선생님이 얼마 전에 〈파산〉하셨다고 들어서… 도움이 될 수 있지 않을까 싶어서요."

"잠깐. …일단 물어보겠는데. 설마 선의에서 하는 말인가? 〈지금 많이 쪼들리고 어려울 테니까 일거리 하나 드릴까요?〉…라는 그런 뜻이냐고?"

---

* 어떤 처사나 힐책에도 태연하다는 뜻의 일본 속담.

"로한 선생님이라도 역시 이런 일정은 어려우실까요?"

"내가 못할 리 없지!"

애초에 로한은 만화를 그리는 일을 꺼릴 리가 없다. 빡빡한 스케줄 사이를 비집고 들어온다 해도 마감을 못 맞출 이유가 없다. 흔해빠진 만화가가 아닌, 바로 키시베 로한이니까.

"하지만 일을 부탁하는 태도가 못마땅하다는 건 다른 문제니까…"

예를 들어 보통의 편집자라면, 인기 연재 작가에게 단편을 의뢰한다는 것만으로도 식은땀을 흘리며 과자 선물 세트라도 들고 가 머리를 조아린다. 그에 비하면 그녀의 태도는 너무나 만화가를 깔보고 있는 듯 보였다.

그 밖에도, 원고 미팅을 위해 만난 자리에서 다른 원고 이야기를 꺼낸다거나, 파산 같은 개인 사정을 언급하거나, 그 태도라거나, 말투라거나, 앉음새라거나, 머리 모양이나 얼굴이나 오리 입술 등 헤아릴 수 없지만… 좌우간 저 편집자는 거슬리는 부분이 너무 많았다.

하지만 그런 캐릭터성은 어떤 의미에서 편집자라는 그녀의 적성일지도 모른다. 그렇게라도 생각하지 않으면 그다음의 대화가 〈지탱〉되지 않을 거라고 로한은 느꼈다.

"자네, 뭐라고 했더라…? 이름이."

"이즈미예요. 이즈미 쿄카泉京香. 제가 명함 안 드렸던가요?"

"그랬지. 실례되는 질문이지만 만화가를 화나게 한다는 말을 자주 듣지 않나?"

"아～ 그치만 저는 말이죠♡ …긍정적인 게 장점이라서 괜찮아요♡"

"아, 그래. 일하기 즐거워 보여서 다행이네————"

로한은 이제 얼른 미팅이나 마치자 싶어졌다. 30분이면 끝나고도 남을 미팅을, 분위기를 부드럽게 한답시고 이야기를 벗어나 한 시간이고 두 시간이고 질질 끄는 편집자는 드물지 않지만, 이 상대에게 그런 짓까지 당하면 제아무리 로한이라도 살짝 뚜껑이 열릴지 모를 일이었다.

하지만 그렇게 생각하기 무섭게 쿄카는 옆길로 새기 시작했다.

"그런데요 선생님, 원고 얘기하기 전에 다른 얘기 하나 해도 될까요?"

"말이지～～～～～"

로한은 일단 화를 내두기로 했다.

"알겠나? 미팅 전에 잠시 다른 이야기를 한다는 것은 있을 수 없어. 꼭 있다니까～ 만화가와의 거리감을 좁힌답시고 세상 돌아가는 이야기나 근황 같은 것을 늘어놓는 녀석이. …분명히 말하는데 일 외의 이야기는 모두 〈불순물〉이야. 나는 그나마 낫지만, 작업이 느린 만화가는 한 알의 사금보다 1초의 시간에 더 가치를 느끼는… 그런 거란 말이야. 1초라도 일찍 미팅이 끝나면 1초 동안 다른 일을 할 여유가 생기니까. 어린애라도 계산할 수 있겠지."

"아── 마감은 여유를 두는 게 더 좋긴 하죠~~"

"알았으면 짧게 끝내주겠나… 이 미팅 다음에 〈볼일〉이 있어서."

"무슨 〈볼일〉이신데요?"

"차차 생각하지."

"아, 그러시구나──"

무성의한 대응에 익숙해졌는지, 그저 아무 생각이 없는 것인지. 쿄카는 그리 신경쓰는 눈치도 없이 대답했다. 로한은 그 태도에 흥, 하고 코웃음을 쳤다.

"사실은 편집부에 선생님 앞으로 편지가 와서… 팬레터 같은 건 아닌 듯한데, 일단 전해드리려고요."

그렇게 말하고 쿄카는 작은 클리어파일에 든 엽서를 꺼내 로한 쪽으로 내밀었다.

"내 앞으로?"

로한은 그 엽서를 받아들고 이리저리 돌려봤다. 〈사카모치 레코드〉라는 가게 이름이 붓글씨 같은 폰트로 크게 적혀 있었다.

"…〈홍보 엽서〉잖나. 〈오디오 기기점〉의."

"네. 로한 선생님은 작업실을 정리하셨잖아요. 그래서 저희한테 온 건가 해서."

"그건 맞지만… 보통 일부러 이런 걸 편집부를 통해서까지 전달하려 할까? 그렇게 홍보를 하고 싶은가?"

"그렇죠—? 그래서 일단 보여드리려고 가져왔어요. 로한 선생님, 그 가게 이용하신 적 있으세요? 서일본 T현까지 굳이 오디오를 사러?"

"흥, 일거수일투족을 캐는 취재기자 근성이라도 생겼나? …벌써 7년쯤 전이지만… 다른 일의 취재로 들렀을 때 레코드 플레이어를 샀지."

"선생님은 만화를 그릴 때 말고는 내내 취재를 다니시는 것 같아요～～"

"그러면 안 되나? 마니아에게도 평이 좋은 가게라서 찾아갔지. 품목도 잘 갖춰놓았고, 점주와 이야기도 좀 나눴으니까… 뭐, 파산해서 팔아버렸지만 그것도 취재를 위해서였으니…"

"네에. 그래도 〈이 지역〉에서 아직 장사를 하고 있는 걸 보니 꽤 인기 있는 가게인가봐요."

"〈이 지역〉?"

그 아무렇지 않은 한마디에 로한의 한쪽 눈썹이 올라갔다.

"무슨 일이 있나? 〈이 지역〉… 〈T현 사카모치〉에?"

질문을 받자 쿄카는 양쪽 눈썹을 모두 올렸다. '이런 표정을 낚시터에서 본 적이 있는데' 하고 희미하게 로한이 생각했을 때 이야기는 시작되어 있었다.

"사실은 저도 편집부까지 이런 걸 보내는 게 이상하다 싶어서 조사를 했는데요… 경제지 칼럼니스트한테서 들었는데… 요즘 이 지역만 갑자기 〈과소화過疎化〉하고 있나봐요. 굉장히 급격히… 인구로 치면 거의 0명이 되어간다는데… 편지를 보낸 이 주소가 딱 거기 한복판이거든요."

"잠깐 기다려."

로한은 스마트폰을 꺼내, 엽서의 주소와 인근 지역의 뉴스를 검색했다. 시골 마을의 인구 감소라는 화제. 작게 다루고 있지만 확실히 여기저기 그런 기사가 있다.

지도를 열어 그 지역의 점포와 아파트를 검색하자 대체로 〈폐업〉이라는 글자가 나온다. 그렇게 없어진 가게들 가운데 엽서를 보낸 오디오 기기점만이 외딴섬처럼 남아 영업을 계속하고 있다.

이것은 분명 뭔가 위화감을 느낄 만한 상황이었다.

"…정말인가보군. 이미 〈축소도시〉 일보 직전인 곳이잖아."

"소문에 의하면… 최근 이 부근에서 지주인 〈이사카가家〉의 요청으로 대규모 〈퇴거〉가 있었다고 해요."

"〈이사카가〉…? 〈퇴거〉? 이렇게 넓은 범위에서? 이런 곳에 레저 시설이나 대형 쇼핑몰이 건설될 예정이라도 있었나?"

"아뇨, 전혀 그럴 예정은 없고… 이 지역에 그런 시설이 들어설 입지적 호재가 있을 분위기도 아니고… 〈그냥 퇴거 통고〉를 받은 것 같아요. 이 오디오 기기점만 빼고요."

"……"

자아, 슬슬 이야기가 기묘하게 흘러가는걸 하고 로한은 느꼈다.

마을의 변화란 것은 대개 필연적으로 일어나기 마련이다.

그것이 특별한 의미도 이유도 없이, 더구나 주민을 인위적으로 퇴출시켜 일어났다. 그 사실은, 비록 원인을 알 수 없다 하더라도 그 지역에 뭔가 심상치 않은 사태가 일어났음을 보여준다.

"…몇 년 전에 와이오밍에서도 있었지. 작은 마을에서 사람이 사라져버린 사건. 인터넷에서는 꽤 떠들썩했었는데, 아마 발견된 사람들은 모두 미쳐 있었을 거야. 우주에서 전파를 받은 게 아니냐며… NASA 음모론으로도 이어졌지."

"저기, 그런 얘기는 들어본 적 없는데요…"

"그런 사건과 연결되기라도 하면 재미있겠는데 말이야아~"

로한은 다시 엽서를 자세히 들여다봤다. 마치 드로잉 프로그램의 기본 포맷을 따다 붙이기만 한 듯 촌스러운 레이아

옷의 홍보 엽서. 그 아래쪽에는 PC로 입력한 글자 몇 줄이 있었다. 그것도 아마 주소 입력 프로그램에 기본 설정으로 들어 있을 법한 정형문일 거라는 생각에 처음에는 넘겨버렸지만…

"…이건…"

"왜 그러세요, 선생님?"

관심이 있는지 없는지 애매한 투로, 아이스티를 빨대로 한 모금 마신 쿄카가 묻는다.

"이거, 가만 보니 〈홍보〉가 아니라 〈초대장〉이군."

"아무래도 그런 것 같더라구요."

"알았으면 미리 말을 해줘~ 일시까지 지정되어 있는걸. 일주일 후 오후 4시. …뭔가 있나?"

"일주일 후 오후 4시경이라면…"

이번에는 쿄카가 스마트폰을 꺼내 검색을 시작한다. 손바닥 사이즈의 작은 판으로 정보를 참조할 수 있다니, 시대의 편리성을 느끼지 않을 수 없다.

하지만 그런 시대라도 자기 발로 움직여서 보고 듣고 체험하지 않으면 알 수 없는 것은— 분명히 있다.

"여기요, 예보가 있는 날이네요. 〈일식〉이요. 이날은 25년 만의 〈금환일식〉이래요."

"〈일식〉~? 설마 〈천체관측 초대〉는 아니겠지? 오디오 기기점에서. 그보다도… 말이야. 자네 어쩐지… 〈주도면밀〉하지 않나? 꽤나… 이 엽서가 아무리 기묘했다지만… 조사를 하고 온 거지? 여러 가지로…"

"저요, 이래 봬도 로한 선생님을 꽤 존경하거든요~~"

"허어――! 미처 몰랐는걸."

"편집부에서는 잘나가는 작가니까 물론 성심성의껏 대하긴 하지만… 솔직히 골치 아픈 사람이라고 생각하는 것도 사실이에요. 까다롭지, 거만하지, 헤어밴드도 했지…"

"사실은 시비를 거는 중인가?"

"전 딱히 〈만화 편집자〉가 되고 싶었던 건 아니거든요. 원래 패션 잡지 지망이었구… 그래도 일이니까, 제가 어떤 일을 해야 월급을 받는가 하는 정도는 알거든요… 결국 〈편집자〉는 〈재미있는 것〉으로 지면을 채우는 일을 해야 하잖아요. 로한 선생님은 〈그리고 싶은 것〉을 그리게 하면 〈재미있는 것〉을 만들어주는 만화가라는 건 저도 안다구요. 그럼 제가 할 일은 좌우간 선생님께 〈그리고 싶은 것〉을 갖다드리는 일이 아닐까, 하고…"

"…그래서?"

"어떠세요 선생님? 이거… 〈그리고 싶은 것〉을 만날 듯한 기분이 들지 않으세요? 편집부는 〈실을〉 준비가 되어 있는데."

"…말투 같은 면에서는 직원 교육을 다시 받아왔으면 하지만."

그녀가 그린 그림대로 움직이려니 심기가 불편한 것은 분명하고, 그녀가 무례한 것도 분명하고, 그런 태도에 대해 단호히 〈NO〉라고 해주고 싶은 마음도 분명히 있다.

하지만… 그래, 이즈미 쿄카라는 여성은 확실히 만화 편집자답다.

그리게 하고 싶다는 편집자의 본성. 그리고 싶다는 만화가의 본성. 저항하기 어려운 그들의 생태를 잇는 〈소재〉의 향기가 그 자리에 감돌고 있는 것만은 틀림없다.

그리고 애석하게도… 만화가라는 생물은 밥이나 산소보다, 때로는 신이나 악마에게 매달리고 싶어질 만큼 언제나 재미있는 〈소재〉를 추구하는 생물이다. 그리는 것이 삶이라면 아이디어가 하늘의 별만큼 많아도 모자라다.

아무리 언짢아도, 마음에 들지 않아도, 그곳에 있는 〈재미〉에는 저항할 수 없다.

"부채질을 한 이상 취재비는 내주겠지? 편집부에서. 난 〈파산〉한 몸이니까."

"내도록 만들겠습니다."

그렇게 대답하는 모양새만은 어느 정도 마음에 들었으므로── 일주일 후, 로한은 취재여행 일정을 잡게 되었다.

쾌적한 신칸센에서 해진 시트가 방치된 지방 철도 노선으로 갈아타고, 로한과 쿄카가 초대장에 안내된 곳으로 찾아간 것은 피부에 끈적끈적 들러붙듯이 미지근한 바람이 부는 날이었다.

〈히루코마치昼子町〉는 T현에 있는 작은 산간 마을.

모리오초에 비하면 온화한 기후. 화창한 햇살의 열기가 강하게 느껴진다. 인구는 1만 명 미만으로 떨어진 후 감소세가 좀처럼 사그라들지 않는다. 현재는 인근 지역과의 합병 계획이 추진중이며 2년 후에는 지도에서 사라질 예정이다.

역에서 나와 거리의 서쪽으로 뻗은 큰길을 걸어가니… 이번 목적지인 〈사카모치〉라는 지역에 도달했다.

이름대로라고 할지, 사카모치*에는 오르락내리락하는 비탈이 많고, 구불구불한 골목에는 기와를 얹은 주택이나 오래된 회벽으로 된 작은 가게가 늘어서 있고, 각 건물을 구분하는 〈나무 울타리〉가 복잡한 미로처럼 길을 이루고 있다. 그 위로 정리되지 않은 〈전선〉이 그물처럼 이리저리로 뻗어

---

* '사카모치坂持ち'는 비탈이 있다는 뜻.

있다.

어쩐지 쇼와시대에 시간이 멈춰버린 듯한 풍경.

그래도 오래된 거리에는 간판만 새로운 이발소나 새로 쌓은 듯한 시멘트 블록 담장 등, 얼마 전까지 사람이 살았던 기척이나 온기의 흔적이 아직 여기저기 남아 있다. 그 잔향 같은 생활의 공기도 산 쪽에서 불어오는 뜨뜻미지근한 바람에 날려 시시각각, 글자 그대로 풍화되어 가는 듯했다.

"전에 왔을 때도 결코 활기 넘치는 마을은 아니었지만… 이 정도까지 고요하지는 않았는데…"

"역에서 나와 강을 건너니까 확실히 인기척이 느껴지지 않네요."

"말 그대로 〈쇠락하는 마을〉의 풍경이라고 할까…"

두 사람의 말대로 마을에는 아무런 소리가 없었다.

마치 〈사카모치〉라는 거리를 남긴 채 생명만이 홀연히 소멸해버린 듯 이지러진 정적이 있어서, 소멸하는 마을치고도 갑작스런 변화가 있었다는 느낌이 들었다.

"…이봐, 저기. 저 집 마당에는 빨래가 그냥 널려 있는걸. 들통도 발에 차인 것처럼 뒹굴고 있고… 뭔가 급하게 야반도주라도 한 분위기 아닌가?"

"진짜아~ 셔터 틈으로 가게도 들여다봤는데, 물건이 그냥 남아 있는 것 같구… 갑자기 인구가 줄었다는 말은 들었지만 이건… 아무리 봐도 분위기가 이상하네요."

"이상해. 아무리 그래도 너무 조용하다고. 정말 여기 일대에 우리 외에는 아무도 없는 것 같군. 모두 이런 식으로 여기서 나간… 아니 쫓겨난 건가?"

고개를 갸웃하며 걸음을 옮긴다.

포장도로를 걷는 발소리는 로한과 쿄카 두 사람의 것뿐. 다른 소리는 들리지 않는다.

"어, 말도 안 돼."

스마트폰을 만지던 쿄카가 소리를 높였다.

"무슨 일이지?"

"여기 〈통화권 이탈〉이래요! 요즘 세상에 말이 돼요? 이 시대에? 거리 한복판에서?"

"〈통화권 이탈〉? …사람이 없어서 기지국이 철수라도 했나? 그럴 리가."

"그건 아닐 것 같지만요~ …그리고 이렇게 여기저기 전선이 있는데 사람은 고사하고 까마귀 한 마리 없는 게 이상하지 않아요? 인간이 없어지면 동물이 들어와서 살기라도 할 것 같은데."

"까마귀는 몰라도 〈고양이〉는 있었던 것 같군."

"어떻게 아세요?"

"봐, 저기. 아… 아니, 흐린 눈으로 보라고. 일단 충고는 해두지."

"저기라니… …으아아아아아아아아아아악!"

로한의 지적에 시선 끝을 따라가던 쿄카의 눈에 뛰어들어온 것은 〈고양이〉 같은 것의 시체였다. 입가에 말라붙은 토사물이 묻어 있는 것이, 아무래도 독살이거나 인위적인 살해를 당한 것처럼 보였다.

"끔찍해라… 뭐죠? 대체 누가 이런 짓을…"

"글쎄. 하지만 동물이 들어오지 않는다는 것은 뭔가 본능적으로 위험을 느낄 만한 물건… 아니면 생물이 있다거나… 그런 이유일지도 모르지."

"뭐예요, 위험이라니… 괜히 막연하게 사람 겁주지 마시라구요…"

"음! 잠깐 기다려."

"이번엔 또 뭔데요!"

"조용히! …무슨 소리 안 들리나? 저기, 골목 저쪽에서…"

로한의 말에 쿄카도 입을 다물고 귀를 기울였다.

그러자 분명 멀리서 무슨 소리가 들려온다.

처음에는 사람 목소리인가 했는데, 점차 그것은 〈음악〉임을 알게 되었다. 둥, 둥, 두드리는 듯한 저음과 자가장, 자가장 하며 멜로디를 이루는 소리가 섞여 있다.

"정말이네… 〈음악〉이야! 이건 〈음악〉이에요, 선생님! 기타

소리, 드럼 소리도! 똑똑히 들려요… 야외인데도 똑똑히 들리네요!"

"⟨킹스 오브 리온*⟩같은 인트로였는데… 좀 다르군. 좀 더 일렉트로닉하다고 할까… 그래도 좋은 소리를 내는군…"

"뭐의 뭐라고요?"

"가끔은 가요 차트에 없는 곡도 들어보도록 해… 폭넓은 장르의 화제에 대응하지 못해서야 만화가를 담당할 수 있겠나?"

"음악 같은 건 취미잖아요～～ …하지만 이 곡은 엄청 울려요… 배에서 꼬리뼈까지 소리가 뚫고 지나가는 것 같아서, 막 춤을 추고 싶어지네요… 저 이 곡 꽤 좋은 것 같아요! 선생님은 누구 곡인지 아시겠어요?"

"아니, 모르겠군. 생전 처음 듣는 곡이야."

"남을 막 야단쳐놓구~ 그래서 선생님은 ⟨거만⟩하다니까…"

"한가하게 말은 하지만, 어쩌면 이 지역 폭주족이 카 스테레오를 크게 틀면서 들어왔을지도 몰라. 고양이를 죽인 것도 그 녀석들일지도…"

"네에에—? 폭주족 같은 건 싫은데～ …그럼 여자인 제

---

* Kings of Leon, 미국의 얼터너티브 록 밴드.

가 더 위험할지 모르잖아요~~ 로한 선생님은 말랐고, 싸움을 잘할 것처럼 보이지도 않고, 도저히 못 당해낼 거예요~~"

"시골 폭주족은 인기척 없는 곳에 모여들기를 좋아하니까… 그래서 요즘도 야구배트 같은 걸 들고 다니곤 하지. 차를 타고 왔다면 좁은 뒷골목으로 도망가는 수밖에."

"그러니까 분명하지도 않은 걸로 사람 겁주지 말라니까요, 선생님~~!"

그렇게 옥신각신하는 동안 점점 소리는 다가온다.

이윽고 노래 가사까지 뚜렷하게 들릴 것 같아서, 로한은 '스피커는 별나게 좋은 걸 쓰는군'이라 생각하는 중이었다.

완전히 유령 마을로 전락한 사카모치 마을.

그곳에 큰 소리로 울려퍼지는 음악은 그 자체만으로 어떤 이물異物 같다.

그렇지 않아도 유령 같은 것이 나올 법한 분위기였지만 이런 장소에서는 〈살아 있는 인간〉을 만나는 편이 더 무서울 게 뻔했다.

그러나 ― 정말 폭주족이나 깡패라면 김빠지겠는걸. 겁내는 쿄카를 두고 로한은 그런 생각을 했다. 로한의 입장에서는 우락부락한 사내 여럿이 나타나는 것보다, 애써 멀리까지 온 취재가 허탕으로 끝나고 잔소리 많은 편집자와의 여행으로 변해버리는 것이 훨씬 무서웠다.

쿄카는 쿄카대로, 로한이 겁을 준 것처럼 인상 고약한 남자가 보이면 얼른 달아날 채비를 하고 있었다. 하지만 로한을 어떻게 피신시킬 것인지가 난감했다. 만화가를 데리고 취재여행을 와서 만화가를 버리고 달아났다간 원고를 어떻게 받아낼지 고민이니까.

하지만 잔뜩 몸을 도사리고 있을 때일수록 대개 예상을 빗나가는 법이다.

고양이를 죽이고, 까마귀도 달아나는, 사카모치 이변의 중심에 있는 존재는… 마을의 정적에 반비례하듯 요란한 음악과 함께 다가왔다.

그리고 그것은 모습을 드러냈다.

높다란 담장 그늘에서, 산책이라도 하듯이 나타났다.

로한은 순간, 사고를 멈췄다.

"……………… 뭐지? 〈이것〉은…"

로한의 눈에 비친 것은 유령도, 인간도 아니었다.

〈그것〉은 〈괴물〉이었다.

"——꺄아아아아아아아아아아아아악!"

쿄카가 비명을 질렀다. 무리도 아니다.

한마디로 말하면 그 모습은 〈이형異形〉이었다.

인간의 형태를 뼈대 삼아 기계가 기생한 듯한, 기괴한 무언가였다. 아니면 기계가 인간 모양으로 조립된 것처럼도 보였다.

가장 섬뜩한 것은 그 얼굴이었다.

〈괴물〉의 머리는 묘하게 컸으며── 그리고, 얼굴이 없었다.

아니, 정확히 말하면… 인간의 얼굴이 아니었다. 사람의 머리 대신 커다란 〈사이렌〉이 달려 있는 것처럼… 얼굴이라 생각되는 부분이 대형 스피커로 뒤덮여 눈도 코도 알아볼 수 없었다.

나머지 부분은 거의 〈알몸〉이었는데, 팔다리로 보이는 부위에는 〈케이블〉이 나선형으로 감겨, 바느질이라도 한 듯 피부를 찌르고 있으며, 손바닥에는 헤드폰의 이어패드 같은 부품이 달려 있었다. 피부는 괴사라도 했는지 여기저기가 보라색이었다. 등에는 고리짝인 양 커다란 상자를 짊어지고 있었다. 가만 보니 그것은 〈레코드 플레이어〉와 〈배터리〉를 합한 상자였다. 좌우간 사람 모양을 한 음향 기기의 집합체였다.

즉… 그것은 〈오디오 인간〉이라 부를 만한 존재였던 것이다.

"꺄아아아아아아아아아아아아아아악────!"

쿄카의 비명은 멈추지 않았다. 거의 착란 상태라고 해도 좋았다.

"뭐야, 뭐냐고! 이건! 선생님! 이거 뭐예요오오────!"

"난들 알겠어?! …〈스탠드〉?! 아니, 이건… 아니야! 이것은 〈실체〉다! 〈그림자〉가 있고, 그녀에게도 보이니…!"

"히이이익! 꺄아아아아아아아악! 으아아아아아아아아악!"

"이봐… 잠깐! 혼자 뛰어가지 마!"

한계가 왔는지 쿄카는 도망치기 시작했다. 그 인체와 무기물이 기괴하게 융합한 듯한 이형의 존재는 보통 사람의 정신으로 감당할 수 있는 것이 아니었다.

그러나 얕은 오르막으로 된 지면에서 갑자기 뛰려다 발이 걸려 그 자리에 넘어지고 말았다.

"꺄아아아아아아아악! 싫어! 저리 가아아아아아아!"

무리도 아니지만, 넘어져서도 여전히 쿄카는 귀가 따가울 정도로 비명을 질러댔고, 〈괴물〉은 그쪽을 향했다.

갑자기 음악이 멈추고, 대신 목소리가 들렸다.

"〈노이즈〉가 있다."

사람 목소리 같은 울림은 아니었다.

마치 보컬 소프트웨어 같은, 합성 음성을 짜맞춘 듯한 무기질적인 목소리였지만… 확실히 〈괴물〉의 스피커에서는 그런 말이 들렸다.

하지만 냉정한, 지성이 느껴지는 톤이기는 했다. 반대로 흡사 길에 쓰레기가 떨어져 있다는 듯한 어조가 무서웠다. 명확한 의사가 깃들어 있었다.

―위험하다.

로한이 그렇게 생각했을 때, 〈괴물〉은 이미 쿄카 쪽으로 손을 뻗고 있었다.

"윽!"

지극히 부드러운 움직임이었다. 아무 망설임도 주저도 없이, 전선으로 둘둘 감긴 그 팔이 쿄카의 목을 움켜쥐고 있었다.

"으… 윽… 우욱…으… 으으윽… 로한 선생님… 로하……"

괴물은 목을 움켜쥔 채 조르고, 졸랐다. 그리 괴력을 발휘하는 것은 아니다. 다만, 주저가 없을 뿐. 쿄카는 필사적으로 저항하며 괴물의 손을 떼어내려 했다.

"뭘 하는 거야, 이 자식――――!"

로한도 다급하게 쿄카를 도우려 했다. 그 오른손은 이미 〈헤븐즈 도어〉를 사용하기 위해 치켜들고 있었다.

그러나 다음 순간.

"로하아아아아아아아아아아아아아아아아아아안♬"

갑자기 쿄카가 노래하기 시작했다.

너무 갑자기 벌어진 일이어서 로한은 엉겁결에 공격을 중단해버렸다… 계속 듣고 싶어지는, 명랑한 노랫소리였던 것이다.

아니, 정확히 말하면 쿄카가 노래하는 것은 아니었다. 쿄카의 목소리도 아니었다.

더구나 들리는 것은 목소리만이 아니었다.

드럼 같은 저음과 주선율을 연주하는 기타 멜로디도 울리고 있었다.

그 목에서 흘러나오는 것은 조금 전의 음악 그 자체였다.

"──〈자자아아아아아아아아아아아앙〉── ♬"

"뭐야아아────?!"

귀가 찢어질 듯한 음량으로 쿄카의 입이 멜로디를 연주했다.

그에 따라 변화가 일어났다. 당황하는 로한 앞에서 점차 쿄카의 가슴이, 가느다란 팔이, 전기신호라도 흐르는 것처럼 리듬에 맞추어 움찔움찔 흔들리기 시작했다.

어깨를 으쓱거리고, 팔을 휘두르고, 발은 스텝을 밟았다. 그 움직임은 입으로 연주하는 리듬과 멜로디를 정확히 따라가는 듯 보였다.

"──〈둥두둥〉── 로한 선생님♪ 〈두둥당〉── 선생님♪"

"…이즈미 군? 그게… 뭐지…? …대체 어떤 상태인가?"

"——〈윙윙〉—— 멈추질 않아요♪ ——〈윙윙〉—— 멈추질 않아요♪ ——〈윙윙둥다둥둥당〉—— 그치만 신나아아아아 ♪"

그러나 눈앞에서 일어나는 상황이 너무나 의미 불명하고, 그 멜로디가 너무 듣기 좋아서 로한은 일단 〈관찰〉에 들어가고 말았다.

그것이 명확한 〈위기〉라면 그 나름의 대응을 했을 것이다.

하지만 일어나는 일의 이유나 의미가 명확하지 않을수록 인간은 당혹한다. 당혹은 의문을 낳고, 호기심을 자극한다. 그것이 로한을 상황 관찰에 전념하게 했다.

게다가… 그 음악은 편안했다.

위기라고 인식하기에는, 그 소리는 영원히 듣고 있어도 될 만큼 인간의 환희를 불러일으키는 것이었다. 알아보기 쉬운 폭력 행위와 달라서 방어 본능이 작용하지 않는다. 그런 사태에 로한도 완전히 혼란에 빠져 있었다.

다만 왜 쿄카의 입에서 음악이 흘러나오는지는 조금 알 것 같았다.

〈괴물〉의 손바닥에는 〈헤드폰〉 스피커 같은 장치가 달려 있었다. 그것이 아주 강하게, 쿄카의 목을 파고들 정도로 누르고 있었다.

아마 거기에서 음악을 흘려보내… 쿄카의 두개골 자체에

반향시키고, 그녀의 구강을 증폭기로 사용하는 듯했다.

그래서 쿄카의 머리나 몸속은 로한이 듣는 것보다 수십 배나 현장감 넘치는 멜로디로 가득할 것이다. 저도 모르게 몸이 리듬에 맞추어 춤을 추고 말 정도로.

점차 쿄카의 반응은 날카로워지고, 멜로디도 흥겨워져갔다.

"──〈디로리로리로리로〉── 멈춰줘요── ♪ ──〈둥둥둥둥둥〉── ♬── 선생님〜〜〈둥두다다다당당〉── ♬"

팔을 힘껏 흔들고 허리를 섹시하게 살랑거린다.

쿄카는 흐트러진 머리카락을 요염히 쓸어넘기며, 힘찬 드럼 비트에 맞추어 본능 밑바닥에서 끓어오르는 듯한 스텝을 밟았다.

갑자기 클럽에라도 들어온 듯 초현실적인 광경이 펼쳐지고 있었다.

"…뭐지? 이 상황에서… 춤을 춘다고? 음악에 맞춰…? 소리에 반응해 까딱까딱 움직이는 장난감처럼…?"

"──자꾸 춤이 춰져요────── ♪ ──〈비이이이이잉〉── ♬"

"완전히 신이 났잖아!"

영문을 알 수 없었다.

그때, 목소리에 반응했는지── 〈괴물〉의 목이 홱, 하고 로한을 향했다.

이제야 로한을 알아차렸다는 듯한 몸짓이었는데, 좌우간 지금까지 쿄카에게만 몰두하던 〈괴물〉에게 로한은 그 순간 인식당하고 말았다.

다음은 이쪽으로 손을 뻗어올 것인가.

안개가 낀 듯한 머릿 속에서 로한이 그렇게 생각했을 때——

"로한 선생님 아니십니까?"

괴물에게서 목소리가 났다.

"……뭐야?"

그 대사가 너무 허물없는 말투여서 로한은 더한층 혼란스러웠고, 희미하게 불길한 예감이 들었다.

여전히 쿄카의 목을 조른 채 〈괴물〉은 마치 길을 가다 옛 친구라도 만난 듯한 어조로 말했다.

모든 것이 일그러지고 눈앞의 광경이 말이 되지 않아, 로한은 잠시 사고를 멈췄다.

"이 〈노이즈〉는, 로한 선생님의 짐입니까?"

"〈노이즈〉…?"

〈괴물〉은 괴로워하는 쿄카를 붙잡은 채 대화를 이어갔다.

"혹시 연인 같은… 것이라면 죄송합니다. 가능하면 돌려보내거나, 아니면 입을 다물게 해주시지 않겠습니까? …아마 그러지 않으면 〈이것〉은 죽을 테니까요."

"뭐라고?!"

로한은 쿄카에게 시선을 옮겼다.

여전히 신나게 춤을 추고 있다. 그 모습은 흥겨운 음악에 취해 분명 쾌감을 느끼는 듯했다.

그러나, 그제야 쿄카가 어떤 상태인지 알아차릴 수 있었다.

"──〈샤카둥둥둥〉── 윽…♪ ──〈샤카둥둥둥〉── 으, …헉… 으, 으…♬"

"…이건…?!"

〈괴물〉의 손은 쿄카의 목을 계속 파고들고 있었다.

기도가 막혀 호흡이 곤란한지, 산소 결핍으로 이미 얼굴은 푸르스름하게 물들어 있다.

…오싹했다.

위기감이 전혀 작동하지 않았음을 깨달았을 때 로한의 등에는 갑자기 대량의 식은땀이 배어나오고, 얼어붙는 듯한 오한을 느꼈다.

역시 이것은 〈공격〉이었다.

"…너… 너무 말도 안 되는 광경이어서 전혀 경계하지 못했어…! 모르는 채로 즐겁고 유쾌하게 이즈미 군이 죽도록 내버려둘 뻔했군…!"

눈앞에서 쿄카는 줄곧 폭력에 노출되어 있었던 것이다. 그런데도 로한은, 그리고 그 폭력을 직접 받고 있던 쿄카 본인도, 위해를 당하고 있는 줄은 꿈에도 몰랐다.

고통이나 공포를 전혀 느끼지 않은 것이다.

"아니, 그보다… 기분이 좋았어. 〈그 소리〉를 듣고 있는 것이!"

조금 전까지 쿄카의 몸에 흐르던 음악은 말하자면 마취 같은 작용을 하고 있었을 것이다.

무섭다고 생각하지 않는 것.

그것은 터무니없이 고약한 이상異常 현상이었다.

"왜 그러십니까, 로한 선생님?"

〈괴물〉은 기이한 형태의 머리를 갸웃거렸다.

"귀에 거슬리거든요, 〈이것〉의 목소리는… 지금도 애써 만든 〈좋은 소리〉 사이에 비명을 섞어서 〈노이즈〉를 만들고 있어요… 이곳에 거슬리는 소리가 있어서는 안 됩니다. 〈이것〉을 어떻게 해주시지 않으면 여기서 처리하겠습니다."

"기다려!"

이제 위기감은 제대로 작동하고 있었다.

"…확인하지. 입을 다물게 하면 된단 말이지…? 그녀를 조용하게 만들면 된다고…? 그 조건은 받아들이지. …그러니까 손을 놔줘…"

"…물론… 좋습니다. 이런 짓을 하려고 부른 것은 아니니까요."

괴물에게 보이지 않도록 쿄카에게 다가가 〈헤븐즈 도어〉로 '세 시간 동안 조용히 기절해 있으라'는 명령을 적어넣자, 쿄카는 실이 끊어진 꼭두각시 인형마냥 움직임을 멈췄다. 쿄카가 완전히 조용해진 것을 확인하자 〈괴물〉도 공격을 멈추고 그녀를 풀어주었다.

로한이 그렇게 한 것은 〈괴물〉에게서 의사소통은 물론, 이쪽을 향해 〈경고〉를 할 수 있는, 명확한 지성이 느껴졌기 때문이다.

본디 초대장을 받은 사람은 로한뿐이다.

쿄카는 말하자면 〈불청객〉이다.

아마 이 〈괴물〉과 〈사카모치〉라는 지역에 어떤 규칙이 존재한다면 그것을 어긴 대가를 치러야 한 건지도 모른다… 그렇게 판단했다.

잠시 로한은 〈괴물〉과 똑바로 마주봤다.

서로가 입을 다물자 마을은 완전히 정적에 빠졌다. 화창한 푸른 하늘 아래, 조용한 마을 안에서 사람과 〈괴물〉이 마주보는 것은 정신이 나갈 듯한 광경이었다.

로한은 지그시, 얼굴 없는 머리를—— 스피커 안을 들여다보았다.

생물과 마주할 때 느끼는 시선의 기척이 아무것도 느껴지지 않는다. 〈괴물〉은 시각을 이용해 사물을 보는 것이 아니라고 생각했다. 시선을 맞출 수 없는 상대와 마주하는 것은 불당을 들여다볼 때와 같은 묘한 불편함이 있었다.

인간의 온기가 남은 마을에서 그 이형은 너무나 기묘한 존재였지만, 신기하게도 풍경과 동떨어진 느낌은 들지 않았다. 〈사카모치〉 마을을 지나는 무수한 전선을 등지고 있으니 괴물은 한 장의 그림처럼 마을에 녹아들어 있었다. 또는, 흡사 한 벌의 〈장치〉처럼 보이기도 했다.

이윽고 마음을 굳히고, 로한이 먼저 입을 열었다.

"…자네는… 〈이사카 쿄메이〉인가?"

"네. 오랜만입니다, 로한 선생님."

──아아, 역시 그랬구나.

그런 수긍과 함께 로한에게는 절망이 함께 찾아왔다.

기억 속에서 그는 썩 미덥지 못한 젊은 점원이었지만 이런 이형은 아니었다. 뭔가 돌이킬 수 없는, 불가역적인 변화가 있었음을 알고 만 것이다.

겉모습도 목소리도 존재도, 모든 것이 변해버린 그 모습으로 〈괴물〉──〈이사카 쿄메이〉는 로한을 마을 안쪽으로 이끌며 걷기 시작했다.

"사실… 로한 선생님을 처음 만난 7년 전 가을…… 저는 그때까지 진짜 〈순수한 소리〉를 마주한 적이 없었다고 생각합니다."

쿄메이에게 이끌려 걸어가던 도중.

그렇게 말하는 쿄메이에게는 아직 이성이 느껴졌다.

"아무것도 〈순수〉하지 않았죠."

여전히 합성된 음성으로 나오는 목소리와 걸어가는 그 모습만이 이질적이었다.

어떤 구조인지, 쿄메이의 몸은 걸을 때 일절 발소리를 내지 않았다. 다만 발걸음이 매우 무거워 보였고, 걸음은 느릿느릿했다. 그 기괴한 외관에 비하면 쿄카가 공격받았다는 사실을 잊어버릴 정도로 그들이 가는 길은 조용하고 평화로웠다.

그러나 고즈넉함마저 느껴지는 정숙한 거리에서, 이형인 괴물의 안내를 받으며 아무도 없는 길을 걸어가는 것은 흡사 황천으로 가는 길을 걷는 기분이었다. 단테의 〈신곡〉 제 1편이나, 아니면 〈하멜른의 피리 부는 사나이〉처럼. 어느 쪽이든… 현실이 아닌 세계로 가는 초대장을 받은 듯한 감각은 사라지지 않았다.

옛날에, 로한과 이야기를 나누던 쿄메이는 그저 흔한 청년이었다.

조금 성격이 괴팍하고 철부지인, 하지만 음향 기기에 대한 지식은 꽤 인정할 만한, 그런 평범한 청년이었다.

그런데 대체 어째서 이렇게나 변모한 것일까.

위험한 상황임에 틀림없었지만 솔직히 로한은 흥미를 감출 수 없었다.

"…7년 동안 인상이 매우 변했군그래… 솔직히 첫눈에는 전혀 못 알아봤어. 정말로 인간이라는 생각이 안 들더군. … 좋은 의미가 아니라…"

"로한 선생님은 여전하시군요."

"괴물이 된 녀석이 보기에는 그렇겠지…"

가볍게 시비를 거는 듯한 투로 로한은 그렇게 말했다.

조금 전의 교훈을 살려, 경계심은 강하게 유지하고 있었다. 만약 공격을 받는다면 즉시 〈헤븐즈 도어〉를 사용할 수 있도록 태세도 갖추고 있었다. 그러나 쿄메이는 딱히 언짢은 기색도 없이 이야기를 이어갔다.

"7년 전…… 그날부터 저는 조금씩 다시 태어난 겁니다."

"조금씩?"

로한의 눈에는 조금씩 달라져서 될 만한 모습으로는 도저히 보이지 않았다.

"그 무렵 저는 전혀 진지하지 않았어요. 그 어떤 것에도 경의를 갖지 않고 대충 넘어갔습니다… 선생님께 레코드 플레이어를 팔았을 때 저는 처음으로 뭔가를 진지하게 마주하는 기쁨을 알았어요. 그때까지 진짜, 아무것도 없었던 겁니다."

"……"

"뭔가 하나쯤은 〈추구〉하고 싶었습니다. 저는 그래서 〈오디오의 프로페셔널〉이 되기로 결심했죠."

"…내가 계기라는 말을 하고 싶나? 그날의 사소한 클레임이…… 그 대화만으로 거기까지 가버렸다는 말이야?"

"로한 선생님은 〈퓨어 오디오〉라는 말을 아십니까?"

"지식 정도는… 마니아가 말하는, 보다 좋은 음질을 추구하는 사고방식의 하나지?"

"〈퓨어 오디오〉의 철학이란 이름 그대로…… 〈순수〉하지 않으면 안 됩니다. 그 궁극의 목적은 〈노이즈〉를 완전히 제거하는 데에 있다. 저는 그렇게 생각합니다."

"〈노이즈〉……"

로한은 쿄카를 공격할 때 쿄메이가 하던 말을 떠올렸다.

쿄메이는 쿄카를 〈노이즈〉라고 지칭했다.

"제 가게 안쪽에는 취미로 만든 오디오 룸이 있습니다. 처음에 저는 그 방 청소부터 시작했죠."

"그래, 방에 물건이 많으면 소리의 반향이 흐트러지니까⋯ 나도 책장이나 사이드보드 배치 때문에 꽤 애를 먹었으니⋯"

"소리를 울리는 데 거슬리는 것, 저항을 일으키는 것은 과 감하게 없앤다. 그것이 〈퓨어 오디오〉입니다. 방을 청소한 다 음에는 기기와 장비 클리닝⋯ 케이블에 묻은 때나 플레이어 의 먼지를 제거하기 시작했습니다. ⋯그런데, 옷을 입고 있으 니 아무래도 먼지나 실밥이 떨어져서 잘 안 되더군요. 작업 이 새벽 한 시를 넘어갈 무렵, 저는 결심하고 옷을 모두 벗었 습니다."

"⋯⋯? ⋯이봐⋯ 무슨 이야기를 하는 거지? 알몸 오디오 청소의 고생담을 늘어놓고 어떤 반응을 바라는 건가?"

"알몸이 되고 보니 좋았습니다."

약간, 이야기의 분위기가 달라졌다.

"저는 클리닝 작업을 모두 마치고, 레코드를 한 곡 틀었습 니다. 옷을 입는 것도 잊은 채⋯ ⋯최고였어요. 저의 수컷이 울렸습니다."

"그러니까 이상한 성적 취향 폭로는 듣고 싶지 않다고오 〜〜⋯ 알몸 오디오 이론이 완성됐다 그건가? 유튜브에라도 올렸으면 얼마쯤 돈은 되지 않았을까?"

"그 순간까지 저는 의복이라는 천이 온몸을 뒤덮어, 피부 나 뼈에 소리가 전달되는 것을 방해하고 있다는 걸 알아차리지도 못했던 겁니다… 옷은 당연히 입어야 한다는 상식이, 저의 불순물을 못 느끼게 했던 거죠. …〈소리〉와 〈나〉 사이에는 아무것도 필요 없었어요."

"그래서 옷을 벗느니 입느니 하는 차원으로는 멈추지 않았단 말이지? …그보다 대체 뭔가? 그 스피커 머리… 게다가 목소리도. 〈책읽기 소프트〉 같은 목소리 말이야."

"성대가 있으면 그 진동이 잡음을 일으키기 때문에… 온과 오프를 확실히 전환할 수 있는 인공 성대와 스피커를 달았습니다. 제 목소리보다 소리가 좋거든요."

"그걸 위해 얼굴까지 버린 건가?"

"그게 본질입니다. 간단한 거죠, 즉——"

쿄메이는 등에 짊어진 레코드 플레이어를 사랑스러운 듯 어루만졌다.

부모가 자기 아이를 쓰다듬듯 상냥한 손놀림이었다.

"〈소리〉를 듣는 데 방해되는 것은 모두 버린다. 그것이 본질이에요."

"……"

"아시겠습니까, 로한 선생님… 〈소리〉의 정체는 〈음파〉입니다. 〈파波〉란 근원의 에너지예요… 생명을 낳는 바다에도 〈파〉가 있고, 태양이 비추는 그 빛은 〈전자파〉이며, 사람의 마음은 〈뇌파〉로 출력됩니다… 그런 힘이 파문처럼 퍼져

이 지구를 움직이고 있어요. 〈파〉를 방해하는 것은 필요 없어…"

"…논리적으로는 통하는 것처럼 들리는군. 논리적으로는… 하지만 궤변이야~ 믿고 싶은 대로 만들어낸 논리에 현실을 너무 끼워맞춘다는 생각이 들지는 않나?"

"아니… 로한 선생님도 체험하셨을 텐데요…"

"그런 기억은 없어. 나도 자네가 세팅해준 기기로 좋은 음질을 즐겼지. 하지만 알몸으로 음악 감상을 하거나 하물며 얼굴에 스피커를 이식한 기억은 없어… 〈별난 취미〉에 다른 사람을 동지로 끌어들이고 싶은 마음이 있기는 하겠지만…"

"아까 하셨습니다. 로한 선생님도, 그 체험을."

"아까라고?"

로한의 머리에 쿄카의 얼굴이 떠올랐다.

소리로 가득차, 온몸을 지배당하던 쿄카의 모습—

"인간을 진정시키는 뇌파 〈알파파〉도 〈소리〉의 힘으로 재현할 수 있는 〈파〉… 듣는 사람에게서 공포심을 지워버리는 것도 간단합니다. 목이 졸리면서도 고통을 느끼지 않을 정도로요. 눈앞에서 사람이 공격받고 있어도, 당황조차 할 수 없게 되는… 정말 〈좋은 소리〉는 죽음의 공포마저 초월하게 합니다."

"…그게 정말이라고…?"

"로한 선생님, 〈음파〉는 혼에 직접 간섭할 정도의 힘을 가진 생명 에너지입니다. 오히려 혼을 해방시켜 발가벗기는 수단이라고도 할 수 있죠…"

스피커 너머로 들리는 합성 음성은 여전히 기계적이며 억양이 없어 으스스했다.

그래도 쿄메이의 이론에 어느 정도 진리가 있다는 것과 그 연설이 열을 띠고 있다는 것은 전해졌다.

"나는 그걸 추구하고 싶었어요! 〈소리〉에 대한 정열에 얼마만큼 〈순수〉히 다가갈 수 있는지! 그러기 위해 얼마나, 나와 소리 사이에서 〈노이즈가 될 수 있는 것〉을 제거할 수 있는지! 상식이나 고정관념, 수치심, 인정, 윤리… 소리가 탁해지는 요소를 얼마나 철저히 걷어내고 〈소리〉의 본질을 부각시킬 수 있는지… 진정한 퓨어 오디오란 그런 사고방식인 겁니다."

대화가 통할 정도로는 이성적이었다. 하지만 로한은 분명히 확신했다.

이사카 쿄메이는—— 뭔가의 선을 넘어버렸다.

"자네의 정열이 어느 정도인지는 알겠어. 하지만… 이사카 쿄메이."

로한은 조금 위험한 화제에 발을 들일 각오를 굳혔다.

"그 〈고양이〉 시체… 아니, 그것만이 아니야. 아까 보고 왔지. 집마당에는 빨래가 그대로 방치되어 있었고, 자동차나 자전거가 그대로 있는 집도 있더군… 아마 자발적으로 여기서 나간 사람들만 있었던 건 아닐 텐데…"

"……"

"더 있어. 방금 지나온 집 마당에… 담장 틈새로 살짝 보였는데. …툇마루 밑에 뒹굴던 어린이용 장갑에는 내용물이 들어 있는 것 같았지… 애초에 지역 주민들의 퇴거도… 이곳이 모두 이사카 집안 땅이라면 이상할 것은 없지만, 자네가 그걸 관리할 수 있나? 이사카 집안의 다른 사람들은 어떻게 됐지? 자네는… 대체 얼마나 많은 것을 〈노이즈〉라는 이유로 처리해버린 건가?"

"……로한 선생님. 이것은 〈추구〉에 관한 이야기입니다."

쿄메이는 돌아보지 않았다.

부드러운 봄 햇살이 이형의 실루엣을 또렷하게 비추고 있었다.

"한번 시작해버린 이상 〈추구〉는 계속하지 않으면 의미가 없어요. 〈아날리시스 플러스Analysis Plus〉 케이블이나 〈매지코 Magico〉 스피커, 〈제프 롤런드Jeff Rowland〉 앰프에서 최고 가격대의 물품을 고를 수 있는 〈자금력〉… 그렇게 돈이나 시간으로 해결할 수 있는 것은 기초밖에 안 됩니다. 궁극적으로 완전한 〈순수〉에는 도달할 수 없어요."

"케이블이라니… 아니, 혹시 〈골든 오벌Golden Oval*〉을 말하는 건가? 그 농담인가 싶을 가격의? 차 한 대는 살 수 있는 가격이라는 그거 말이야? 제정신인가?!"

"보다시피 지극히 제정신입니다."

"어느 모로 봐도 제정신이 아닌데?"

"붓——"

쿄메이의 스피커에서 이상한 노이즈가 새어나왔다.

처음에는 이제 슬슬 화를 내는구나 생각했지만, 아무래도 그렇지는 않은 듯했다. 로한은 물었다.

"방금, 웃었어?"

"……"

"웃은 거지——? …방금 말이야~ 자네, 그렇게 영 아닌 겉모습에 비해 속은… 아직 꽤 멀쩡한 것 아니야~?"

"저는 멀쩡합니다. 언제나 멀쩡했어요."

"〈멀쩡하다고 주장하는 것이 훨씬 정신 나간 놈처럼 보인다〉는 생각으로 그렇게 말하는 건가…? 이봐, 무슨 캐릭터를 부여하려는 것 같은데… 그 겉모습도 과잉 연출 아닐까?"

로한이 보기에는 쿄메이의 정신도 육체도, 이미 상궤를 벗어나 있다.

---

* 아날리시스 플러스사社에서 만든 고급 오디오 케이블. 동선에 금도금이 되어 있다.

하지만 어쩐지 몸짓이나 말에 묘하게 인간다운 냄새가 풍긴다. 거기에는 7년 전 쿄메이의 흔적이 있다. 그 어긋남을 아무래도 무시할 수가 없다.

애초에 왜 로한에 대해서만은 쿄메이가 이토록 우호적이고 온화한지, 그것도 쭉 의문이었다.

좌우간 흥미가 솟는다는 것은 부정할 수 없었다.

쿄메이가 열거한 오디오 기기 메이커의 이름은 하나같이 최상급, 최고급 모델을 만드는 전설의 브랜드. 인생을 몇 번 다시 살더라도 갖추기 어려운 것들이다.

이 정도까지 광기에 빠진 남자가 비용이나 수고에 어떤 제약도 없이 갖추어낸 최상의 오디오 환경. 케이블 하나까지 웬만해서는 구경도 못 할 물품들.

그것을 보고 싶은 마음은 틀림없이 있었다.

그러니 이제부터 어떤 사태가 벌어진다 해도 적어도 쿄메이의 오디오 컬렉션은 봐둬야지. 로한은 일단 그렇게 결정했다.

"하지만… 애초에 자네는 일개 오디오 판매상 아닌가? 오디오 판매업을 얕잡아보는 것은 아니지만 순수하게 의문이 들어서… 아무리 매상이 좋아도 방금 말한 장비를 갖출 정도의 자금을 마련할 수 있나?"

"그러니까… 그걸 마련하고 마는 것이 〈추구〉라고요."

스피커에서 흘러나오는 목소리에 더이상 흔들림은 없었다.

"예를 들면… 실내 조명의 미약한 〈전자파〉나, 조금씩 쌓이는 자기의 〈귀지〉나, 에어컨에서 일어나는 〈공기의 흔들림〉이나, 소리가 몸속까지 도달하는 것을 막는 〈근육이나 군살〉이나, 소리를 흡수해버리는 〈체모〉라거나──"

쿄메이는 고개를 빙글 돌렸다.

인적이 사라진 사카모치 거리를 둘러보는 듯한 몸짓이었다.

"──전달에 간섭하는 〈스마트폰의 전파〉나, 바깥에서 들리는 〈자동차 주행음〉이나, 항의하는 〈인근 주민〉이나, 장비를 사고 싶은데… 이사카 집안의 자산을 내가 관리하게 해주지 않는 〈친족〉이라거나… 순수한 소리를 방해하는 모든 〈노이즈〉를 제거한다. 그러기 위한 노력을 아끼지 않았습니다. …그것이 바로 〈추구〉니까요."

"…그래서 얼마나 많은 것을 제거했지?"

"소리의 힘은 위대합니다. 정말 좋은 소리란, 자기 목숨 정도는 안중에 없을 만큼 그저 듣고만 싶어지죠… 게다가 휴대할 수 있는 설비로는 무리라도… 성능 좋은 스피커라면 집 한 채나 마을 하나쯤 무저항으로 만드는 것은 일도 아니거든요."

"…아니, 역시 전혀 멀쩡하고 뭐고가 아니었어…"

역시── 쿄메이는 사람의 생명을 빼앗는 일 자체에는 아무 거부감이 없는 것이다. 쿄카에게 한 짓이 그것을 명백히 보여준다. 광기인지 제정신인지 따져보면 충분히 광기 쪽으로 기울어 있을 것이다.

하지만 의문이 떠오른다.

광기 어린 〈소리에 대한 추구〉. 그것이 쿄메이를 이 지경까지 몰아넣었다. 그것은 알겠다.

하지만 과연 인간은… 그리 간단히 미칠 수 있는 것일까?

일본이라는 나라에서 자란 인간의 이성은 생각보다 강인하다.

순수한 소리. 퓨어 오디오에 대한 추구. 그렇다, 철저한 마니아는 때로 광신적인 행위에 손을 대며 파멸로 나아가기도 한다.

하지만 육체를 개조하고, 타인의 생명을 해치고, 한 마을을 멸망시킬 정도까지 갈 수 있을까? 보통은 어딘가에서 제동이 걸리지 않나?

로한은 옛날, 자신의 일그러진 욕망에 휩쓸려 범죄를 되풀이하는 비정상적인 살인귀와 대면한 경험도 있다. 그런 인간도 마을 하나를 쓸어버릴 정도까지는 가지 않았다. 7년 전에도, 지금 이렇게 이야기를 해봐도, 쿄메이 본인의 뿌리는 어디까지나 보통 인간일 것이다. 적어도 생명의 온기를 모르는, 그런 인간으로 보이지는 않았다.

정말 지금까지 이야기한 내용이 전부일까?

이렇게 변한 계기가 있었던 것이 아닐까?

── 좀더 〈결정적인 뭔가〉가 있지는 않을까?

"아니… 내 안에서 가설을 굴리기보다는 취재를 하는 것이 내 스타일이지… 이야기를 할 수 있다면 단도직입적으로 묻겠네. 아니, 이제 묻지 않는다는 선택은 없어. 자네에게 그럴 의사가 있든 없든… 이사카 쿄메이."

"왜 그러시죠?"

물론 〈헤븐즈 도어〉를 사용하면 그가 무슨 일을 해왔는지, 어떤 경위로 괴물에 이르렀는지 쉽게 읽어낼 수 있다.

그러나 로한은 지금 대화를 통해 묻고 싶은 마음이 있었다.

타인을, 자기 몸을, 성대마저, 모든 것을 버리고도… 인공 성대를 장착하면서까지 쿄메이는 〈이야기〉할 수단을 남겨두었다. 거기에 의미가 있을지도 모른다.

그렇게 생각했기에 로한은 물었다.

"그후로 뭐가 있었지?"

"〈소리〉가 있었습니다."

대화가 통하는 건지 잠시 불안하게 만드는 반응이었다.

그러나 쿄메이는 당당해 보였다. 그 안에 확고한 진실의 논리가 뿌리내려 있는 듯 보였다.

"로한 선생님은 〈황금비〉라는 걸 아시죠?"

"당연하지. 내 본업은 그림이니까……"

로한은 쿄메이의 등을 똑바로 보면서 말을 걸었다.

"…〈1:1.6180339…(이하 무한히 계속된다)〉의 비율로 나타나는 〈금속 비율Metallic Ratio〉의 첫번째지. 예를 들어 〈황금비 직사각형〉 안에 정사각형을 하나 넣으면 남은 직사각형도 정확한 〈황금비 직사각형〉이 돼. 이 법칙은 아무리 되풀이해도 흔들리지 않는 〈무한히 이어지는 힘〉이지."

그렇게 말하고 로한은 양손을 들고 엄지와 검지를 붙여 직사각형을 만들었다.

그 네모난 모양 너머로 건물 한 채가 보였다.

그것은 전선이 얼기설기 엮인 마을 풍경과 잘 어울렸는데, 그러나… 그 건물 자체를 보면 뭔가 이상한 디자인이었다. 지붕도 벽도, 전면을 한 가지 도료로 칠한 그것은 가옥이나 점포라기보다 하나의 장치 같았다.

로한은 그 건물을 시야에 두고 말을 이었다.

"그 〈무한의 힘〉을 내포한 비율… 레오나르도 다 빈치의 〈모나리자〉나 안토니 가우디의 〈사그라다 파밀리아Sagrada Familia〉에도 황금비가 사용되지. 즉… 인류가 아름답다는 개념을 추구하며 발견한 〈완벽한 비율〉."

"그렇습니다. 그것이 〈황금비〉… 오랜 미술의 역사 속에 면면히 이어져온 〈미의 유산〉… 태초부터 우주에 새겨져 있었던 이치의 하나."

이윽고 쿄메이는 그 건물로 들어갔다.

그곳은 〈사카모치 레코드〉였다.

7년 전과는 사뭇 달랐지만 구조나 기둥 생김새에 그 흔적
이 남아 있었다. 그것이 오히려 시간의 경과와 기괴한 변화
를 강조하는 듯했다.

"…정말 크게 리모델링했군…"

"네, 지붕에는 태양광 발전 패널도, 축전 설비도 있죠. 발
전 시설과의 거리나 전기의 질은 소리에 영향을 주니까 전기
는 자급자족합니다."

"오디오 오컬트로 유명한 이야기로군… 인터넷 검색 결과
로는 폐업했다고 되어 있었지만… 그렇게 갖춰뒀던 상품들
이 말끔히 없어졌는데… 품목만큼은 자신 있다지 않았나?"

"어중간한 물건은 음향에 방해가 될 뿐이니까요."

"흠, 그럼 이제는 오디오 기기점조차 아니란 말이지. 그래
서… 〈황금비〉 이야기는 왜 꺼냈지? 아직 내 질문에는 제대
로 답을 듣지 못했는데."

"로한 선생님… 〈소리〉에도 〈황금비〉가 존재한다는 것을
아십니까?"

"〈소리의 황금비〉라고?"

"네, 정확히 말하면…… 〈황금비 음률音律〉."

쿄메이는 음미하듯 그 단어를 읊조렸다.

"황금비를 음정에 대입하면 〈833센트 스케일〉이라는 수치가 되는데, 그것을 조합하여 만든 것이… 〈황금비 음률〉… 소리에도 〈완벽한 비율〉은 있다. 만약 그 비율을 완전히 지키며 연주한 곡이 있다면… 그것은 〈황금의 멜로디〉라고 해도 좋다…"

"…〈황금의 멜로디〉…"

이윽고 안쪽 방에 도착하자… 쿄메이는 발을 멈췄다.

"이사카 쿄메이, 자네는…"

그 방은 마치 소형 콘서트홀 같았다.

모든 것이 〈소리〉를 위해 존재했다.

벽도 바닥도 새카맣게 물들어 있었다. 그것들은 음향을 향상시키기 위한 탄소 도료였지만, 로한은 알 도리가 없었다.

새카만 방인데도 묘하게 밝은 것은 큰 천창天窓 때문이었다. 조명에서 발하는 전자파를 거부하고 자연광에 의존한 구조. 천장에 푸른 하늘이 보이는 커다란 창이 있고, 서까래 같은 반향판反響板이 늘어서 있었다.

실내에는, 카탈로그를 살펴보면 웬만한 부동산 가격대는 될 법한 기기들이 철저히 질서정연하게 늘어서 있었다.

콘센트에 연결된 초고순도 무산소동 전원 케이블, 금고처럼 묵직하고 둔중해 보이는 앰프, 세로로 다섯 개나 늘어선 대형 스탠딩 스피커, 하나같이 기하학적으로 배치되어 있었고 배선도 깔끔했다.

그리고 방 한복판에는⋯ 〈레코드 플레이어〉를 심어놓았다.

심어놓았다고 형용할 수밖에 없을 만큼 그것은 엄중하게 바닥에 고정되어 있었다. 레코드 플레이어는 진동을 억제할수록 좋다는 정석을 한데 뭉쳐놓은 듯한 광경이었다. 모든 기기들이 최적의 환경을 지향하고 있었다.

"굉장한데! 솔직히 놀랐어⋯ 자네의 모습은 확실히 기묘하지만 이 설비가 얼마나 굉장한지는 알겠군! 이 플레이어도 차 한 대 값은 거뜬할 정도겠지. 저 스피커도 터무니없고! ⋯ 이사카 쿄메이, 자네는 그 〈황금의 멜로디〉를 듣기 위해 이 설비를⋯⋯?"

"안 됩니다. 설비에만 투자하는 정도로는."

흥분에 가득한 로한의 말을 자르듯 목소리가 울렸다.

쿄메이는 기이하게 생긴 머리를 좌우로 저었다.

"안 된다고?"

"이만한 설비를 갖추어도 진정한 의미의 〈황금비 음률〉을 들을 수는 없었어요. 이 음향 환경에서도 반드시 미세한 〈노이즈〉가 섞이고 맙니다."

"〈노이즈〉라니⋯⋯ 이 정도인데?! 이보다 더 음질을 향상시킬 수 있는 설비가 있나?!"

"평범한 방법으로는 안 됩니다. 아무리 해도 안 돼요. 공기의 흔들림이, 전자파가, 소음이, 순수한 소리를 흐리기 때문이죠. 아무리 정교하게 해도 이 지구상에서 듣는 한 소수점 이하의 세계에서 반드시 어긋남이 발생해요…"

"…그건, 인간의 가청 영역을 말하는 건가? 그 어긋남이라는 건 사람이 들어서 알 수 있을 레벨이 아닐 텐데…?"

"그래도 〈타협〉하면 도달할 수 없어요."

쿄메이는 얼굴 없는 머리로 하늘을 올려다본다.

푸른 하늘은 조금씩 어둡게 그늘지고 있었다.

"로한 선생님, 아까 말했죠… 〈황금비〉는 〈무한의 힘〉을 내포한 비율. 황금 직사각형이라는 도형에도 무한의 법칙이 내포되어 있습니다… 하지만 그건 어디까지나 이론상, 정확하게 황금비인 도형을 그렸을 때의 이야기죠."

"…그렇군. 그 스케일에 철저할 만큼 충실하게 접근해야 비로소 큰 힘이 생겨나겠지."

"그래서—— 완전히, 100퍼센트 〈노이즈〉를 제거하고 정확하게 〈황금의 멜로디〉가 울리도록 하면… 〈무한〉을 내포하는 〈황금비〉의 소리를 만들어낼 수 있다면… 거기에도……"

"…〈무한히 계속되는 힘〉이 있다?"

"저는 그걸 듣고 싶었습니다."

문득 깨달은 것이 있었다.

쿄메이의 말은 너무나도 구체적이며 확신에 가득차 있었다.

자기 이론은 옳다는 데에 한 점 의심이 없었다. 아니… 도달할 수 있는 〈정답〉이 있다고 확신하는 듯했다.

애초에 쿄메이는 어쩌다가 〈황금의 멜로디〉라는 말에 도달했을까?

황금비의 힘은 확실히 있다. 있지만, 뛰어난 예술가나 어지간히 예민한 감각을 가진 자가 아닌 한 그것을 실감할 수 있을 것인가? 믿고 나아갈 수 있을까?

게다가 이 오디오 룸에는 부족한 것이 있지 않은가?

플레이어, 앰프, 케이블, 스피커.

이만큼 갖추어놓았는데도, 응당 있어야 할 것이 없지 않은가?

오디오의 심장부라 할 수 있는 그것이 없지 않은가?

"…알았어. 이사카 쿄메이… 거기 있는 거지?"

쿄메이는 천천히 등에 손을 뻗어, 짙어진 플레이어의 뚜껑을 열었다.

거기에는 한 장의 〈레코드〉가 들어 있었다.

"…보통은 떨쳐내지 못해. 그저 좋은 소리를 만들고 싶다는 생각만으로 〈추구〉할 수는 없어. 끝이 없기 때문이지… 구체적이지도 않은 이상을 위해 철저히 자신을 파괴하는 것

은 웬만해선 할 수 없는 일이야. 인간은 〈정상이 없는 산〉에
는 오를 수 없어. 목적지가 없으면 향할 수 없어… 하지만…
거기에 〈확실한 형태〉가 있는 거지…?"

로한은 눈을 크게 뜨고, 물끄러미 레코드의 레이블을 바
라보았다.

"거기에 골인 지점이 있다면… 도달할 정답이라는 〈진실
의 형태〉를 안다면! 사람은 향하고 말지!"

역사가 증명하고 있다.

진화론.

뉴트리노.

페르마의 마지막 정리.

답의 형태가 보이면 사람은 그곳에 도달하는 길을 필사적
으로 연구한다. 때로는 인생을 송두리째 바쳐서라도, 목숨과
바꿔서라도 그 길을 가고 만다.

그곳에 도달만 하면 보답받을지도 모른다는… 성과의 형
태가 확실하다면, 아무리 인류 문명이 발달해도 사람은 〈추
구〉한다.

쿄메이가 갖고 있는 레코드의 레이블에는 곡명이 인쇄되
어 있었다.

The Golden Melody——— 〈황금의 멜로디〉.

쿄카와 로한이 들은 곡의 제목은 그것이었다.

"그 레코드가 자네를 바꾼 〈원흉〉이야!"

"〈원흉〉이라는 표현은 제 생각과 다르지만—"

쿄메이는 레이블의 글자를 손가락으로 쓰다듬었다.

"—그렇습니다. 궁극의 〈황금비 음률〉을 담은 소리가 여기 있어요… 이 곡에는 우주의 근원이, 무한한 생명 에너지의 파문이 패키징되어 있습니다."

"…그런 레코드가 정말로…"

"있으니까 갖고 있죠, 로한 선생님. 그리고 들었기 때문에 저는 이 레코드를 위해 살기로 결심한 겁니다. 이 녀석은 누군가에게 들려주고 싶어해요. 여기 담긴 소리를 가장 올바른 형태로 재생해줄 겁니다. 그게 저의 사명이라고 이 녀석이 가르쳐줬어요."

"……7인치…… 〈EP판〉…"

로한은 레코드를 응시했다.

한 손으로 들 수 있는 가볍고 얇은 원반. 거기 새겨진 소리가 〈황금의 멜로디〉라면… 그 레코드의 소릿골에는 그야말로 〈무한〉이 표현되어 있을지도 모른다.

아니, 사실… 이사카 쿄메이는 완전히 변해버렸지 않은가. 거기에 어떤 〈거대한 에너지〉가 내포되어 있는 것은 분명한 듯하다. 그것이 7인치라면… 재생하면 3분 정도는 소리의 영향을 받는다는 뜻이다.

"…충고해두지… 이사카 쿄메이."

로한은 오른손 손가락을 쿄메이에게 향한다.

"그걸 어디서 어떻게 손에 넣었는지 궁금한 것은 사실이지만… 틀림없이 그건 위험한 물건이야. …그 레코드가 자네를 바꿔버렸어. 스스로 느낀다면 그걸 버려. 말이 통하는 지금이 마지막 기회일지도 몰라… 휴대할 수 있는 기기의 음질로도 이즈미가 그렇게 돼버렸잖나… 그렇다면 그걸 최고 음질로 듣는 것은 위험해!"

"아니, 절대 버릴 수 없어. 이건 내가 해야만 하는 일이야. 사람도 사물도, 만남에는 반드시 〈운명〉이 있고… 이 레코드는 나를 찾아왔어. 이건 나의 〈운명〉에 새겨진 사명… 그리고…… 시간도 완벽해. 곧 〈조건〉이 갖춰질 거야."

"뭐라고…?"

방안이 어느새 어두컴컴해져 있었다.

이상하다는 생각이 들었다. 쿄메이의 오디오 룸에는 조명이 없다. 빛은 하늘이 보이는 대형 천창에서 내리쬐고 있었다. 그러나 밤이 되려면 아직 이르다.

구름이 낀 것도 아니다. 천창이 닫혀 있을 리도 없다.

올려다보니 해가 이지러져 있었다.

"…그렇군… 초대장에 적힌 시각…! 벌써 때가 됐나…!"

그것은 세기의 천체 쇼.

같은 지역에서 다시 보려면 20여 년을 기다려야 한다는 우주의 기적.

이 별에 내리쬐는 빛의 근원, 〈태양〉과 〈달〉이 하나로 포개지고 낮과 밤이 뒤섞인 듯 공기가 애매해지는 장대한 괴현상.

"…과거에 동남아시아에서 이 〈현상〉이 일어났을 때 지구 대기권의 〈전리층〉에 구멍이 뚫렸다는 기록이 있습니다… 이 세계에는 언제나 〈태양〉의 전자파와 〈달〉의 인력이 작용하고, 그 두 힘으로 대기에 〈흔들림〉이 일어납니다, 그러나…"

쿄메이의 이야기는 여전히 거창하고 비약이 심하다. 그래도 지금 하늘에서 일어나는 장대한 변화는 들리는 말에 힘을 실어주고 있었다.

"그 두 가지 힘이 겹칠 때, 서로를 잡아당겨 〈힘의 구멍〉이 생기지! 이 〈현상〉에는 지구와 우주 사이를 가르는 벽에 〈구멍〉을 뚫는 힘이 있어! …거기에는 아무런 〈흔들림〉도 〈노이즈〉도 발생하지 않는, 완전히 클리어한 환경이 있어."

태양과 달── 해님과 달님은 언제나 사람들의 머리 위에 있다.

구름이 끼든, 안개가 끼든… 반드시 있다. 그런 불변의 존재이기에 이 넓은 세계에서 살아가는 보잘것없는 인간이 안심할 수 있다. 사람은 그것을 신의 모습이라 여긴다.

바로 그 해가 이지러진다.

조금씩 검은 원이 태양을 침식하고, 따스한 봄날의 햇살이 스러져간다… 그것은 신비로우면서 매우 불길한 광경처럼 보인다.

"…설마… 정말 이것인가? 그래서 이 일시에 초대를 한 거야?!"

"그래… 그리고 이 레코드가 녹음됐을 때도… 같은 〈현상〉이 일어났지."

"…뭐라고?!"

"나는 이제 그 환경을 〈재생〉하겠어."

주위가 점점 어두워진다.

하늘에서 쏟아지는 태양의 전자파… 지구에 간섭하는 에너지가 사라진다. 해가 점점 어둠에 삼켜진다. 그것은 흡사 신의 죽음을 연상하게 했다.

"이제야 알아낸 겁니다… 돈이나 기술 문제가 아니었어… 〈재생〉이란! 기록된 소리를 철저히 올바른 형태로 〈재생〉하려면, 〈태어났을〉 때와 같은 환경을 〈재현〉해야 해! 음원을 녹음한 수순을 따라가지 않으면 진정한 〈재현〉은 불가능해!"

"그것이 바로… 자네의…"

"그것이 바로 궁극의 퓨어 오디오 환경."

그리고—— 해에 검은 구멍이 뚫렸다.

"〈황금의 멜로디〉를 듣기 위한 마지막 장치…… 〈금환일식*〉."

〈금환일식〉 날에 녹음된 레코드.

그것이 〈황금의 멜로디〉의 정체였다. 태양과 달, 어느 쪽도 축복을 내려주지 않는 시간에 만들어진 순수한 소리. 그 어떤 방해도 받지 않고 태어난 에너지―

〈무한〉을 내포하는 음악.

그것을 재생할 준비는 갖추어졌다.

방 중앙에 제단처럼 설치된 레코드 플레이어.

금색 고리가 떠오른 하늘 아래, 쿄메이는 플레이어 뚜껑을 열고 천천히 레코드를 건다.

"…이번에는… 〈경고〉해두지. 이사카 쿄메이……"

쿄메이에게 로한은 선언했다.

"그 레코드 플레이어… 재생 버튼을 누르면 나는 자네를 공격하겠어."

"……"

"이즈미 군의 일로 잘 알았어. 그 〈소리〉는 위험해… 하물며 순수한 그 〈소리〉가 무한의 에너지를 낳는다면 더더욱."

---

* 일식日蝕의 하나. 달이 태양을 다 가리지 못하여 태양의 가장자리 부분이 금가락지 모양으로 보인다.

그렇다, 로한은 그 위험성을 알고 있었다.

옆에서 듣기만 해도 공포심을 잃게 하는 음악. 이즈미 쿄카의 이성을 앗아가고 그 몸마저 마음대로 움직인 멜로디. 거기에는 어마어마한 에너지가 있다. 음악은 사람의 혼에 간섭하는 에너지, 그것은 분명할 것이다.

그렇기에 너무나 큰 에너지는 위험하다.

"〈물이 너무 맑으면 고기가 없다〉고 했지… 〈100퍼센트의 순수〉는 유해해. 100퍼센트 순수한 산소는 맹독이 되고, 100퍼센트 알코올은 사람이 마실 수 없어! 하물며 그 소리에 〈무한한 에너지〉가 있다면… 인간의 몸은 〈무한〉을 받아들이도록 설계돼 있지 않아… 재기불능에 빠진단 말이다, 이사카 쿄메이!"

"네, 알고 있습니다."

로한의 말을 들으며 쿄메이는 담담히 준비를 진행한다.

레코드의 구멍이 플레이어의 스핀들과 맞물린다.

재생 속도를 선택하고 톤 암을 들어올려, 레코드 위에 바늘을 가져간다.

"분명히 말해두는데, 내 공격은 자네가 바늘을 내리는 것보다 빨라."

로한은 걸음을 옮겼다.

『핑크 다크 소년』의 모습을 띤 스탠드가 그를 따라간다.

스탠드유저 사이의 간격을 재는 감각으로 사정거리를 측정한다.

"〈황금의 멜로디〉에 흥미가 없는 것은 아니지만… 다른 〈단편〉 작업도 해야 하니까."

직접 타격할 경우 〈헤븐즈 도어〉의 유효 사정거리는 손이 닿는 거리.

그 거리까지 다가간다. 쿄메이는 물러나지 않는다.

"…알고 있었습니다, 모두 내 몸으로 체험한 일이니까."

그리고― 거리가 좁혀진다.

"처음 이 음악을 들은 이후 내 몸은 점점 여위어갔습니다. 어떤 에너지도 과하게 섭취하면 좋지 않으니까. …알고 있었어요. 사람이나 마을을 희생하면서까지…"

"〈사정권 안〉이다! 다시 말하지. 〈바늘〉을 내려놔!

"…이상할 정도로 잘 알고 있었어… 그래도 멈출 수 없었습니다."

"그 〈바늘〉을 얹지 마아아아아아―――――!"

"하지만… 없앨 수 없는 것도 있었죠."

"―헤븐즈―!"

팔을 휘두르던 그때, 로한은 겨우 알아차렸다.

〈케이블〉이 〈스피커〉에 연결되어 있지 않다.

"……?"

〈플레이어〉와 〈앰프〉 사이는 이어져 있는데, 〈앰프〉에 연결되어 있는 것은… 〈헤드폰〉이었다. 최고급 정전형靜電型 구조로 만들어진 헤드폰.

"……설마… 그런가? …그래서 쉽게 이 거리까지… 줄곧 아무 압박도 느껴지지 않은 것은… 쭉 내게 적의를 드러내지 않은 것은…"

쿄메이는 그 헤드폰을 자기 귀에 대고 있었다.

"…내게 들려주려고 부른 것이 아니었단 말인가?"

축적되어 있던 의문이 스파크를 일으켰다.

이사카 쿄메이는 왜 로한에게 초대장을 보냈던가.

정말로 순수한 〈소리〉를, 〈황금의 멜로디〉를 듣기 위해 방해가 되는 인간을 모두 제거해오지 않았는가. 여기 오는 동안, 그리고 지금도 줄곧 말을 쉬지 않는 로한을 공격하지 않는 것은 어째서일까.

왜 이사카 쿄메이는…… 키시베 로한을 필요로 했는가.

"선생님, 〈황금의 멜로디〉에 도달하는 것은 접니다. 듣는 것은 저뿐이에요. 선생님께는 이미 필요한 만큼 들려드렸습니다."

"…방금, 〈이미 들었다〉고 했나? 내가… 이미?"

"…결국 〈뭔가 했다〉는 증거를 남기고 싶었던 겁니다… 저는… 정말 나약하죠. …선생님, 저는 이런 몸이 된 후로 만화 같은 것을 읽을 수 없게 됐지만… 아직 만화를 그리시나요?"

"……그래."

"좋아했어요… 쩌렁쩌렁 울리는 중저음 속에서 선생님의 만화를 넘기는 것도… 정말 좋았죠. 〈Led Zeppelin〉… 초회 판은 아니지만 저도 샀습니다. 선생님과 만난 날을 떠올리면서… 이걸 들으면서 그렸구나, 하고 생각하며 읽었는데… 최고였어요……"

로한의 머리에 조금 전의 기억이 되살아났다.

쿄카에 대한 공격을 멈춘 후의 대화——

"그래… 말했지. 아까… 〈이런 짓을 하려고 부른 것은 아니다〉라고…"

"처음이었습니다. 제가 한 일이 뭔가로 이어지는 경험… 로한 선생님이 가르쳐주신 거예요. 〈진지〉해지는 게 무엇인지."

들려오는 목소리는 여전히 합성 기계음이었다.

"이사카 쿄메이! 자네는!"

"알아주기 바랐어요."

하지만 그 목소리는 평온했다.

"…좀 지나치긴 했지만… 〈나는 이 정도까지 해봤다〉고. 〈황금의 멜로디에 도달했다〉고…… 자랑하고 싶었어요. 인생에서 하나쯤 결과를 남기고 싶었던 겁니다. 그리고…… 오만하게 들릴지 몰라도 그게 뭔가… 숭고한 성과로 이어지길 바랐어요…"

"……"

무슨 말을 해야 할지 로한은 잠시 망설였다.

그러나 쿄메이가 이어서 하려는 일을 알게 된 지금… 할 수 있는 말은 그리 많지 않았다. 다만 그것이 마지막 대화가 될 것임을 로한은 알고 있었다.

"…잘 들어, 이사카 쿄메이."

이윽고 로한은 입을 열었다.

"나의 대수롭지 않은 한마디가 자네의 미래를 좌우했다고 생각할 만큼 나는 인간을 얕보지도 않고, 오만하지도 않아… 자네가 한 일도, 그 책임도 온전히 자네 거야. 도저히 떳떳한 방법은 아니지만… 거기까지 도달한 것은 자네뿐이니까."

그리고……

로한은 〈헤븐즈 도어〉를 쓰기 위해 들었던 오른손을 내렸다.

"분명히 나는 들었어. 〈황금의 멜로디〉에 도달한 것은 자네다. …오직 자네만의 것이야."

그 말을 듣고 이사카 쿄메이는 물끄러미 로한의 얼굴을 바라봤다.

이제 표정을 지을 수 없는 그 얼굴은 웃지 않았다.

그러나.

"——붓."

그것이 이사카 쿄메이가 인생에서 마지막으로 발한 〈노이즈〉였다.

"좋은 소재가 되기를 빌겠습니다."

그 말을 남기고 쿄메이는 인공 성대의 스위치를 껐다.

그리고 레코드에 바늘을 떨구었다.

대략—— 3분 하고 20초 동안.

헤드폰을 쓴 쿄메이는 마치 뭔가에 씌기라도 한 듯 온몸을 뒤틀며 춤을 추었다. 스위치가 꺼진 인공 성대는 아무 소리도 내지 않았고, 〈황금의 멜로디〉는 레코드가 모두 돌아갈 동안 쿄메이 안에서 울려퍼졌다.

이윽고 재생이 끝나고 하늘이 평소의 밝은 빛을 되찾았을 때…… 이사카 쿄메이는 더이상 움직이지 않았다.

너무나 순수한 멜로디에 몸을 맡겼던 쿄메이는 이미 혼마저 소리 안에 녹아 있었다. 무한한 에너지를 낳는 음파를 온몸에 뒤집어쓴 나머지 인간의 정신을 유지할 수 없게 되어버린 것이다.

그리고 그 멜로디가 끝나는 것과 동시에 쿄메이 자신의 혼 역시 끝났다.

"……"

로한은 웅크려 앉아, 쓰러진 쿄메이의 몸에 손을 댔다.

〈헤븐즈 도어〉. 쿄메이의 몸이 열리고 책이 되었다.

그가 살았던 증거가 아직 거기 남아 있었다.

"…그래. 〈와이오밍 집단 착란 사건〉… 미국에서 발생한 그 사건이 일식이 있던 날이었군… 그 피해자가… 뮤지션이었지. 아마… 그래, 〈골든 멜로디즈〉였던가…"

로한은 한 장씩, 한 줄씩 그의 인생을 되짚어간다.

"인스피레이션이 내려오는 일이 간혹 있다. …〈황금의 멜로디〉는 금환일식이 우주에서 가져다준 소리를 듣고 만들었다는 것인가…"

쿄메이의 페이지에 적힌 글자들은 완만한 속도로 조금씩 사라져갔다. 그의 혼의 기억이 무너져내리고 있었다.

그전에 로한은 읽을 수 있는 만큼의 기억들을 읽어내렸다.

"그들은 모두 제정신을 잃고 뭔가에 씐 듯, 마지막으로 레코드 한 장을 남겼다… 이사카 쿄메이는 그들의 팬… 병약한 유년기에 그들의 〈소리〉에서 에너지를 얻어… 언젠가는 라이브를 보러 가려고 했군…"

이사카 쿄메이에게 〈소리〉는 말 그대로 살기 위한 에너지였다.

와이오밍 사건으로 두 번 다시 〈골든 멜로디즈〉의 연주를 들을 수 없게 된 것. 그들이 만든 마지막 레코드가 〈황금의 멜로디〉이며… 이사카 쿄메이는 그것을 낙찰받기 위해 집안의 재산에 손을 댔고, 결정적으로 길을 잘못 들고 만 것.

그리고 〈황금의 멜로디〉를 손에 넣은 후 그는 멈출 수 없게 됐다. 잘못 들어선 길의 막다른 곳까지 치달을 수밖에 없었다.

사람 하나가 길을 잘못 들기까지 쌓아온 모든 이야기가 그곳에 있었다.

"…우주에서 소리가 내려와, 록 밴드가 그것을 레코드로 재현했고, 이사카 쿄메이가 그것을 들었다… 하지만 그것을 들은 사람은 이사카 쿄메이뿐이다. 이제 이 소리는 지구상 어디로도 가지 않고… 어디에도 울리지 않겠지. 이 이야기는 이것으로 끝이다.

금환일식은 끝났다.

순수한 〈황금의 멜로디〉를 들을 조건이 갖추어지는 날은 수십 년 후에나 오겠지. 그 소리의 진정한 울림을 알고 있는 이사카 쿄메이도 이제는 없다.

책의 페이지에 새겨진 문장이 서서히 무너지고 오선지가 그 위를 뒤덮어간다.

그것은 조금씩 일그러지다가 쿄메이의 페이지에 큰 나선을 그려갔다. 무한히 소용돌이치는 오선지가 그리는 황금의 나선.

쿄메이라는 책은 더이상 읽을 수 없게 되었다. 그의 인격은 소멸했다.

이제 곧 그 생명도 스러지겠지.

"〈일식〉도 〈음악〉도 끝났다. 만화에도 끝은 있다. 하지만… 계속되는 것도 있지."

그렇게 해서 로한은 사카모치 레코드를 나왔다.

완전히 돌아온 봄날의 햇살이 하늘을 파랑에서 보라색 그러데이션으로 물들이고 있었다. 곧 노을이 지고 하루가 끝날 것이다. 오늘의 하늘이 죽어간다.

어떤 일에도 끝은 온다.

인생에는 한계가 있으며, 〈추구〉에도 마지막은 온다.

그러나 〈추구〉의 끝에 다다르면, 뭔가 다른 것으로 이어지기도 한다.

로한이 왔던 길을 되돌아가니, 아직 길가에 축 늘어져 있는 쿄카가 눈에 띄었다.

바닥에 늘어진 손바닥 위로 쥐가 쪼르르 기어갔다. 아무리 사람 없는 마을이라도 길바닥에 여성을 방치해둔 데에 약간의 죄책감을 느끼기는 했지만, 이 마을에 생명이 돌아온다는 예감이 그 자리에 있었다.

로한은 쿄카를 일으켜 깨웠다.

"헉!"

"잘 잤나, 이즈미 군. ……이거 미안하네, 사실은 좀전까지 반쯤 잊고 있었어. 젊은 여성이라는 것은 인지하고 있었지만… 그래도 이렇게 데리러 왔으니까…"

"…로한 선생님…"

"그래, 〈괴물〉은 이제 없어. 여러 가지 일이 많았지만… 아무튼 설명하자면 길어지는데…"

"…선생님… 저, 여러모로 전혀 뭐가 뭔지 모르겠는데요. 일단 한 가지 여쭤도 될까요?"

"뭐지?"

공들여 구해줄 의무까지는 없지만, 이즈미 쿄카라면 혹시 잠든 자신을 내버려뒀다고 노발대발하려나? 설마 따귀라도 날리는 것은 아니겠지.

그래서 살짝 몸을 도사린 로한이었지만… 쿄카의 반응은 로한이 경계한 것과 전혀 달랐다.

"좋은 소재는 찾으셨어요?"

"……후후."

몇 초간 어이없어하고, 로한은 목 깊은 곳에서 노이즈를
울렸다.

역시 그녀는 참으로 만화 편집자답다.

다시금 만화란 〈추구〉하는 보람이 있다는 생각이 든다.

괴담, 신화, 과학, 범죄, 희극, 비극, 인생. 다양한 사상으로
부터 인스피레이션을 얻고, 그 에너지를 종이 위에 표현한다.

죽은 자도 산 자도 동등히 인스피레이션의 원천이 되어 만
화라는 세계에 표현된다면, 이미 끝난 인생이라도 새로운 이
야기 속에서 새 삶을 얻을 것이다.

타인이 밟아간 〈추구〉의 역사도 만화 속에서 소재가 된다.

그리고 거듭거듭 그 인생과 모험 이야기를 그린다.

여름이 성큼 다가온 어느 날.

카페 뒤 마고에서 열린 몇 번째인가의 미팅.

이즈미 쿄카와 키시베 로한은 그런 새로운 이야기를 그리

기 위해 오늘도 얼굴을 마주하고 있었다.

"그런데요, 로한 선생님."

테이블에 팔꿈치를 괴고 턱을 받친 자세. 여전히 뭐라고 할지, 만화가를 상대하면서 경의라고는 찾아볼 수 없는 태도지만 이제는 익숙하다.

쿄카의 목소리가 야외석 파라솔에 반사되어 울린다.

"여름이 끝날 무렵에는 45페이지짜리 〈단편〉 마감이 있는데요, 뭘 그릴지는 이미 정해두셨어요?"

"음~ 글쎄…"

그날 이후 몇 가지 체험을 하고, 몇 가지 소재를 얻었다.

재미있는 소재가 여러 가지 있을 때는 주저하게 된다. 그렇게 주저할 수 있다는 것은 무척 행복하다. 소재의 고갈은 공포이며, 밤바다에 던져지는 듯한 불안에 사로잡힌다. 그에 비하면 그릴 소재가 너무 많아 고민하는 기분은 보물더미 속에서 허우적대는 것이나 마찬가지다.

그때 로한에게는 이미 쌓아둔 몇 가지 소재거리가 있었다.

하나같이 만화로 그리면 재미있을 것이라는 자신이 있었지만… 그날 푸른 하늘에 떠오른 태양의 빛을 봤을 때 자연스럽게 마음은 굳어졌다.

"〈금환일식〉 이야기 같은 건── 어때?"

이제는 그려도 좋을 때가 되었을지 모른다.

한 평범한 청년이 자기 생명을 불태우는 이야기. 태양과 달이라는 두 천체가 자아내는 무한한 에너지 이야기.

그는 악인이라고 할 수 있다. 그는 다른 사람을 해치고 말았다.

그래도 분명 인생을, 생명을 모두 걸어 하나의 답을 끝까지 〈추구〉하고, 그 경험을 누군가에게 맡기려 했다. 그 점은 존경할 만하다… 그렇게 생각했다.

그러니 지금이라면 분명 펜이 움직일 것이다.

그렇게 생각하고 제안을 해봤는데——

"우와— 무지 재미있겠네요♡"

쿄카의 목소리를 듣고 로한은 흠칫 고개를 들었다.

어쩐지 또 엉뚱한 소리가 날아올 듯한 예감이 들었다. 그리고 예감은 적중했다.

"근데 그건 그렇구요~~ 그거랑은 별개로 〈산속의 별장〉을 사러 가는 이야기 같은 만화도 그려보시지 않을래요?"

"……방금 뭐라고 했지?"

어흠, 하고… 짐짓 불쾌함이 전해지도록 헛기침을 했다.

하지만 역시 예감이 들었다. 아마 이제 또 뭔가에 말려들고 말 것이다. 그날과 같은 바람 냄새가 났다.

"그런 거— 관심 없으실까요~~? 아하하하하하하하하하하하하하하, 없으시려나 ~~~~ 우-후-후-후."

"말이지……"

아무튼 이 이즈미 쿄카라는 편집자는 또 〈그거랑은 따로〉
를 들고 나왔다.

자연히 단편을 한 편 더 그려달라는 것이다. 상대가 보통
만화가라면 터무니없는 억지다.

물론 키시베 로한이라면 분명 해내고 말겠지만.

하여간 만화라는 것은 어디까지 〈추구〉해야 끝이 보일지
알 수 없다.

한 편의 만화를 완성하고, 한 작품의 연재를 매듭짓고, 그
래도 전혀 끝이 아니다.

또 새로운 소재를 찾아 새로운 만화를 계속 그린다. 그 연
찬研鑽*의 여행은 여전히 계속되며, 분명 내일, 다음달, 1년
후의 자신이 그리는 만화가 지금보다 더욱 재미있을 것이다.

그러니까 뭐, 결국은… 다시 취재를 계속하고, 그리기를
계속하리라.

이 길을 택해 살고 있다면 그럴 수 밖에 없다는 것은 분명
하다.

키시베 로한. 만화가. 27세.

그의 인생을 건 〈추구〉에는 아직 끝이 찾아오지 않는다.

---

* 학문 따위를 깊이 연구함.

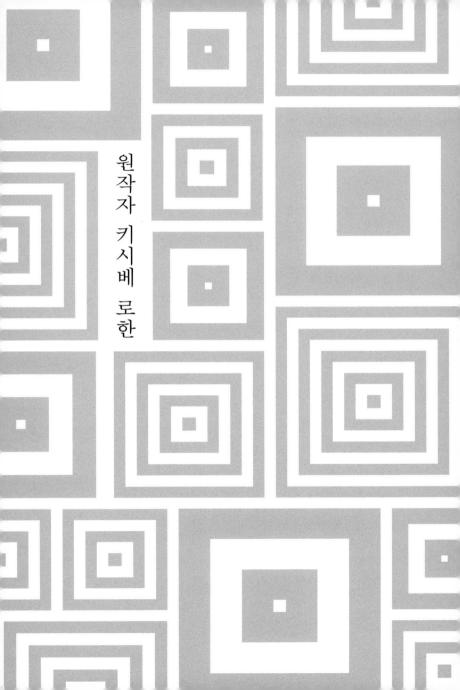

원작자 키시베 로한

"정중히 거절하겠습니다."

9월이 끝날 무렵.

커다란 창문 밖으로 어느새 엷어지기 시작한 정원수의 초록빛이 보이고, 부드러운 햇볕이 가득한 실내에 거절의 말이 울려퍼진 이곳은 모리오 그랜드 호텔 1층 레스토랑.

코스의 메인, 4일 동안 끓인 퐁 드 보Fond de Veau* 베이스의 특제 비프스튜는 극찬할 만한 맛이다. 스푼 끝으로 적갈색 표면을 천천히 가르듯 떠내면 한 입 크기의 푹 익은 고깃덩어리가 저항 없이 떠오른다. 닿는 순간 혀에 〈행복〉을 맛보여주겠다는 마음가짐이 배어나는 일품.

셰프가 정성을 다해 부드럽게 손질한 고기의 감칠맛을 곱

---

* 소뼈와 고기를 채소와 함께 끓여낸 프랑스 전통 육수.

씹고 냅킨으로 입가를 닦으며 키시베 로한은 편집자의 요청을 냉정하게 물리쳤다.

"……"

거절할 것이라고는 생각지도 못한 슈에이샤 사원 〈별책 저스트〉 편집장인 시로하라 탄고白原端午는 몇 초간 멍한 표정을 되돌리지 못했다. 하마터면 스푼이 오른손에서 굴러떨어질 뻔한 순간, 왼손으로 입가의 수염을 두세 번 만지작거리고 겨우 제정신을 차렸다.

"저기~ 다시 한번 물어도 될까…?"

"그러시죠?"

"로한 군, 방금 〈거절〉한다고 했어?"

"…그렇게 말했는데 안 들렸습니까? 다시 한번 말할까요?"

"…그럼 정말 다시 한번 물어도 될까~? 요즘 가는귀가 먹어서… 〈VR 카바레〉라는 게임을 산 후로 더 그런 것 같은데… 현장감을 살리느라 헤드폰 음량을 키우고 플레이하거든… 우후후후. 해본 적 있어? VR. 우후후후후."

"아 — 앵글을 낮추면 재빨리 〈눈가리개〉가 튀어나와서 현실로 끌려나온다는 그 게임—"

"아네, 알아 — 하하하하하하하하하하하하하하."

"와하하하하하하하하하하하하하."

"그래서, 방금 뭐라고?"

시로하라는 바짝 굳은 표정으로 웃고 있었지만 로한은 진지한 얼굴을 했다.

숨을 들이마시고, 나직하면서도 그 자리의 공기에 스며드는 듯한 목소리로 말을 계속했다.

"…시로하라 씨가 〈별책〉 편집장에 취임하신 이후… 승진 축하드립니다. 올해 오랜만에 연락을 받았는데… 〈신장판〉이며 그에 따른 〈특별 단편〉 등을 제안받고… 더구나 전에 함께 일했을 때처럼 이 최고의 비프스튜에 입맛을 다시며 상담을 받아도…"

스푼을 내려놓고 의자에 깊숙이 앉아, 이번에는 '먹으면서'가 아니라 똑바로 정면을 보고 시로하라를 향해 말했다.

"내 만화 『이인관의 신사』의 〈실사 영화화〉는 정중히 거절하겠습니다."

"로한 구————운!"

시로하라는 너무나 큰 충격에 호텔 최상층까지 튀어오르는 듯했다.

"로한 군 로한 군 로한 군 로한 군 말이지~~~~!"

그러나 실제로는 기분에 그쳐, 의자에서 엉덩이가 살짝 떨어졌을 뿐이었다. 마음으로는 그 정도 충격이었을 거라고 시로하라는 생각했다.

반면 로한은 이미 할말은 다 했다는 듯 식사를 재개하고 있었다.

"어째서! 영화화인데?! 작가의 꿈이잖아?!"

"나는 그런 꿈을 꾼 적도 없고, 꿈을 꿀 만큼 한가한 직업
은 아니라서요."

"이봐 이봐 이봐 이봐〜 영화화는 로망이라구! 그렇잖
아?"

로망. 그것이 시로하라 탄고의 입버릇이다.

구체적이지 않고 윤곽이 흐릿한 계획에 작가를 끌어들일
때 쓰는, 듣기에는 좋지만 실체가 없는 말. 시로하라는 그것
을 즐겨 사용했다.

"그러니까 말이야! 신간 띠지에 말이야ー! 별색 핑크로 커
다랗게 〈특 태고딕체〉로 말이야〜! 〈영화화 결정〉이란 문구
를 빵! 하고 때리는 게 편집자의 로망이란 말이야! 모든 편집
자의… 지금 자네 담당 편집자도 그럴 거고!"

"시로하라 씨에게는 신세를 많이 졌습니다. 당시 만화가 경
력이 아직 미천했던 제게 업계에 대한 걸 여러모로 가르쳐주
셨고…"

"그렇지〜? 나하고 로한 군 사이잖아! 담당이었던 시간
은 짧았지만〜 둘이서 아주 찐한 시간을 보냈던 것 같은데!
나는! 그러니까 말이지〜 다시 한번, 이번에는 큰 로망을 우
리 같이 말이야〜 로망을…"

"그것과 이것은 다른 얘기입니다. 전혀 다르죠. 아, 연근 식
감이 아주 좋은걸… 몇 분이나 튀긴 걸까?"

"로망 구우우우운――――!"

"누구라고요?"

말을 끊고 연근을 아삭아삭 씹는 로한에게 시로하라는
작게 두 손을 들며 외쳐댔다.

"군! 구우우운―! 로망 구운―! 아니! 로한 선생님! 〈실
사화〉를 불안해한다는 건 알아~~! 그래도 말이지, 요즘의
〈VFX〉 기술은 굉장하다고! 그리고 〈4D〉도 말이지… 하츠네
미쿠 라이브*도 안 가봤어?"

"조만간 가보죠."

그렇게 필사적으로 외치는 시로하라의 모습을 보며 '아,
CG 고질라가 이런 포즈를 했던가? 그건 용이 여의주를 쥔
이미지였으니까 이 사람이 〈전생〉에 용이었다면 재미있겠
군…' 하고 로한은 멍하니 생각하고 있었다.

즉 그렇게 격렬한 리액션을 아무리 보여줘도 거의 관심이
없었고, 그보다는 농후한 스튜 속에 들어 있어도 고소함을 잃
지 않는 연근 튀김의 절묘한 밸런스에 더 신경이 가 있었다.

한편… 시로하라는 의심의 여지없이 죽을힘을 다하고 있

---

* 음성 합성 소프트웨어 보컬로이드의 캐릭터인 하츠네 미쿠의 홀로그램을
띄워 공연하는 콘서트.

었다.

"아니… 진짜라니까? 하긴 옛날이라면 만화의 〈실사화〉 같은 건 불안할 수밖에 없겠지만… 시대가 드디어 따라잡았다고, 로한 군…! 아니, 로한 선생님! 이 시대에는 〈만화의 실사화〉가 충분히 〈가능〉해졌어!"

"그러니까… 〈가능성〉을 말하는 것이 아니라…… 〈위험성〉 말입니다."

"〈위험성〉?"

"만화를 그릴 때라면 나는 〈가능성〉을 따지지만…"

로한은 작게 한숨을 쉬었다. 모르는 거다. 이 사람은 문제가 뭔지 전혀 이해하지 못하고 있다… 로한은 깊어지려는 한숨을 끊듯 가늘게 숨을 쉬어 보인다.

"즉… 만화가는 자기가 창조한 세계를 보호할 의무가 있다… 나는 그렇게 생각하고… 그런 것을 〈등한시〉하면 만화도 〈화〉를 낼 겁니다. 자기들의 세계에 마구잡이로 들어오는 격이니… 그런 생각 안 드십니까?"

"아, 진짜아아아아———!!"

시로하라는 주먹을 쥐고 몸을 부들부들 떤다.

"로한 군… 자네가 〈만화〉라는 매체에 자부심을 갖고 있다는 건 알아. 나도 안다고. 하지만 이 시대에 〈미디어의 제왕〉은 〈영화〉란 말이야!"

움찔… 하고 로한은 눈썹을 움직인다. 그 표정의 변화에 시로하라는 다소, 안 좋은 부분을 건드렸다는 기분이 들었다.

"〈만화〉가 〈영화〉보다 열등한 미디어라고요?"

"…그런 말이 아니라! 세간의 평판이 말이지… 〈영화화 결정〉이라는 트로피의 힘은 헤아릴 수 없어! 발행 부수도 두 배로 펑! 다시 두 배로 펑! 돌고 돌아 회사의 이익도 팽창하고, 매일 싸구려 발포주로 피로를 달래던 편집자들의 식탁에 진짜 맥주가 올라갈 수도 있단 말이야…! 로한 군! 자네의 〈영화화〉는 로망이라고!"

"나 키시베 로한이—"

"돈이나 명성이 탐나 만화를 그리지 않는다는 건 안다니까—!"

"…대사 중간에 끼어들면 안 된다는 거 모릅니까〜〜〜…"

이 사람은 정말 만화의 문법 같은 걸 모른다니까… 하고 로한이 생각하는 것도 아랑곳없이 시로하라는 말을 잇는다.

"그래도 말이지! …솔직히 말해서 나는 돈이나 명성이 탐나서 편집자를 하고 있거든! 〈키시베 로한의 만화를 영화로 만든 것이 바로 나다!〉라고, 긴자 단란주점에서! 뭉게구름 같은 머리를 한 여자애들한테 자랑하려는 맛에 살고 있으니까! 자네가 뭐라고 해도 그게 사나이의 〈로망〉인 거야! 로, 마, 앙〜〜!"

"하아~~"

로한은 급기야 더 참지 못하고 크게 한숨을 쉬었다.

그렇게 단언해버리는 것은 어떤 의미로 존경할 만한 뚝심이며, 사실 로한도 열여섯 살부터 오랫동안 만화가를 해오면서 이익지상주의인 편집자가 나쁘지만은 않음을 알고 있었다. 특히 예술가 기질이 있는 작가에게는 '쉽고 편하게 일해서 한몫 벌자'는 편집자가 있는 편이 오히려 균형도 맞고, 작풍에 지나친 간섭을 받지 않는 이점도 있다…

그렇게 어른스러운 사고를 굴려 로한은 대답했다.

"…〈영화〉에 〈자막〉은 들어갑니까? 〈이 이야기는 픽션입니다〉라거나 〈위험하므로 따라 하지 마십시오〉라거나 〈남은 음식은 촬영 후 스태프가 맛있게 먹었습니다. 음식을 함부로 버리면 눈이 썩어 죽습니다*〉라거나… 〈여러 가지 사정으로 이 캐릭터는 원작과 다르게 성별을 바꾸고 얼굴만 예쁜 여성 예능인을 기용했습니다〉라거나."

"……? 글쎄, 그런 것은 별로 못 봤는데."

"내 만화는 확실히 말해 표현상 〈바이올런스〉 장르입니다. 폭력에서 생겨나는 스릴을 그리지만, 다루는 제재에 대한 〈존경〉과 〈경외〉의 마음이 깃들어 있습니다. 피를 뿌리거나

---

* 일본의 속담.

살점을 도려내는 묘사도 거기에서 도망치지 않기 위한 표현 이에요."

"괜찮아! 로한 군, 걱정하지 마. 〈영화〉에는 등급 분류라는 게 있는데… 자네 만화라면 PG12* 등급으로 가면 돼… 만 사 오케이라고…"

로한은 천천히 창밖으로 눈을 돌렸다.

색이 바래기 시작한 정원수의 빛깔이 성큼 다가온 가을을 말해준다. 이 모리오 그랜드 호텔 레스토랑은 시로하라와 함 께 일하던 당시에도 온 적이 있다. 그 무렵 밖의 정원수는 좀 더 푸르렀던 기분이 든다.

로한도 어른이다. 스물일곱. 책임을 자각하지 않을 수 없는 연령.

그리고 시로하라도 나이를 먹었다. 올백 머리에 늘어난 흰 머리카락이, 이렇게 호들갑을 떨기는 해도 그가 회사원으로 서 온몸을 바쳐 일해왔음을 나타내고 있었다. 언제나 매출 과 출세를 생각하는 시로하라였지만 담당 작가에게는 밥도 자주 사고, 만화에 필요한 자료를 구해달라면 이틀도 걸리지 않았다. 돈에 대한 집착이 상당하지만 그만큼 일은 열심히 하는 남자였다.

---

* Parental Guidance. 12세 이하의 어린이가 시청할 때 보호자의 지도가 필요한 등급을 의미한다.

"…다시 말하는데, 시로하라 씨에게는 늘 고마운 마음입니다… 그건 진심이에요. 당시는 콘티를 지적하면 잉크병을 집어던지기도 했지만."

"로한 군은 어찌나 어깨가 좋던지~ 손목 스냅도 말이야. 프로 투수 뺨쳤다니까. 야구 만화를 그려도 괜찮지 않았을까?"

"경험은 됐을 겁니다. 나에게 『핑크 다크 소년』은 〈라이프 워크〉라서… 인생을 걸고 그려낼 가치가 있는 세계. 그래서 오히려 당시 내 집필 속도를 감안해 격주로 다른 만화도 그리지 않겠냐고 권해준 데에 감사하고 있어요…"

"우훗…"

"이번에… 그, 다시금 〈영화화〉하려는 단기 연재, 『이인관의 신사』를 그릴 수 있었던 것은 나에게도 귀중한 체험이었습니다. 애착도 있어요. 그렇기에 〈신장판〉도 〈특별 단편〉도 승낙한 거였고…"

그 제목을 로한의 입에서 듣자 시로하라의 표정에서 비로소 능글맞은 독기가 사라졌다. 이익지상주의기는 하나 시로하라 탄고는 그래도 편집자다. 담당한 작품에 대한 애착 역시 당연히 있다.

"아니, 진짜… 기획해놓고 도중에 담당자가 바뀌어서 나도 아쉬움이 많이 남아…"

시로하라는 당시를 그리워하듯, 이제는 꽤 넓어진 이마를 찰싹 때렸다. 편집장으로 올라갈 때까지 쌓인 스트레스. 그리고 더 승진하기 위해 또하나의 큰 실적을 만들어두고 싶은 초조감이 낳는 스트레스. 그런 것들로 넓어진 이마다.

"계속 내가 담당했다면 『핑크 다크 소년』과 견줄 수 있는, 키시베 로한의 양대 간판이라 할 수 있는 장기 연재도 가능했을 텐데… 그러면 나도 3년은 일찍 편집장 자리에 앉았을 테고… 으음∼? ……어라?!"

짐짓 생각났다는 듯이 시로하라는 눈을 크게 떴다.

이 사람은 조용히 식사하는 법 같은 걸 모르나, 하고 생각하면서 로한은 한쪽 눈을 감고 그 모습을 바라본다. 웨이터가 이쪽을 힐끔힐끔 보는 시선에 조금 조바심이 나기 시작한다.

"어라! 어라라∼?! 그래도 로한 군… 『이인관의 신사』의 〈TV 드라마화〉 제안에는 말이지! 승낙했었잖아, 7년쯤 전에!"

다 알면서, 하고 로한은 미간을 찌푸렸다. 한편 시로하라는 불룩한 배가 테이블에 짓눌릴 정도로 몸을 내밀며 그 말을 되풀이했다. 이제 설득을 위해 매달릴 곳이라고는 그것뿐이라는 듯한 기세였다.

"자네는 그 작품의 〈실사화〉를 이미 승낙한 적이 있어!"

"…네. 확실히 승낙은 했습니다. 그래서 두 번 다시는 승낙하지 않기로 결심했죠."

"어~째서~~!!"

지나치게 안타까웠던 나머지, 들어올렸던 두 손을 불끈 쥔 시로하라는 어느새 파이팅 포즈 같은 자세를 취하고 있었다. 앉아서만 일한 폐해와 불균형한 식사를 한몸에 담은 시로하라의 체형은 달마 인형 같아서, 그 포즈는 마치 어떤 마스코트처럼 보였다.

잠시 숨을 씩씩거리던 시로하라는 컵에 담긴 물을 벌컥 마셔 열을 띠기 시작한 몸을 조금 진정시키더니 목소리 톤을 약간 낮추어 질문했다.

"그럼 반대로 묻겠는데… 당시에는 왜 오케이할 생각이 들었지? 당시 내 후임으로 담당을 맡았던 나시자키梨崎 군이 나보다 설득을 잘했을 것 같지는 않고… 자네도 그때는 〈실사화〉에 로망을 느꼈던 것 아냐?"

"… 근본적인 인식 차이를 바로잡겠는데…"

로한은 헤어밴드를 한 이마를 엄지와 중지로 살짝 누르며 대답했다.

"당시 나는 미숙했고… 언제나 〈서랍에 소재가 너무 많아서 곤란〉하다는 법은 없으니까… 인간인 이상 가끔은 소재가 바닥날 때가 있습니다. 시로하라 씨는 편집자라서 이해 못 할지도 모르지만… 작가에게 〈인스피레이션이 내려오는〉

일은 그리 흔하지 않아요… 단언컨대 산책하다가 운석에 맞는 것만큼 드물죠. 언제나 〈그릴 것이 없어지면 어떡하지〉하는 불안으로 가득한 생물이란 말입니다."

그리고 로한은 크게, 깊이 숨을 들이마셨다.

이제부터는 이야기가 길어진다. 그것을 단숨에 완주하기 위해 폐를 한껏 부풀린 후 입을 놀리기 시작했다.

"그러니까— 작가라는 건 말이죠〜… 구두 바닥이 닳도록 〈취재〉를 하고, 살아 있는 한 소재를 쫓아다니는 생물입니다… 때로는 눈이 시뻘개지도록 책을 읽고, 평소에는 코웃음 치던 인터넷 게시판도, 조금이나마 〈어쩌면 소재가 될지도 몰라〉 하고 생각되면 샅샅이 검색하고 뒤져서… 동쪽에서 〈밤바다에 유령이 나온다〉는 소문이 들려서 손전등을 들고 찾으러 갔더니 쓰레기 불법 투기 현장일 때도 있고. 서쪽에서 〈먹으면 영감이 생기는 버섯이 있다〉는 이야기를 듣고 찾으러 갔더니 결국 독버섯이어서 죽을 뻔하기도 하고. 그래도 어떻게든, 간신히 소재가 될 법한 재미있는 이야기를 만나기도 하는데, 그때는 또 〈정말 위험한 것〉이란 말이야. 산에 갔다가 요괴에 씌거나, 전복에게 죽을 뻔하거나… 그 고생을 하고 겨우 재미있는 소재를 찾아내서 〈이런 이야기는 어떨까?〉 하고 물어보면 편집자는 가볍게 〈받고, 하나 더〉 하듯이 〈그건 그렇고, 그거랑은 별개로 한 편 더 그려주시면 안 될까요?〉 하는 소리나 한단 말이지."

"…이야기 중간에 뭐가 많이 섞였는데? 진짜 원한이 맺힌 것 같은 느낌으로 말이야."

"그러니까——"

로한은 시로하라의 질문을 무시했다.

"—작가는 집을 팔고 산을 사고, 여름 바다에 뛰어들어 전복을 훔치기도 하면서… 때로는 〈악마에게 혼을 팔아도 좋다〉고 생각할 만큼… 목에서 손이 튀어나올 정도로, 언제나 〈소재〉를 탐하는 겁니다. 고백하는데… 사실은 얼마 전에 단편 미팅을 취소했던 날도, 만족할 만한 〈소재〉를 찾는 중이었기 때문에… 그 〈소나기〉가 오던 날…"

"어, 그랬어?! 그럼 어디서 〈전기를 먹는 벌레〉 이야기라도 들은 건가?"

"열차 사고가… 아니, 그건 일단 제쳐둡시다. 열차가 아니라 이야기가 탈선할 테니."

그리고, 여기서부터가 본론이다.

"그리고 당시… 나는 어떻게 해서든 〈촬영 현장을 취재〉하고 싶었습니다… 그해, 나는 스스로도 〈이 기회를 놓치기 싫다〉고 생각할 정도로 펜이 술술 움직였는데… 재미를 추구하려는 마음에 제동이 걸리지 않던 시기가 있어서… 젊었으니까… 천재지변으로 가뭄이 들었을 때처럼 굶주리고 목이 마르면 물 한 방울을 위해 혼을 팔고 싶어지기도 합니다. 그리고──"

로한은 미간에 깊은 주름을 잡았다.

"─실제로 한 번은 혼을 팔아버렸어. 인간이니까… 평생한 번 정도는 마가 낄 수도 있지. …당시 내 만화는 〈촬영 현장〉이 무대인 에피소드를 그리는 중이었는데… 디렉터나 스태프 같은 개인은 쉽게 그릴 수 있지만 〈분위기〉 묘사가 만족스럽지 못했어… 〈현장〉도 생물이니까. 실물을 모르면 생동감이 부족해…"

"…로한 군. 무슨 얘기를 하는 거지…? …자네 설마…"

"그렇습니다, 시로하라 씨. 당시 나는 〈촬영 현장〉이라는 폐쇄적 환경을 〈취재〉하고 싶었기 때문에 『이인관의 신사』 드라마화를 허락한 겁니다."

"뭐야?"

시로하라는 말 그대로 〈멍〉해진 표정을 띠고 있었다. 그 정도로 로한의 이야기는 시로하라의 상식을 넘어선 것이었다.

"뭐! …그러니까… 로한 군. 그건 자네에게 어디까지나 〈실사화〉라는 성과가 아니라… 〈취재〉의 일환일 뿐이었다고? 자기 작품을 〈실사화〉시키고, 그 기획에 관여하면서… 〈취재〉를 하고 있었단 말이야?"

"그렇다는 말입니다."

주저 없이 대답하는 로한에게 시로하라는 완전히 얼이 빠져버렸다.

자기 작품이 실사 드라마가 된다는 것을 만화를 그리기 위한 경험이나 취재로 치부해버리는 인간이 있다니, 정말 상상을 초월하는 일이었다. 이러니 시로하라와 이야기가 안 통할 수밖에.

그러나 한편으로 시로하라는 '하긴 키시베 로한은 이런 인간이었지' 하고 묘하게 수긍하고 있었다.

"하지만 로한 군, 그러면 다른 촬영 현장에 취재 신청을 하면 됐잖아…? 굳이 자기 작품으로 할 것 없이 말이야."

"타인의 원작이나 각본을 사용한 촬영 현장을 소재로 삼는 것은 그 바탕에 타인의 창작관이 섞일 수 있습니다. 뭣보다 내가 〈원작자〉가 되는 귀중한 경험을 할 기회였으니까… 다만 결과적으로 나는 자기가 그린 만화를 타인의 손에 맡겨버렸어요. …그리고 얻은 것은 결국 〈소재〉와 〈교훈〉이었습니다."

"…〈교훈〉…이라니?"

시로하라의 넓은 이마 저편에서 당시의 기억이 되살아난다.

인터넷 뉴스, 신문, SNS… 센세이셔널한 제목으로 난무하는 온갖 정보들.

시로하라는 떨리는 손가락으로 로한을 가리켰다.

"설마… 자네, 〈그 사고〉를 염려하는 건가? 그때, 『이인관의 신사』 드라마 촬영을 중단시킨 〈그 사고〉를…"

"염려한다는 표현은 좀 거리가 있지만… 〈교훈〉은 얻었다고 생각합니다."

"그건 〈사고〉였어!"

시로하라는 저도 모르게 의자를 박차고 일어났다.

그 목소리에는 절실함이 배어 있었다. 시로하라 자신도 〈그 사고〉 때문에 로한에게 트라우마가 남지 않았을까… 하는 근심은 있었다. 그러나 세월이 지나고 이미 세상의 관심은 가라앉았다고 시로하라는 생각했다. 오히려 촬영이 중단된 실사판의 설욕전. 〈반대로 이번 실사화로 화제몰이가 되면 한몫 벌겠지〉 하는 흑심 어린 계산도 있었다.

그래서 시로하라는 이제부터가 설득의 본론이라고 생각했다.

"늦더위 속에서 촬영하던 스태프가 컨디션 관리를 소홀히 해 일어난 어이없는 사고! 그런 일은 흔히 일어나는 게 아니라고? 오히려 설욕을 할 때 아닐까? 물론 언짢은 추억일지 모르지만… 그건 자네 만화 탓이 아니야!"

그러나 로한은 딱 잘라 단언했다.

"〈사고〉가 아닙니다."

"…뭐라고?"

"그건 분명히 『이인관의 신사』로 인해 일어난 일입니다. 그리고… 나는 딱히 〈실사화〉 자체가 싫어서 이러는 것이 아닙니다. 그것은 알아주셨으면 합니다… 맹세컨대 이것은 만화가 위라느니 영화가 위라느니 하는 이야기가 아닙니다. 나는 늘 그 만화의 〈위험성〉을 이야기하고 있어요… 시로하라 씨, 그 만화에는 사람이 함부로 다뤄서는 안 되는 〈소재〉가 섞여 있었단 말입니다."

시로하라는 짧은 속눈썹이 달린 눈꺼풀을 연신 깜박였다.

로한은 딱히 협박을 하는 것이 아니었다. 그저 일어난 〈사실〉과 〈교훈〉을 기억하며… 그것을 시로하라에게 알렸을 뿐. 불장난을 하면 불에 덴다, 그런 당연한 〈교훈〉을 이야기했을 뿐이다.

"시로하라 씨… 만화는 내 작품이지만 세상에 내놓는 것은 편집자입니다. 당신은 『이인관의 신사』의 초기 담당 편집자… 그래서 애착이 있고, '자기 손으로 다시 한번…' 하는 리벤지 정신에는 어느 정도 감동도 해요. 그래서 더욱 알아둘 권리가 있고, 의무가 있습니다… 그게 〈영화화〉를 추진하는 것보다 중요한 일입니다. …그건 필연적으로 일어날 수밖에 없는 일이었어요."

"…로한 군, 자네 무슨 말을 하고 싶은 건가?"

시로하라 탄고는 그렇게 말하고 굳어진 얼굴로 웃음을 지었다.

"중요한 말입니다… 당시 뉴스 헤드라인을 빌리면——"

키시베 로한은 웃지 않는다.

"——〈이인관의 비극〉은 〈사고〉가 아닙니다. 〈저주〉였어요."

대략 7년 정도 전.

그해 가을은 아직 여름의 잔영 같은 늦더위가 기승을 부렸고, 아침 뉴스 프로그램에서는 열사병 주의를 환기하는 목소리가 높았다.

TV 드라마 『이인관의 신사』 야외 촬영지로 선택된 곳은 서일본의 어느 현에 있는 조용한 바닷가. 모리오초에 비하면 늦더위도 심하고 바닷바람이 살에 끈적끈적 달라붙는 곳이었다. 높은 건물이 없어 하늘이 넓게 펼쳐진 마을이었는데, 야마토大和* 정권 시대부터 에조蝦夷** 이민족의 침략을 대비한 봉화를 관측하는 거점이었다… 그런 역사가 있다.

---

* 서일본 킨키 지방을 중심으로 3세기 말부터 7세기 중엽까지 본토를 지배한 정권.
** 일본의 칸토, 토호쿠와 홋카이도 지방.

그 해안선을 따라가는 넓은 도로변의 절벽 위에, 마을의 경관과는 완전히 동떨어진 커다란 서양식 저택이 있었다.

방어 잡이로 부자가 됐다는 어느 가문의 당주가 노후를 보내기 위해 취향껏 지었다는데, 그가 병으로 죽은 후로는 일족 누구도 쓰지 않은 채 방치해둔 건물이다.

『이인관의 신사』는 오래된 서양식 저택 〈이인관〉의 관리를 맡은 주인공이, 그곳에 살거나 찾아오는 기괴한 존재들과 만나는 각 에피소드를 따라가는 옴니버스.

그 저택 중앙홀의 퇴창에서 군청색 바다를 내려다보는 풍경이 작품에 등장하는 〈이인관〉의 이미지와 가까워, 로한도 수긍한 끝에 메인 촬영지로 결정됐다.

"…역시 푹푹 찌는군… 가을인데 대체…"

불어오는 바닷바람을 맞아도 땀은 식지 않는다. 로한은 모리오초가 서늘한 지방이라는 것을 말 그대로 피부로 느꼈다.

촬영이 시작되고 이미 3화 분량의 촬영이 끝났다.

하루하루 새 세트가 실려 들어오는 저택.

TV 카메라를 짊어진 스태프들 가운데 자기 카메라를 든 로한의 모습도 있었다. 프로 카메라맨과는 다르지만 촬영 현장에서 카메라를 들고 촬영하는 경험은 분명 여간해서는 얻을 수 없는 것이었다.

이 드라마화에서 로한의 목적은 어디까지나 드라마 촬영 현장이나 TV 스태프처럼 평소 흔히 들어갈 수 없는 폐쇄적인 환경의 〈취재〉에 있었다.

드라마화라는 트로피 자체는 전혀 관심이 없었다. 이때 로한은 이미 자기 만화가 작품으로서 그만큼 완성도가 높다고 여겼으므로.

다만 드라마 원작자라는 경험, 그리고 촬영 현장에 몸담는 경험으로 얻을 것을 찾고 있었다.

결론부터 말하면… 그 의도 자체는 성공이었다.

드라마 촬영 현장이란 일상과 동떨어진 독특한 공간이며, 스태프나 배우들이 사는 세계는 그 자체로 〈업계〉라는 이름의 〈이세계〉였다.

업계인이란 내부 정보에 대해 비밀주의를 고수한다. 물론 〈헤븐즈 도어〉를 사용하면 평소에 알 수 없는 에피소드가 고스란히 드러나겠지만, 그렇게 해서 얻는 것은 어디까지나 개인 단위의 경험뿐이다. 그 점에서 실제로 〈현장〉에 들어가 그곳에서 일하는 사람들 곁에서 이야기를 듣는 것은 새로 수원지를 파듯 작가의 마음을 촉촉이 적시는 경험이었다.

촬영 스태프들은 영상이라는 허구의 세계를 다룬다는 자부심을 갖고 있었다.

모두 〈1초〉라는 시간의 가치를 잘 알았고, 언제나 다음,

또 그다음을 보며 움직이지 않으면 버틸 수 없는 공간이었다. 바쁘게 오가는 스태프들의 모습은 몸속에서 활동하는 세포 하나하나를 보는 듯했고, 오가는 특유의 업계 용어는 그런 그들이 하나의 조직으로 움직이기 위해 발달된 것임을 이해할 수 있었다.

그 특수한 환경이 주는 자극은 언제나 신선해서, 로한은 취재를 개시한 후 이미 대학노트 네 권 분량의 콘티를 그렸다.

"로한 선생님."

말을 거는 목소리는 이미 귀에 익은 것이었다. 편집부의 소개로 전화를 받았을 때부터 그 남자는 언제나 에너지 넘치고 탄력 있는 목소리를 하고 있었다.

"…아, 키타모토 씨."

"어떠십니까~ 현장 분위기는… 이제 익숙해지셨나요?"

이번 드라마 촬영을 기획한 프로듀서 겸 디렉터 키타모토 소스케北本壯介는 그때까지 수많은 드라마를 만들어온 베테랑이자, 여름을 겨냥한 호러 드라마가 주특기인 업계에서도 유명한 남자였다.

나이는 40대 후반, 그러나 연령이 느껴지지 않을 만큼 반들반들하고 가무잡잡한 피부와 하얀 치아에 생명력이 넘쳐흐르고 있었다. 야심과 향상심이 가득한 표정으로, 로한에게 말을 걸면서도 현장 스태프를 향하는 눈은 날카롭게 빛났다.

로한은 가볍게 인사하고 우선 정중하게 이야기를 시작했다.

"덕분에요… 키타모토 씨. 솔직히 흥미로운 것들뿐입니다. 실제로 관여해보지 않으면 이렇게 모르는 것이 많구나, 하는 놀라움이 가득하고… 사실 TV란, 보는 사람 입장에서는 화면 너머의 딴 세상이라서… 프로듀서와 디렉터의 차이도, 디렉터가 어시스턴트나 아트, 치프 등으로 세분화된다는 사실도 모르는 경우가 많으니까요…"

"그거 다행이군요. 저 개인적으로도 로한 선생님의 만화를 정말 좋아하거든요～～ 마음껏 취재하고 가시기 바랍니다. 그런 조건으로 계약한 거니까요… 이봐――! 그 세트는 오늘 필요 없다니까―! …어흠. 그럼 오늘도 어려워 마시고 편안히 취재하세요～～"

"…그럼 염치없지만…"

대화 사이사이 스태프를 질책하는 키타모토에게 로한은 다소 불편한 기분이 들었지만, 취재이므로 서슴지 않고 질문을 시작했다.

"저, 주위에서 연신 〈서드 AD〉라는 사람의 머리를 때리며 재촉하는 〈향반〉이라는 게 뭡니까? 밖에서는 거의 들은 적이 없어서… 굉장히 필사적으로 재촉하던데요. 아주 중요한 것 같은데…"

로한이 가리킨 방향에서는 땅딸한 남자 AD가 다른 디렉터의 지시로 분주하게 움직이고 있었다. 아무래도 그는 현장에서도 꽤 바쁜 일을 하는지 언제나 난처한 표정을 하고 있었다.

키타모토는 선글라스를 고쳐 쓰며 대답했다.

"아아, 〈향반표香盤表〉! 그건 즉 〈스케줄표〉입니다. 원래는 가부키 용어인데… 야! 몇 번을 말해야 알겠어―! 그건 구본이라니까―! 머리에 똥만 찼나―! …업계 용어에 관심이 있으십니까? 여기 오시고 자주 물어보시는데…"

"용어에는 생성 과정부터 그 세계의 여러 사정이 녹아들어 있으니까요… 〈실경實景*〉이나 〈키에모노消え物**〉 같은… 그런 것이 좋아요. 그 세계에서 사는 사람에게만 살아 숨쉬는 용어에는 리얼리티가 있다고 생각합니다."

"세트 정리를 〈와라우(笑う, 웃다)〉라고 하는 것처럼요? 와하하하하."

"맞아요, 맞아. 바로 그겁니다."

"그렇군요, 하하하하하. 누가 너희더러 웃으랬어―! 내가 선생님과 이야기할 동안에도 빠릿빠릿하게 못 해―――?!"

가리키며 끄덕이는 로한에게, 키타모토도 스태프에게 지시하는 동시에 장단을 맞춰 대답했다. 업계 용어란 설명하는

---

* 풍경이나 건물 등 출연자가 없는 촬영 컷.
** 사라지는 물건. 식품이나 드라이아이스 등 촬영용 소모품을 말한다.

사람에게는 퍽 즐거운 법이라, 키타모토도 이것저것 가르쳐 주고 싶어 좀이 쑤시는 모양이었다. 그날은 특히 적극적으로 화제를 꺼내기도 했다.

"하지만 로한 선생님… 지금까지 알려드린 것은 널리 알려진 용어입니다. 인터넷으로 검색해도 그 정도는 알 수 있죠… 하지만 이 바닥에서도 방송국마다 내부에서만 도는 〈방언〉이라는 게 있거든요. 예를 들면 지금 제가 안 쓰는 〈그것〉 말인데…"

그렇게 말하고 키타모토는 촬영 현장에서 〈어떤 물건〉을 가리키며 로한에게 속삭였다.

나중에 생각하면 그것은 서비스 정신이 아니라 뭔가 켕기는 기분을 무마하기 위해 꺼낸 화제였는지도 모른다. 좌우간 그 시점에서 로한은 그저 흥미롭게 듣고만 있었다.

"흐음… 〈그것〉을 그렇게 부른다고…? 특이한 호칭이군요. 유래 같은 것이 있습니까?"

"원래는 일부 방송국의 문화였는데… 서브 스튜디오에 있는 것을 그렇게 부를 때가 있었어요. 〈사형〉을 기다리는 기분이라는 뜻인지… 오래되기도 했고 비하하는 표현이라, 업계에서도 일반적이지는 않지만… 요즘도 전문학교 용어집 같은 곳에는 실리기도 합니다."

"흐흠, 험악한 용어군요~ 하지만 만화가나 출판업계에서

〈마감〉을 〈데드라인〉이라고 부르는 것과 비슷할지도…"

"어디나 그렇죠. 책임져야 할 위치에 있는 사람에게는 죽을 정도의 〈각오〉가 필요하다는 뜻입니다… 방송국의 기대, 스폰서의 예산, 시청자의 반응, 실적… 지금이라면 저도 〈그것〉을 그렇게 부르는 심정을 알겠고, 우리 스태프도 제 앞으로 마련된 〈그것〉만은 그렇게 부르거든요. …말하자면 〈그 자식 좀 안 죽나—?!〉 하는 험담이겠지만…"

어흠, 하고 헛기침을 한 뒤 키타모토는 스태프 쪽을 힐끔 돌아본다. 스태프 몇 명이 키타모토 쪽에 시선을 두고 있었는지, 눈길을 받자 눈을 내리깐다. 키타모토는 그것을 확인하더니 가슴을 펴고 말을 이었다.

"뭐, 저는 당연히 목숨과 바꾸는 한이 있어도 현장을 버리지 않겠다… 그럴 각오가 있지만… 좀처럼 이해를 해주지 않더군요…"

"…그렇군… 감독 일도 참 고생이 많네요… 그래도 공부가 됐습니다. 나는 그런 이야기가 듣고 싶어서 이 드라마화를 승낙했으니까…"

로한은 눈을 가늘게 뜨고 현장을 바라봤다. 만화가도 마감, 페이지 수, 발행 부수 등 가차없는 숫자 속에서 살아간다. 그러나 영상업계에 사는 사람들에게 그것들은 더욱 절대적인 무언가인 듯했다. 아마 영상이라는 것은 실제 시간과 강하게 결부되어 있으며, 그것을 많은 사람들이 공유하기 때문이리라.

"그래도 키타모토 씨… 당신은 〈프로그램 디렉터〉였죠? 프로듀서를 겸하는… 제작 지휘나 현장 관리 같은 것을 총괄하는 입장 아닙니까?"

"네, 그렇죠."

"그럼… 〈향반〉이 〈스케줄표〉라면, 제작 지휘를 맡은 사람이 관리하지 않습니까? …스태프는 〈향반〉 확인을 그 AD에게 시키던데요. 굉장히 다급한 듯한데… AD도 곤란해 보였고요."

"…물론 전체 일정은 제가 잡습니다. 하지만 우리 현장에서는 촬영 당일 세세한 관리를 AD가 맡아서… 영화판에서도 〈조감독〉은 다 그렇습니다. 특히 AD에도 세컨드니 서드 같은 것이 있어서… 세컨드는 대개 그렇게 죽도록 구르게 마련이죠."

"당신이 하면 좀더 원활하게 돌아가지 않을까? 하고 묻는 겁니다. 내 질문에 성의껏 대답해주는 것은 참 고마워요. 하지만 순수하게 의문이 듭니다. 그건 필요한 일인지? 그게 드라마가 〈더 좋아지는〉 방법인지?"

"…로한 선생님. 수직 조직에서는 필요한 일도 있습니다… 그 AD는 원래 배우 지망생이었는데, 거듭 좌절하다… 그렇게나마 영상업계에 남은 친구예요. …아직 어딘가 〈내가 있을 곳은 여기가 아니야〉 하는 생각이 깔려 있어서… 그런 헛바람은 하루빨리 교정하는 게 낫습니다. 로한 선생님도 어시스턴트를 고용해보시면 똑같이 생각하실 거예요… 〈프로덕션〉 체제로 가시면…"

"……흐음… 그런가…? 뭐, 나는 아무래도 어시스턴트를 쓸 성격이 아니라는 건 이해했습니다… 아마도지만…"

어시스턴트가 없는 로한은 어시스턴트 디렉터라는 역할의 자세한 부분까지는 알 수 없다. 좌우간 이곳에는 조직 나름의 상하관계나 암묵적인 전통 같은 것이 있다는 뜻이리라.

폐쇄된 업계일수록 봉건적인 요소가 있으므로, 상하관계의 엄격함이 향상심을 불러일으킬지도 모르지만 로한과는 관계없는 일이었다.

키타모토는 화제를 바꾸려는 듯 손목시계에 눈길을 주었다.

"어떠세요, 로한 선생님? 식사는 언제나 도시락을 주문하는데, 이 근처 고깃집에서 런치메뉴로 나오는 카레가 꽤 괜찮거든요. 모처럼 로한 선생님이 오셨으니 촬영이 일단락되면 오늘은 거기서… 그전에 또 질문이 있으면 뭐든지 하십시오."

"…그럼 저 새로 가져온 도구는 어디에 쓰는지, 라거나… 이 바닥에 붙인 테이프의 의미 같은 걸… 아, 그리고 이 도구를 이런 이름으로 부르게 된 유래 같은 것도 알고 싶은데요—"

"아, 네네, 뭐든지 물어만 보십쇼—"

키타모토가 대답할 때마다 로한은 수첩에 재빨리 정보를 적어간다.

코쿠요* 포켓수첩은 벌써 대부분의 페이지가 메모로 빽빽했고, 로한은 이미 새 수첩을 여러 권 준비해두었다. 번번이 몰스킨 다이어리를 펼치다가는 아무리 새것을 사도 모자랄 정도의 정보가 날마다 들어왔고, 호텔에 돌아가면 그것은 다시 정리되어 구체적인 형태를 갖춘 인스피레이션으로 승화되어간다.

달리던 펜을 멈추고 수첩을 탁 덮으며 로한은 고개를 들어 키타모토를 쳐다봤다.

"많은 공부가 됐습니다. 드라마 촬영이라는 것이 이렇게 많은 사람이 관여하며 하나의 〈세계〉를 공유하는 줄은 몰랐군요… 〈취재〉하러 온 보람은 있었습니다."

"부끄럽습니다."

"게다가… TV 너머로 볼 때는 알 수 없는 것이 정말 많이 있는 모양이고…"

"……?"

---

* 일본의 사무용품 브랜드.

그렇게 말하며 로한은 의미심장하게 방구석으로 시선을 던졌다. 키타모토도 이끌리듯 시선을 좇다가 그 의도를 알아차렸다.

현장 한쪽 구석에 진을 치고, 바쁘게 돌아다니는 스태프들 가운데 마치 귀족처럼 우아하게 앉은 인물이 있었다.

주역인 〈이인관의 신사〉를 연기하는 배우 쿠니에다 하라토國枝原登였다. 노던 프로덕션 소속 아이돌 출신으로, 곱상한 외모와 천부적인 연기 감각에 힘입어 젊은 연기파 배우로 평가받고 있었다.

TV 예능 프로그램이나 잡지에서 보는 쿠니에다는 소탈하고 겸손한 훈남 캐릭터였지만 로한의 눈에 비친 촬영 현장에서의 쿠니에다는 마치 귀족 아들이 마을에 견학이라도 나온 듯 거만한 태도를 취하고 있었다. 다만 로한이 배역 결정을 받아들였으니만큼 연기력은 확실했고, 그 오만함도 주연 배우라는 자부심에서 비롯된다는 인상이 들었다.

쿠니에다는 진한 올리브색 접이식 의자에 앉아, 일개미처럼 쉴 틈 없이 움직이는 스태프들을 바라보며 레이블을 벗긴 페트병 마개를 열고 입을 댔다. 무색투명한 색을 보아하니 아마 미네랄워터인 듯했다.

그러나 페트병의 내용물이 입술에 닿자 쿠니에다는 손을 내렸다.

"야."

그 짧은 한 마디에 마치 공기가 굳어버린 듯한 긴장감이 현장에 감돌았다.

쿠니에다의 '야' 하는 한 음절의 맥락을 잘못 읽으면 큰일이 벌어진다는 것은 스태프들 모두가 잘 알고 있었다. 대개 그 목소리는 매니저를 향한 것이었지만, 그때는 누구를 부르는 것인지도 스태프들은 대강 알고 있었다.

그 직전에 쿠니에다에게 페트병을 건넨 것은 그 땅딸하고 젊은 AD였다.

"AD 씨."

"…아, 예…"

"이봐아아~ 에이이이 디이이이~~ 씨~~~ 여기라고, 여기…"

부름을 받은 AD는 조심조심 쿠니에다에게 다가간다. 이미 얼굴은 새파랗게 질려 있다. AD가 옆으로 다가오자, 쿠니에다는 고개를 숙이라는 듯 살짝 손을 까딱였다.

시키는 대로 고개를 숙이자, 그 AD의 머리를 쿠니에다는 페트병으로 가볍게 쳤다. 퉁, 하고 목어木魚를 두드리는 듯한 소리가 났다. 그것은 현장의 공기를 얼어붙게 하는 소리이기도 했다.

"알고 있어?"

"네?"

통, 통, 다시 소리가 울린다.

그다지 아프지는 않을 것 같지만 보기에 썩 유쾌한 광경은 아니었다.

"〈질문〉하잖아… AD가 〈주연〉을 깔본다는 의미와, 그 행위가 미치는 영향이 얼마나 큰지… 네가 지금 알고 그러는 건지… 그렇게 묻는 거라고… 이해가 돼?"

"아… 어어～ 저기…"

"딱히 시비를 걸자는 건 아니고. 다만… 나는 현장에서 내 존재가 얼마나 큰지 잘 알고… 그래서 업계 사람들의 교육에 공헌을 하고 싶다… 늘 그렇게 생각한다고… 지금 이러는 것도 딱히 널 못살게 굴고 싶어서가 아니야… 그래서 〈질문〉하잖아. 응…? 너 지금… 알고 그러는 거야?"

불려간 AD는 이미 울상이 되어 있었다. 긴장으로 땀이 배어 피부는 축축하게 젖고, 시선은 둘 곳을 모른 채 갈팡질팡 헤매고 있었다. 쿠니에다는 그런 모습을 보고서도 〈질문〉의 고삐를 늦추지 않았다.

"다시 한번 묻는다? 알고 있어?"

"죄… 죄송합니다————!"

퍼억.

더욱 큰 소리가 울렸다. 이번에는 물이 든 페트병을 힘껏 내리친, 둔한 타격음이었다.

"그건 〈대답〉이 아니잖아아— 이 돼지 새끼야————!"

쿠니에다는 AD의 멱살을 잡아끌더니 그대로 헤드록 자세로 넘어갔다. 귓가에 목소리가 그대로 닿으며 쉽게 빠져나갈 수 없는 자세.

"너어어——— 역시 깔보는 거지! 나를 깔보는 거야! 나는 〈질문〉을 했어… 〈질문〉의 대답이 〈죄송합니다〉? 돼지 학교에선 그렇게 가르치냐? 돼지 업계에선 그게 정답이야?! 멍청아!"

"으, 윽, 죄, 죄송합니다."

"또 〈사과〉하르…? 의미도 모르는 〈사과〉는 〈도피〉야. 뉘우치는 게 없잖아. 눈앞의 상황만 모면하자고, 〈좋은 게 좋은 거지〉라는 심보가 뻔히 보인다고~~… 너희 돼지들끼리는 서로 인사랍시고 꿀꿀대며 울기만 해도 상관없겠지만, 감히 인간의 질문을 의미 없이 넘길 생각으로 업계 밥을 먹냐? 어? 어떠냐고?! 너어!!"

"으… 윽, 으으… 으흐으윽~~"

"울지 마. 잘 들어, 딱 한 번만 더 인간의 말로 〈질문〉해줄 테니까… 내가 왜 너 같은 돼지 새끼한테 화가 났을까? 알아?"

"…모르겠습니다아———!"

"네가 나한테 감히 〈경수硬水〉를 마시라고 줘서 그렇잖아————!"

투퍽—— 하고 이번에는 더욱 아플 듯한 소리가 났다.

쿠니에다가 휘두른 페트병이 쇠망치처럼 AD를 후려쳤다. 얻어맞은 AD는 다행히 비싸 보이는 장비는 피했지만, 의상 박스 하나를 요란하게 뒤엎으며 바닥에 넘어졌다.

"으… 으흑… 코, 코! 코피! 피가 나… 코에서…!"

"〈코피〉보다 〈물〉이 문제지, 멍청아! 너 진짜 알고 있냐고————?!"

노발대발한 쿠니에다는 접이식 의자에서 일어나서 AD를 축구공처럼 마구 차기 시작한다. 그러는 그를 스태프 중 아무도 나서서 말리지 않았다. 이렇게 된 이상 쿠니에다는 아무도 못 말리고… 아무도 말릴 권리는 없었다.

로한도 불쾌감은 들었다. 평소라면 쿠니에다의 행동에 한두 마디 얹을 법하다.

그러나 어디까지나 〈환경〉을 취재하러 온 것이다. 이것이 〈촬영 현장의 환경〉이라면… 하물며 스태프의 최고 책임자인 키타모토조차 말리지 않는다면 이 현장에서는 그것이 자연스럽다는 뜻이리라.

물론 기분좋은 광경이 아니라는 사실 자체는 분명했다. 하지만 상하관계나 부조리, 그 〈기분좋지 않은 상황〉에 입을 대버리면 이 환경에 자기주장이 섞인다. 그러면 자연스러운 현장 환경이 아니게 되며, 리얼한 현장 취재라는 본인의 목적에 불순물이 섞일 수 있다.

"내가 마시는 〈물〉이 네가 흘린 피보다 훨씬 귀한 액체란 말이야———! 〈저매니*〉가 내 게임 계정을 돌리느라 바빠서 대신 〈물〉을 사오라고 보냈더니, 그 역할의 중대성을 알지도 못하냔 말이야——! 돼지 새끼! 죽어! 아니, 죽지 마! 이 업계에서 네 목숨은 네 게 아니야! 알아들어? 죽으면 죽여버린다!"

소리치면서도 쿠니에다는 분노가 가라앉지 않는 듯 〈경수〉가 들어 있다는 그 문제의 페트병을 바닥에 내동댕이친다. 럭비공처럼 불규칙하게 튀어오른 페트병에 젊은 여성 메이크업 스태프가 흠칫 놀란다.

"내 목은 돈이 샘솟는 목이라구. 그런데 세상에 어떤 놈이 〈경수〉와 〈연수軟水〉를 뒤바꿔서 사왔네? 어?!"

"으, 흐으윽…"

"어, 뭐지~~? 그 반항적인 눈은~~? 할말이 있거든 인간의 말로 하라고, 새꺄———!"

쿠니에다의 말대로 그 AD의 눈에는 공포와는 다른 빛이

---

* 일본 연예계에서 매니저를 가리키는 은어.

깃들어 있었다. 질척질척한 소용돌이처럼 불만이 고이고 고여, 이윽고 AD 본인의 입에서 희미한 반항의 말이 형태를 이루었다.

"쿠, 쿠니에다 씨… 당신은 역시 그냥 내가 싫은 거야… 그래서 내 〈제안〉에도 귀 기울이지 않고… 키타모토 씨도 그래. 〈의상이나 소품을 자비로 마련해올 수 있으면 생각해보겠다〉고 했으면서 결국 〈등한시〉했어! 당신들은 결국 내게 아무 〈배역〉도 줄 생각이 없었어…!"

"당연하지, 멍청아! 잘 들어, 너는 이미 〈두번째〉야… 기억해? 내가 〈물〉에 신경을 많이 쓴다고 얘기한 게 벌써 〈두번째〉… 그걸 기억 못 한다는 건 말이지— 그만큼 너 스스로가 배우라는 직업을 가볍게 본다는 뜻 아니야?"

쿠니에다는 주위 사람이 들으라는 듯 한층 목소리를 높였다. 그 말에 대해 반론하는 사람 역시 아무도 없었다.

"이 바닥이 그렇게 쉬워 보이냐—— 나도 밑바닥 시절 다 겪었어! 〈따까리〉 노릇도 못 하면 네가 할 수 있는 〈배역〉 같은 건 티끌만큼도 없다고! 그래도 네가 한사코 업계 밥을 먹겠다고 하니까 〈연줄〉로 그나마 AD라도 시켜준 거잖아! 〈자기 할일〉도 모르는 네가 〈하고 싶은 일〉을 어떻게 하냐! 알아들었어, 돼지 새끼!"

"…아… 알았습니다…"

"하여간에… 소리쳤더니 목이 다 쉬겠네~ 아… 목말
라…"

한바탕 하고 싶은 말을 쏟아낸 쿠니에다는 겨우 분노가
가라앉았는지, 자기 매니저에게 말을 걸었다.

"저 매니, 물."

"네―"

부름을 받은 매니저는 당연한 듯 보냉 백에서 물을 꺼내
건넸고, 쿠니에다는 그것을 받아 마셨다.

아무래도 물은 처음부터 본인들이 준비해뒀던 모양인
지… 스태프들 사이에 미묘한 분위기가 감돌았지만 아무도
그 AD를 위로하려 들지는 않았다. 그저 뒤에서 험담을 주고
받을 뿐, 그 험담도 쿠니에다를 향한 것인지 그 AD를 향한
것인지 알 수 없는 모습들이었다.

"……"

로한은 말없이 처음부터 끝까지 상황을 지켜보고 있었다.

그런 로한의 모습에 키타모토는 역시 좀 민망해졌는지…
시선을 마주치지 않도록 선글라스를 닦으며 변명을 했다.

"…로한 선생님, 다 그런 겁니다. 질리셨을지도 모르지
만… 오히려 저렇게 안 하면 안 돼요. 〈스타〉는 원래 좀 거만
하게 구는 것이 당연하거든요… 저건 말하자면, 일하면서 확
인을 게을리한 AD 잘못입니다…"

로한은 그런 키타모토를 향해 눈만 살짝 찌푸리고, 오른쪽 허리에 손을 짚은 자세로 응했다. 비즈니스 상황에서는 흔히 나타나지 않는, 긴장감이 무너진 몸짓이었다.

　"… 아니, 카메라가 돌지 않을 때 배우가 어떤 사람인지는 나와 상관없습니다… 실제로 카메라를 통해서는 잘 속이고 있으니… 저게 진짜 내 만화의 〈주인공〉이라면 절대 독자의 사랑은 못 받을 거라고 생각하지만…"

　사실 로한은 쿠니에다 하라토의 연기력을 의심하지 않았다.

　지금까지 촬영하면서 쿠니에다는 카메라가 돌기 시작하는 순간 〈이인관의 신사〉 연기를 잘 해냈고, 손가락 끝까지 기품 있는 동작, 엄지로 관자놀이를 긁는 버릇의 재현, 문득 먼 바다 위를 날아가는 괭이갈매기를 바라볼 때의 우수 어린 표정… 그것들은 확실했다.

　카메라 앞에서 만화의 컷을 재현하듯 각도를 의식하는 자세도, 대사를 말할 때의 억양도, 만화 캐릭터가 가진 배경을 깊이 파악한 연기였다.

　쿠니에다가 배우로서 성실하게 일한다면 평소의 행동은 별개의 문제다.

　"하지만 이건 본심입니다. 그의 연기는 아주 잘 봤어요… 그 점에 대해서는 정말 걱정하지 않습니다. 동료 스태프에 대해서는 몰라도, 그는 내 원작에 경의를 가지고 연기해줍니다… 패션이나, 새끼손가락으로 새끼손가락을 긁는 버릇 등 캐릭터와 〈일체화〉를 잘해주고 있어요…"

"로한 선생님이 그렇게 말씀해주시니 안심입니다."

"오히려 내가 걱정하는 것은… 키타모토 씨, 당신입니다."

"네?"

갑자기 창끝이 자신에게 돌아와 키타모토는 어리둥절했다.

"키타모토 씨… 나는 이번 〈드라마화〉에 〈두 가지〉 조건을 걸었어요. 하나는 내가 원하는 만큼 촬영 현장 취재를 허가할 것… 이것은 드라마 촬영 현장에 대한 순수한 관심도 있지만… 두번째 조건을 관리한다는 의미도 포함되어 있습니다…"

"…네에…"

"기억하십니까? 두번째 조건… 절대 〈이야기 줄거리를 바꾸지 않는다〉는 것. 내 만화를 〈원작〉으로 사용한다면 〈등한시〉하지 말 것…"

"…네. 물론… 기억합니다. 아주… 잘 기억하죠… 말씀드렸죠, 로한 선생님? 저는 선생님 만화의 팬이고… 원작을 존중합니다."

"진지하게 하는 말입니다. 내 만화는 언제나 〈리얼리티〉를 중시해요… 그것은 자기 발로 취재하고, 문헌을 조사하고, 본인이 실제로 체험하고, 역사상 정말 있었던 일 등을 바탕으로 그런다는 뜻이죠…"

"…가만 있자… 그래서 무슨 말씀을 하시고 싶은 겁니까?"

"즉, 〈그들은 정말 있었다〉는 말인데… 당신은 알고 있나?"

로한은 쿠니에다의 입버릇을 짐짓 따라 하듯 말했다.

그리고 천천히 눈앞으로 손을 들자, 검지부터 순서대로, 만화를 그리기 전에 손운동을 하듯— 하나씩 손가락을 접어 헤아리기 시작했다.

"귀뚜라미 소리를 들으면 카멜레온으로 변신하는 〈미조로기 토시오溝呂木敏夫〉… 자정을 경계로 매일 몸 일부가 자라나는 〈시계 사나이〉… 아이가 괴수 장난감에 담은 망상에서 생겨난 〈카게곤〉… 땅이나 물체를 마르게 하는 힘을 가진 마츠로와누타미*의 후예 〈오로보그〉… 빠진 모발이 멋대로 움직이는 기이한 병을 전염시키는 〈배수구 파괴자〉… 써도 써도 계속 늘어나는 지폐를 떠맡기는 〈밀라그로맨〉… 구 일본군이 만들어낸 생물병기의 생존자 〈아죠啞聶〉…다른 차원의 방에 60년 동안 틀어박혀 있었던 남자 〈마가미 토오루真上徹〉…"

그것들은 모두 단기 연재 작품인 『이인관의 신사』에 등장하여 주인공인 〈신사〉와 얽히는 괴인들의 이름. 로한은 그

---

* 따르지 않는 백성. 옛 일본 조정에 복속되지 않고 저항한 아이누 민족 등 원주민을 말한다.

것들을 모두 헤아린 후 물었다.

"〈이인관〉에 사는 이인들은 모두 〈모델〉이 있습니다. 내가 서쪽에서 동쪽까지, 자기 발로 〈취재〉해서 모아온 소재들… 바깥 세계에는 알려져 있지 않지만 역사가 기억하는, 틀림없이 존재했던 것들… 정말 있는 괴이怪異들. 그걸 〈등한시〉해버리는 일의 위험성을 당신은 정확히 인식하고 있나…? 나는 사실 그걸 감시하러 온 겁니다… 그들을 〈등한시〉하고 있지는 않은지…"

"로한 선생님… 무슨 말을 하고 싶은 겁니까?"

이제 여기서부터가 본론이었다.

"배우 중 한 명에게 〈스캔들〉이 있었죠…? 〈약물 중독〉… 이탈리아에 갔을 때 마약을 배우고 돌아왔다고…"

"…네. 하지만 문제없습니다. 〈대처〉는 했으니까요."

키타모토의 표정이 달라졌다. 지금까지 로한에게 보여준 것은 대부분 영업용 미소였는데, 그에 비하면 지금 띤 표정이 업계인으로서 키타모토 본래의 얼굴에 가까웠다.

그 얼굴을 향해 로한은 진지하게 말을 걸었다.

"연예인의 〈약물 중독〉… 이 센세이셔널한 범죄를 요즘 자주 접합니다. 그에 의한 방영 중단도 그렇고… 그것은 〈약물〉이라는 것이 의존성과 확산성을 띤 위험물이며, 그것이 터부임을 강력히 시사해야 하기 때문이죠. 폭력과 싸움이 난무

하는 깡패 만화나 갱 만화조차 〈마약 밀매꾼〉만은 절대악으로 설정합니다.”

“……”

“하지만 그 건으로 〈촬영 중단〉이 됐다는 말은 못 들었고, 제작은 순조롭게 진행되더군요… …다만 좀전에 소리치던데, 〈구본〉이라는 건 무슨 말입니까? 나는 각본이 변경됐다는 말은 못 들었는데… 게다가 그 AD가 말하던 〈제안〉도 그렇고. 그는 대체 무엇에 대해 〈제안〉을 한 겁니까?”

“로한 선생님, 좀 진정하시고…”

“알겠습니까? 나는 처음부터 〈위험성〉을 이야기하고 있었습니다. 키타모토 씨, 당신은 이 원작의 〈위험성〉에 대해 제대로 이해하고 있습니까?”

“………로한 선생님…”

키타모토는 눈을 가늘게 뜨고, 내려다보듯 턱을 들었다.

그것이 아마 키타모토의 진짜 얼굴임을 로한도 잘 알았다. 로한에게 대답하는 키타모토의 목소리가 한 옥타브 정도 내려갔다.

“아무 문제도 없기 때문입니다. 확실히 〈스캔들〉은 난감했지만… 아무 문제는 없어요. …나는 〈디렉터〉이기도 하지만 〈프로듀서〉이기도 하니까, 문제없었던 것으로 만들 수 있습니다… 말했죠. 목숨과 바꾸는 한이 있어도 이 현장을 버리지 않겠다고… 『이인관의 신사』는 반드시 끝까지 찍고 말 겁니다. 〈촬영 중단〉만은 절대 없습니다."

업계 용어 이야기를 꺼낼 때와는 분위기가 전혀 딴판이었다.

가까운 거리에서 서로를 노려보는 그 험악한 광경은 창작자인 만화가와 비즈니스맨을 자처하는 프로듀서, 두 사람 본연의 얼굴에 의한 눈싸움 그 자체였다.

"〈각오〉는 높이 사지… 하지만… 잘 들어, 키타모토 씨. 촬영을 계속하겠다면 캐릭터나 에피소드는 절대 〈삭제〉하지마. …대사를 다소 쳐내는 정도는 좋아. 하지만 스토리의 본질을 〈등한시〉하는 짓은 안 돼. 이건 드라마의 원작자인 내의지인 동시에 책임이기도 해… 내 만화를 원작으로 사용하겠다면 그려진 대로 온전히 그려내야 해. 그들을 경시하거나 〈등한시〉하는 짓은 절대 해선 안 돼."

"……〈약속〉드립니다, 로한 선생님. 말씀드렸죠? 이래 봬도 일단은 선생님 만화의 팬이긴 하다고. …그래도 착각하시면 안 됩니다. 〈촬영 현장〉을 짊어진 사람은 나… 이 기획은 이미 스폰서나 시청률에 대한 기대 등… 여러 가지 〈숫자〉가 얽혀 있습니다. 〈실패한다〉는 선택지는 없어요… 반드시 완성해서 〈성공〉시킬 겁니다… 그러기 위해 하는 일은 설령 원작자라도 막을 수 없습니다."

"그렇군… 나는 내 만화 사용을 허락한 것을 후회하고 있지만, 움직이기 시작한 흐름은 이미 막을 수 없는 곳까지 와 있을 테고… 하다못해 나와 당신이 인식하는 〈문제〉가 같은 〈문제〉이기를 빌지…"

"어떤 〈문제〉가 일어나도 〈문제로 만들지 않는다〉. 그런 겁니다… 설령 태풍이 오든 강도가 들든, 나는 촬영을 속행하겠습니다."

그 말을 남기고 키타모토는 로한에게 등을 돌려 스태프에게 향했다.

키타모토가 스태프들 사이로 들어가자, 하나가 되어가는 현장의 공기 속에 로한만이 바깥에서 온 이방인처럼 남겨진 듯했다.

하늘에는 구름이 끼기 시작했지만 현장은 여전히 찌는 듯 무더웠다.

희미하게 목마름을 느꼈다. 로한은 이럴 때 경수니 연수니를 따지는 섬세함을 만화에 살릴 수 없을까 생각하면서 촬영장을 지켜보고 있었다.

"커어어어엇———! 오케이, 오케이야 쿠니에다!"

구름 너머의 태양이 그날의 열기를 절정으로 끌어올릴 무렵, 키타모토의 쩌렁쩌렁한 목소리를 신호로 촬영은 겨우 휴식 시간에 돌입했다.

촬영을 마치자 쿠니에다는 스위치가 꺼지듯 표정과 몸짓을 갈아 끼웠다. 그 철저한 온과 오프는 로한의 눈에도 대단하게 보였다.

"아——— 더워어———! 에어컨 좀 어떻게 안 돼요—? 키타모토 씨이이~~ 이러다 사망자 생기는 거 아닌가———?"

"미안해 쿠니에다~ 반성할게! 〈연수〉 마시고 조금만 더 참아! 자자, 레몬 맛으로 준비했으니까! 살짝 새콤한 맛 나는 그거!"

"감사함다———"

접이식 의자에 앉은 쿠니에다는 꿀꺽꿀꺽 목을 울리며 수분을 보충한다. 그쪽 의자는 디렉터용이었지만 아무도 쿠니에다에게 뭐라고 하는 사람은 없었다. 거만한 태도가 허락되는 것은 스타의 권력이기도 하지만, 실력 있는 배우이기 때문이라는 것 역시 아무도 부정할 수는 없었다.

"아~ 진짜 목마르네… 소리 지르는 대사가 많아서 그런지… 바싹바싹 말라 죽겠어———"

꿀꺽꿀꺽 맛있게 물을 들이키는 쿠니에다는 기분이 좋아 보였는데, 나무랄 데 없이 연기를 해낸 덕분이었다. 쿠니에다의 기분이 좋은 것을 확인하자 키타모토는 로한 쪽으로 다가왔다.

"어떻습니까, 로한 선생님? 촬영은…"

"아… 퀄리티 컨트롤은 전혀 나무랄 데 없군요. 이 회는 솔직히 방영이 기대될 정도입니다. …원작으로 말하면 〈6화〉 촬영이었던 것 같은데…"

"네, 네네, 뭐, 진짜, 쿠니에다의 연기가 딱 맞아 떨어지니까요—— 여주인공 역 나키도! 역에 딱 맞죠?"

"그 둘의 캐스팅은 과연 믿을 만하군요. 나도 나키는 좋아하고…"

맞장구를 치면서 로한은 현장에 들어온 아이스박스에서 이온음료를 한 병 받아 입을 축였다. 좌우간 여름의 잔재가 현장을 괴롭힌다. 쿠니에다가 물 때문에 신경을 곤두세우는 것도 어느 정도 이해가 갈 만큼은 목마름을 느끼고 있었다.

둘러보니 스태프들도 자주 수분을 보충하고 있다. 역시 모두 더운 모양이다. 안 그래도 기온이 높은데 촬영 스태프는 조명까지 사용하니까, 자기보다 더 힘든 상황일 거라고 옆에서 지켜보는 로한도 짐작했다. 다만 바닷바람이 조금 전보다 건조해져서 끈적끈적 들러붙는 듯한 불쾌감이 줄어든 것만은 다행이었다.

로한은 문득 쿠니에다 쪽으로 시선을 돌렸다.

오만불손한 태도는 칭찬할 수 없지만 역시 쿠니에다는 좋은 연기자였다.

평소의 인간성을 전혀 알 수 없을 정도로 쿠니에다는 카메라 앞에서 완벽한 가면을 써주었고, 그런 자질이 배우나 연기자에게는 필요하다고 생각했다. 어디까지나 시청자의 눈에 비칠 때 좋은 모습을 보여주면 되고, 그 점에서는 철두철미했다.

다만 역시 높은 기온 때문에 고충이 심할 것이다. 쿠니에다의 의상은 결코 시원하다 할 수 없어서, 냉각 시트 같은 것으로 땀을 막고는 있지만 체력 소모를 무시할 수 없는 듯했다. 페트병의 물도 금세 한 병을 통째로 비워버렸다.

"아… 맛있다아아아아아."

한 병으로는 부족했는지 쿠니에다는 또다른 페트병을 열어 입을 댔다. 꿀걱꿀걱 소리를 내며 목울대가 오르내린다. 로한이 보기에도 워낙 맛있게 마셔서, 이온음료 광고 같은 것도 잘하겠다는 생각이 들었다.

쿠니에다는 두번째 병까지 비우고 매니저를 불렀다.

"저매니— 물 사놓은 거 더 없어——?"

"아… 죄송합니다! 얼른 사올게요!"

"5분 안에 와. 늦으면 홀딱 벗고 개 흉내내기. 늘 하는 거 알지? 농담 아니다."

달려가는 매니저를 곁눈으로 보며 쿠니에다는 스태프용 아이스박스를 뒤졌다. 평소 수분을 보충할 때면 까다롭게 미네랄워터를 고집하던 쿠니에다에게는 매우 드문 일이었다.

"주스밖에 없나~~~… 그래도 목이 마르니까. 당분이 너무 많은 건 안 좋지만 커피는 이뇨 작용이 있어서 더 안 되니… 주스라도 괜찮아. 거기 너."

쿠니에다는 가까이 있던 여성 헤어 메이크업 스태프에게 말을 걸었다. 그녀는 표정이 조금 굳어졌지만 그것이 오히려 쿠니에다를 자극했다.

"무, 무슨 일이시죠… 쿠니에다 씨…"

"그래, 너 말이야… 네가 좋겠다. 대단한 일은 아닌데… 5분 안에 물을 사오는 것보다 훨씬 별것 아닌 일이야. …번거롭게 해서 미안하지만, 그 주스를 네가 좀 먹여줄래~~?"

"…먹여요? 제가… 주스를, 말인가요?"

"그래. 네 주스를 마시고 싶어… 아니, 내가 무슨 음흉한 소리를 하는 것도 아니고, 주간지에 대문짝만하게 실려도 별 문제 없는 일이야. 그냥 먹여만 주면 돼…"

"……"

그 요구가 성희롱이나 갑질이라는 것은 명백했지만 아무도 거역하지는 못했다. 쿠니에다 외의 여주인공 역이나 공연하는 다른 배우들은 '또 시작이네' 하는 얼굴이었지만 말리지는 않았다. 여기서는 보고도 못 본 척, 쿠니에다라는 폭군의 횡포를 흘려 넘겨야 촬영이 원활하게 진행된다는 것을 알기 때문이다.

아무도 도와주지 않는다는 것을 알자, 쿠니에다에게 지명된 헤어 메이크업 스태프는 주저하면서도 주스병을 들고 마개를 비틀었다.

그때, 쿠니에다는 다소 흥분해 있었다.

"아, 그래. 그 손놀림… 아주 좋아. 비틀어서 연단 말이지… 알아? 네가 〈그거 할 때〉에 〈그걸〉 다루듯이 정확하게… 알지? 딱히 스캔들 날 소리를 한 거 아니야. 난 그저 주스를 마시고 싶을 뿐이니까…"

"네, 네…"

"좋아… 자, 얼른 해… 목이 말라 죽겠다고, 진짜… 목이 바싹바싹 말라…"

"…먹여드리기만 해도 된다면… …………?"

이변을 맨 처음 알아차린 것은 그녀였다.

쿠니에다는 이미 정신이 어딘가 다른 곳에 가 있는지… 자

138

기 몸에 일어나는 일을 똑바로 인식 못 하는 듯했다. 단지 몸의 본능이 위험을 호소했고, 그래서 더욱 필사적이기는 했다.

"……〈목이 말라〉… 너무 바싹바싹 말라… 응? 먹여주지 않을 거야…? 이젠, 말하는 것도… 힘들어…"

"저, 쿠니에다 씨…?"

"…빨리… 부탁할게… 목이 마르다고 하잖아… 너무 말라서 〈비어〉버릴 것 같아… 알아… 이제 곧 〈비어〉버릴 거야…"

"저기… 이런 말씀은 실례일지 몰라도…"

당황한 목소리로 말하면서 그녀가 바라보는 것은 쿠니에다가 아니라 그의 발밑이다.

졸졸졸, 하고 샘물처럼 가느다란 물소리가 흐르고 있었다. 그 소리의 출처를 시선으로 따라가보니 쿠니에다의 다리를 타고 흐른 액체가… 발밑에 흥건한 웅덩이를 이루고 있었다.

마치 쿠니에다가 〈소변〉을 보는 것처럼.

"저, 저기, 쿠니에다 씨… …이러시면, 안 돼요~~ 이건 스캔들감… 다 젖었어… 다 새버렸어…"

헤어 메이크업 스태프의 반응에 배우들도 스태프도 로한도 웅덩이로 시선을 옮겼다. 〈월요일 9시의 얼굴〉로 통하는 젊은 실력파 배우가 옷을 입은 채 소변을 봤다는 있을 수 없는 현실에, 그 사태에, 모두들 눈을 의심했다.

그러나 일어나는 일의 본질은 이미 그런 수준의 문제가

아니었다.

"…아……… 〈비었어〉……"

눈, 코, 입, 귀.
쿠니에다의 모든 구멍이란 구멍에서 〈수분〉이 흘러나오고 있었다.
"──까아아아아아아아아아아아아아아악──!!"
헤어 메이크업 스태프의 비명이 울리자 사태는 급속도로 진전됐다. 쿠니에다의 시야는 이미 닫혀 있었다. 그리고 흐릿한 어둠 속에서 의식을 잃었다.
이윽고 쿠니에다의 몸은 실이 끊어진 인형처럼 바닥으로 털썩 무너졌다.
스태프들의 비명은 더한층 커졌다.
"뭐지?! 이, 이 현상은…?"
허둥대는 스태프들 사이에서 로한만이 다른 종류의 위기감을 느끼고 있었다. 그것은 분명 자연에서 일어나는 현상과는 일선을 긋는 것이었기에─ 아니, 그 이상으로 로한의 뇌리에 다른 각도에서 〈경고〉하는 감각이 스쳤다.
"구, 구급차… 누가 어서 전화해! 누가아아아아아아!"
"잠깐! …비켜! 거기서 비켜…! 나를 지나가게 해줘… 그를 내게 보여줘!"

로한은 스태프를 밀치고 쿠니에다에게 다가갔다. 응급 처치를 할 수 있는 것은 아니다. 구하려는 것이 아니라, 이제부터 엄습할 위험에 대비하기 위해 확인을 해야 했다.

그것은 이상한 증상이었다.

바위처럼, 마른 수목처럼 〈메마른〉 질감. 도저히 기존의 물리법칙으로는 설명할 수 없는 현상이 쿠니에다의 몸에 일어나고 있었다.

"…이건… 바싹 말랐어! 피부도, 안구도! 바싹 말라 금이 간 미라처럼 변했다! 급격한 〈탈수증상〉…! 주, 죽지는 않았지만… 위험해! 이대로는 틀림없이 위험하다…!"

로한은 쿠니에다의 몸을 만져보며 경악했다.

마치 강제로 온몸의 수분이란 수분을 모두 배출시킨 것 같았다. 그 넘쳐흐른 수분도 이내 바닥에서 증발해간다.

그렇다… 그것은 분명 자연이 아닌 뭔가의 〈간섭〉에 의한 것이었다. 그리고 로한은 그런 초상적인 존재의 〈간섭〉에 의한 재액災厄을 지금까지 수없이 목격했다. 때로는 사람의 혼이 갖는 이질적인 능력이거나, 신의 의지, 또는 인과에 의한 저주, 아니면 인지를 초월한 이 세상의 법칙이기도 했다.

그런 것에 대한 경악과 두려움과 호기심을 로한은 언제나 만화를 그리는 에너지로 받아들여왔다. 그렇기에 로한에게는 그럴 때 일어나는 일에 대한 경험적 위기감이 분명히 작동했다.

아니, 엄밀히 말하면 로한은 그것을 〈알고〉 있었다.

"그의 용태도 위험하지만… 위험한 것은 〈이 상황〉이다! 이 〈현상〉은 과학 같은 것이 아니야… 이렇게 급격히 〈말라〉… 아니, 〈건조〉돼버리다니…"

"…저, 저건… 누구지…?"

갑자기 놀라는 목소리에 끌려 로한은 고개를 들었다. 중얼거린 것은 키타모토였다. 로한은 먼저 키타모토의 얼굴을 보고, 이어서 놀라움으로 휘둥그레진 그의 시선을 따라갔다.

키타모토가 바라보던 것은 서양식 저택 구석의 작은 방. 그 열린 문 너머였다. 촬영에 쓰지 않기 때문에 소품이나 촬영 장비를 놓아두는 방이다.

그곳에 이상한 것이 서 있었다.

비유를 하자면 그것은 〈해초〉를 사람 모양으로 빚어놓은 듯했다.

그 얼굴은 진한 청록색의 길고 구불구불한 머리카락으로 덮여 있었다. 수도 없이 더럽혀져서 빨았다가 말린 걸레조각 같은 윗옷에, 바짓자락은 너덜너덜하게 바닥에 끌렸다. 마치 익사한 시체가 진흙 속에서 기어나온 듯한 형상이었다.

로한은 〈그것〉을 알고 있었다. 키타모토도, 다른 AD도, 촬영 기사도, 의상 담당도, 헤어 메이크업 스태프도, 모두들 알고 있었다. 하지만… 누구보다도 로한이 가장 잘 알았기 때문에, 그 이름을 맨 처음 입에 올린 사람 역시 로한이었다.

"…오…… 〈오로보그〉……?"

그것은 좀전에 로한이 열거한 이름 중 하나였다.

본인의 저작이며 이번 드라마의 원작. 『이인관의 신사』에 등장하는 캐릭터 중 하나… 〈괴인 오로보그〉 그 자체였다.

그 모습은 매우 정교하게 재현되어 있었다. 마치 만화를 찢고 나온 듯 완벽하게 꾸민 생김새였다.

그것이 그 자리에 있다는 데 로한은 경악했지만 로한 이상으로, 그리고 로한과는 다른 의미로 놀라는 것은 키타모토였다. 그는 저도 모르게 입을 열고 말았다.

"…〈저 의상〉이 왜 있는 거지?"

"뭐라고?"

로한이 키타모토의 말에 눈살을 찌푸리자, 키타모토는 자기 입을 손으로 막았다. 그것은 입을 잘못 놀린 사람이 하는 몸짓으로, 남이 들으면 곤란한 말임을 의미했다. 또한 그런 것은 대개, 드러난 후에는 너무 늦었기 마련이다.

"이봐, 키타모토 씨… 방금 그게 무슨 말이지? 저건 촬영용 의상인가? …그럼 저게 있다는 데 왜 그렇게 놀라지?"

"…그, 그건…"

"…저 〈오로보그〉 역의 배우는 〈약물 사건〉으로 체포됐지… 나는 그게 마음에 걸렸는데, 설마… 쭉 이상하다고 생각했어…! 에피소드 순서를 따라가면 오늘 촬영은 바로 그 〈오로보그〉 에피소드여야 하는데…!"

"진정하세요, 로한 선생님. 그런 것보다 지금 중요한 문제는… 나는 당신 만화 팬이고… 그러니까, 없어도 전체 줄거리와는 크게 상관없는 부분이 뭔지도 잘 알아서… 아니, 그런 걸 따질 때가 아니라!"

"〈오로보그〉 에피소드를 〈삭제〉한 것은 아니겠지?"

"으, 으으으아아아아아아……!"

키타모토는 공황에 빠져버렸다.

갑자기 알 수 없는 증상으로 쓰러진 주연 배우. 은근슬쩍 덮고 넘어가려 했던 짓을 알아차린 원작자. 그리고 원래 없었던 것으로 하려던 촬영 의상에, 그걸 입고 나타난 누군가. 차례로 덮쳐오는 상황과 인과 전체가 키타모토에게는 적으로 여겨졌다.

그럴 때 맞서지 않는 인간에게는 미래가 없다.

"구… 구급차! 나는 구급차를 부르러 가는 거야! 도망치는 게 아니라! 알았지! 이건 감독의 책임이다! 와하하하하하,

그래———! 나는 책임을 지는 거야! 다른 누구도 아닌! 바로 내가 부르러 간다고! 내가 구급차르으으을———!"

"잠깐 기다려! 키타모토 씨, 조심해야 돼!"

키타모토는 모르고 있었다.

키타모토는 오로보그에도, 로한에도, 책임에도, 그 자리의 모든 것에 대해 등을 돌렸다. 보이는 모든 것으로부터 눈을 돌리고 있었다.

그래서 달려간 출입구에 바싹 말라 쓰러져 있는 물체가 사람의 몸이라는 것을 미처 몰랐다.

"구급차아아아아으아아아아아아아아아 —— 히이익!"

그후 키타모토는 비명조차 제대로 지르지 못했다.

출구의 문을 연 순간— 철퍽, 하고 축축한 소리가 나며 키타모토의 발밑에 웅덩이가 생겼다. 사람이 쓰러졌다고는 생각할 수 없는 가볍고 단단한 소리와 함께 미라처럼 변한 키타모토가 쓰러졌다. 그 몸에서 흘러넘친 물은 마치 살아 있는 듯 오로보그 쪽으로 흘러가 이윽고 그 몸에 빨려들어갔다.

스태프들의 비명이 더한층 커졌다.

"내, 내가 뭐라고 했어… 조심해야 한다고 했지…! 〈매니저〉가 돌아오지 않는 것을 의아하게 여겼어야 했는데…! 출입구 앞에 넘어져 있는 또 한 사람은 쿠니에다의 〈매니저〉다! 그는 이미 공격을 받았던 거야!"

원작자 키시베 로한   145

이 짧은 시간에 세 사람이 당했다. 그것도 눈앞에서 보고도 도저히 이해력이 따라잡을 수 없는 어떤 현상에 의해, 인지를 초월한 원인으로 인해, 인체가 기괴한 모습으로 변한 것이다. 정상적인 판단이 가능한 자는 아무도 없었다.

공포에 사로잡혀 아무데로나 도망치려는 자들이 나타나기 시작했다.

로한은 그 자리에서 필사적으로 외쳤다.

"도망치면 안 돼! 방금도 봤잖나… 키타모토 씨는 〈도망쳤다가〉 당했어! 출구로 〈도망쳤기〉 때문에 공격받은 것처럼 보였다고! 그리고, 제길… 위험해, 이건… 〈이 힘〉은!"

"—〈등한시〉했기 때문이야."

그 목소리에 모두의 눈길이 쏠렸다.

목소리는 오로보그에게서 나오고 있었다.

"…이 녀석이 방금 말을 한 건가…? 아니, 하지만 이 목소리는…!"

로한에게도 귀에 익은 목소리였다. 그 자리에 있는 모두가 그 목소리를 들은 적이 있었고, 그것은 지금 이곳에 있을 리 없는 어떤 인물의 것임을 모두 알고 있었다.

목소리의 주인공은 스태프들이 부려먹고 쿠니에다가 그

토록 구박하던 땅딸한 AD였다. 오로보그 의상을 입은 자는 그 AD였던 것이다.

"…너희들이야… 처음에 〈등한시〉했던 것은… 뿌그르르르… 그래서 이렇게 된 거야. …그런 인과라고~ 뿌그르르르……"

"…무슨 소리를 하는 거야? 너…"

목소리는 흡사 물속에서 울리듯이 들렸다. 쿠니에다나 키타모토가 수분을 쏟아낸 것과는 반대로, 그는 수분을 너무 많이 머금고 있는 듯했다. 캐릭터 묘사를 위한 특징적인 말투 역시 로한은 설정한 기억이 있었다.

"〈오로보그〉는… 뿌글… 〈삭제〉할 필요가 없었어… 키타모토는 말했지… 〈대역만 있으면〉이라고… 뿌글… 내가 연기를 완성해오면 나를 〈배우〉로 생각해주겠다고… 〈의상〉도… 결국 내가 준비했는데~…"

그는 천천히 로한과 그 자리에 남은 모든 사람을 몰아가듯 걸으면서 이야기했다.

"…뿌글… 그래서 나는 말했어… 〈저라면 할 수 있습니다〉라고… 배우 지망생이었던 나라면 할 수 있었어… 제길, 애초에 병만 아니었으면 이렇게 살이 찌지도 않았다고… 그래도 절대로… 〈연기력〉으로는 절대 쿠니에다에게 밀리지 않아… 키타모토 그놈에게… 〈저라면 오로보그의 대역을 할 수 있습니다〉라고…"

오로보그의 말을 듣는 동안 로한 안에서 몇 가지 퍼즐이 맞춰지기 시작했다.

옛날 대본. 다급한 스케줄. 사용하지 않는 세트.

그리고 쿠니에다와의 대화에서 나온 〈제안〉. 오로보그가 이야기하는 내용은 아마 그 일일 것이다.

오로보그는 여전히 외치고 있었다.

"키타모토 그 자식이… 뿌글… 〈진짜로 받아들일 줄은 몰랐다〉고─?! 〈하도 끈질겨서 대충 둘러댔다〉는 거야───! 쿠니에다도! 〈돼지를 내보낼 바에는 아예 찍지도 말라〉고! 망할 것들이이이이이───!"

이미 그것은 인간의 목소리라고는 생각할 수 없는 것으로 변해 있었다.

증오와 원망, 그리고 영혼 밑바닥에 고이고 고인 진흙 같은 감정이 소용돌이치고 끓어올라 소리가 되어 터져나오는 것뿐이었다.

"뿌글, 뿌글! 제길… 〈연기력〉이라면 내가 그 녀석보다 못할 게 없어… 그걸 다 〈등한시〉한 것은 너희들이야… …그건 이 세계에서 나라는 존재를 인정하지 않겠다… 그런 뜻이란 말이지~! 그럼 나도 너희들의 존재를 인정할 수 없지이─! 뿌그르르르륵!"

키시베 로한은 쪼러지지 않는다

스탠드 '헤븐즈 도어'로 위기를 타파하는
키시베 로한의 미스터리 사건 노트
죠죠 유니버스를 확장하는 또하나의 세계!

문학동네 NOT FOR SALE

©2022 by Ballad Kitaguni/
LUCKY LAND COMMUNICATIONS

"이, 이 녀석이…? 무슨 소릴 하는 거야…"

"다시 말한다. 너희들이야… 〈오로보그〉의 존재를 〈등한시〉한 것은 너희들이라고―! 애초에 너희들이 〈등한시〉한 거니까―――! 각본을 삭제한 〈디렉터〉! 같이 연기하기를 거부한 〈주연 배우〉! 그리고― 키시베 로한! 애초에 〈원작자〉인 네가 이딴 놈들에게 〈오로보그〉를 맡겨서! 네가 〈등한시〉한 거란 말이야아아―――!"

"이봐, 잠깐만――"

로한이 뭐라고 말하기 전에 그는 다시 외쳤다.

"네 목숨도 〈등한시〉되는 게 당연해애애애애―――! 뿌글뿌글뿌글뿌글―――!"

"뭐라고…?"

그리고 오로보그로 분장한 AD는 본격적으로 행동에 나섰다.

공황에 빠져 이렇다 할 행동을 취하지 못하는 스태프들에게는 눈길도 주지 않고, 기괴한 모습으로 서슴없이 로한에게 접근했다. 인간이 분장했다고는 생각할 수 없을 만큼 귀기 어린 원념이 감돌고 있었다.

"크윽… 다음 목표는 나인가…! 하지만……"

노리는 것은 바로 로한. 하지만 그가 옆을 지나가기만 해도 스태프들에게 영향이 나타나고 있었다. 급격한 탈수 증상에 사로잡힌 그들은 눈이나 코를 비롯한 구멍이라는 구멍에서 수분을 쏟아내며 차례차례 바닥으로 쓰러져간다. 그 광경은 상대가 더이상 평범한 인간의 힘으로는 대처할 수 없는 〈현상〉임을 보여주고 있었다.

그러나 오로보그가 싸움을 건 상대는 평범한 인간이 아니었다.

"깔보지 마… 나도 힘은 있다! 네가 주위를 혼란스럽게 만든 덕분에 나도 힘을 쓸 수 있게 됐어!"

키시베 로한. 그의 스탠드는 〈헤븐즈 도어〉.

그 힘은 정면으로 대치할 때 무적에 가까운 위력을 발휘한다. 주위의 혼란을 틈타 로한은 그 초상超常의 능력을 오로보그에게 행사했다.

"헤븐즈 도어————!"

"우욱!"

즈큐우우웅, 하는 작열음이 들릴 정도로 스탠드의 비전이 힘차게 구현됐다. 헤븐즈 도어의 능력은 틀림없이 먹혀들었다.

"좋아… 〈책〉으로 만들 수는 있군…"

로한에게 그것은 능력이 통한다는 확인이기도 했다. 그에게 달려들려던 오로보그는 무릎을 꿇고 쓰러져 〈책〉이 되었다. 〈책〉으로 만들어 상대의 내면을 읽을 수 있는 능력. 그것과는 별도로 〈책〉으로 만들었을 때 일어나는 의식 무력화 역시 충분히 강력한 혜븐즈 도어의 효력이었다.

쓰러진 오로보그의 몸으로 달려가 로한은 그 페이지를 펼쳐 읽기 시작했다.

"…오바라 유메오尾原夢生… 27세. 18세 무렵 병으로 인한 약물 치료로 운명이 걸린 오디션을 보지 못하게 되어 배우의 길을 단념… 그럼에도 영상업계에 몸담고 싶은 마음이 컸고 연줄을 이용해 방송국으로… 하지만 제길, 이건… 〈이 정보〉는!"

페이지를 읽어나가던 로한의 표정이 경악으로 물들어갔다.

"왜 〈오로보그〉의 기억이 여기 적혀 있지?"

──괴인 오로보그.

그것은 로한이 취재한, 어느 전설에서 태어난 존재다.

메이지시대, 북방에서 태어나 고향에서 박해를 받은 남자. 그는 고대로부터 물의 주술을 쓰는 가계家系 출신이었던 까닭에 마을 수원지를 사용할 수 없었다… 목구멍이 갈라질 듯이 뜨거운 여름날, 아무리 땅에 머리를 조아리며 빌어도 물 한 방울 얻을 수 없었다.

본토로 건너가서는 당시 일본 정부에 저항했고, 그런 그를 교수형으로는 처형할 수 없었기 때문에 〈전기의자〉에 앉혀져 간신히 죽었다.

하지만 그는 죽는 순간까지 가는 곳마다 자신을 받아들여주지 않은 곳에 〈저주〉를 걸었고… 그 지역은 모두 〈물〉이 말라버렸다고 한다.

세계로부터 〈등한시〉당한 보복으로 물을 빼앗아 〈말려버리는 자〉.

그것은 이 세상에 실제로 존재했던 자. 로한이 취재로 알게 된 숨겨진 역사적 사실이기도 하다.

그후, 로한이 소재로 삼아 오로보그라는 캐릭터를 만화 속에 살려냈다.

만화 캐릭터로 새 생명을 얻은 오로보그는 작중에서도 〈등한시〉되었다는 이유로 폭주하기 시작해— 이윽고 〈이인관의 신사〉와의 대결 끝에 허를 찔리고 다시 〈전기의자〉에 앉혀져 감전, 패배했다. 소재로 삼았던 실화를 따라가듯. 그것은 로한이 역사에 바치는 경의이기도 했다.

하지만 그 모두가 AD, 오바라 유메오의 페이지에 기록되어 있었다.

마치 본인이 체험한 사건인 양 말이다.

그리고 오로보그 역을 맡았던 배우가 약물 사건을 일으켜 강제 하차되자 오바라는 기회가 왔다고 생각했던 것. 오로보그의 대본 설정을, 로한이 그린 원작을 수도 없이, 잠잘 시간도 아껴가며 읽었다는 것.

자기라면 대신할 수 있다며 키타모토에게 제안했을 때 키타모토가 '생각해보겠다'고 한 말을 믿고 AD 일을 하는 틈틈이 필사적으로 연기 연습을 했던 것.

그러나 '배우도 아닌 놈과 함께 연기할 수는 없다'며 쿠니에다가 거절한 것.

자신의 진심 어린 노력이 모두 〈등한시〉됐다고 생각한 것.

그러는 동안────── 자기와 오로보그는 똑같이 〈등한시〉된 존재라고 확신한 것까지 오바라의 경험이라 적혀 있었다.

"설마… 그런가? …이럴 수가… 이것은…! 〈빙의〉 같은 차원이 아니야… 이 현상은!"

로한이 경악한 것도 무리는 아니다.

오로보그의 정보가 마치 오바라 본인이 체험한 인생의 정보와 맞닿은 것처럼, 그 본인의 인격인 양 적혀 있었다. 오바라가 철저히 연구한 오로보그라는 캐릭터는 오바라 유메오라는 개인이 겪어온 삶의 이야기로 그 혼과 동화된 것이다.

그것을 확인한 순간 로한은 사태의 심각성을 이해했다.

"이 녀석은 〈화신化身〉이다! 〈오로보그의 화신〉! …말도 안 돼! 그런 일이 있을 수 있나? 〈등한시〉됐기 때문에 이 녀석은 캐릭터를 연구하는 과정에서 〈오로보그〉와 자신을 동일시했어… 너무 몰입한 탓에 〈오로보그 그 자체〉가 되어버린 거야!"

로한은 상대가 확실한 위협임을 깨닫고 즉시 그 페이지의 오로보그에 관한 기록을 펜으로 지우려 했다. 아니면 페이지를 찢어버리는 것도 좋겠다고 생각했는데—

"…아니… 잠깐…"

하지만 그 순간 깨달았다. 뭔가 돌이킬 수 없는 짓을 하려 한다는 감각이 있었다. 오로보그라는 존재를 그린 경험이 뇌리에서 경종을 울리고 있었다.

"…이 녀석이 〈오로보그〉라면… 가령 내 만화라면, 이 녀석의 원념은 그 정도로 가벼울까? 마구 헤집어서 고쳐쓰거나 찢어버릴 수 있는 것인가…?"

의심하면서도 시험하듯 로한은 펜촉으로 페이지의 글자를 건드렸다.

그 순간 ── 의식을 잃었던 AD의 몸이 움찔, 하고 경련했다.

"윽…!"

로한은 얼른 AD— 아니, 이제는 오로보그로 변한 그 남자와 거리를 두었다.

손에 얼얼한 위화감이 들었기 때문이다. 내려다보니 펜을 쥔 로한의 손끝은 이미 수분을 빼앗겨 피부가 하얗고 푸석푸석하게 말라 있었다.

"이 녀석이… 반격을 했어! 의식도 없는 채로…!"

그대로 로한은 오로보그에게서 물러났다. 헤븐즈 도어로 기절한 이 타이밍을 이용하면 그렇게 거리를 벌릴 수 있을지도 모른다.

　　하지만 그래서는 아무것도 해결되지 않는다.

　　절망적인 사실이 거기에 있었다.

　　"위험하다… 이 상황은 매우 위험해… 이 녀석이 〈오로보그〉라면 〈헤븐즈 도어〉는 안 돼… 고쳐쓸 수가 없어!"

　　그렇다, 헤븐즈 도어 최대의 강점은 명령의 기입. 상대의 행동을 제한하고 자기에 대한 공격마저 금지시킨다. 하지만… 그것은 오로보그의 존재를 자기 뜻대로 변경한다는 뜻이 된다. 존재를 〈등한시〉하게 되어버린다.

　　"그래… 이 녀석을 〈변경〉하는 것은 위험해…! 타인에게 〈등한시〉당한 것이 이 녀석의 원념의 근원… 그렇다면 존재를 부정하는 〈변경〉은 오히려 〈오로보그〉의 힘이 된다! 사태를 더욱 악화시킬 수도 있어!"

　　이와 같은 절대적인 절망의 상황에서 로한은 헤븐즈 도어에 의한 명령이라는 최대의 무기를 봉인당한 것이다. 이제 로한의 헤븐즈 도어는 기껏해야 몇 초 동안 상대의 움직임을 막는 힘 정도밖에 되지 못했다.

　　"이 저택에서 나가는 것도 곤란해… 좀전의 상황으로 보아 도망치는 것은 안 돼. 내가 그린 〈오로보그〉 이야기에서 주인공은 저택 밖으로 나가지 않았다… 이 촬영 현장을 떠나는 것은 〈오로보그〉와 맞서기를 그만두는… 그를 〈등한시〉한 것으로 간주된다! 여기서 쓰러뜨려야 해… …할 수 있을까? 주인공이 아닌, 바로 내가!"

그렇게 입 밖에 내봤지만, 말로 하니 다시금 로한은 그 어려움에 직면하지 않을 수 없었다.

만화와 그것을 원작으로 한 TV 드라마 안에서 오로보그에게 맞서는 것은 어디까지나 주인공인 〈이인관의 신사〉. 탁월한 지식과 물려받은 기술로 요괴를 퇴치하는 프로페셔널.

하지만 이곳에 〈신사〉는 없다. 〈신사〉 역의 쿠니에다는 바싹 말라 빈사 상태다. 악역을 응징하는 주인공이 없는 이야기는 괴기 어드벤처가 아니라 절망적인 호러일 뿐이다. 그리고 호러라면… 배드 엔딩도 있을 수 있는 것이다.

"아니, 내가 해야 해… 확실히 책임은 내게 있다… 좀더 엄격히 감수를 해야 했어. 작품을 떠맡겨버렸으니…"

헤븐즈 도어는 쓸 수 없다. 이 적에게 스탠드유저로서의 강점은 살릴 수 없다.

그래도 로한은 맞서야만 했다.

"이 녀석을 타인의 손에 맡긴 것이 원인이라면… 〈원작자〉인 내가 다시 한번 결말까지 〈줄거리〉를 이끌어야 한다!"

"…뿌글, 뿌그르르르르르—————"

이윽고 오로보그는 헤븐즈 도어의 공격으로 인한 혼절에서 회복하여 흐릿한 신음소리를 내며 일어섰다.

성대는 그 AD의 것이다. 하지만 말을 하는 것은 이미 인간의 의지와 융합한 오로보그라는 존재의 원념이다. 아득한 옛날의 전설과 로한이 그린 만화, 그것을 연기하는 인간, 그 세 가지가 결합한 괴물이었다.

"만약 작가가 〈신〉이라면～ 뿌그륵―! …할 수 있을지도 모르지이―! 로한 선생――! 그 괴상한 힘으로 나를 쓰러뜨려볼 테야? 원래의 〈줄거리〉를 〈등한시〉해서 말이지이～～!"

"…〈줄거리〉를 따르지 않는 것으로 치면, 애초에 그런 대사를 내가 쓴 기억은 없는데… 하물며… 〈이인관의 신사〉를 쓰러뜨려버리는 전개는 말이지."

"아니… 그건 아니야. 원작에서도 〈신사〉는 위기에 빠지거든. 때로는 초죽음이 될 정도의 위기에도… 그런 가혹함을 팔아먹잖아― 네 작품은――!"

"그런 대사도 기억에 없어!"

"꾸르륵!"

오로보그는 둔한 비명을 질렀다. 로한이 소품으로 준비되어 있던 화분을 집어들어 던진 것이다. 물을 머금어 뒤룩뒤룩해진 몸집 때문에 큰 타격은 입히지 못했지만, 물리적 공격이 통하지 않는 것은 아닌 듯 오로보그는 자세를 무너뜨렸다.

그 틈에 로한은 주위를 둘러보다 미처 도망갈 타이밍을 놓쳤는지 홀 구석에 웅크리고 있는 스태프 하나를 발견했다. 위험하다고 생각하면서도 그 순간은 고맙기도 했다. 도망치라고 하기 전에 로한은 물어볼 것이 있었기 때문이다.

"이봐! 〈소품〉은 모두 저쪽 작은방에 있나?"

"아, 아, 아아~"

"정신을 놓고 있을 때가 아니야! 죽고 싶어? 촬영에 쓰는 〈소품〉이 작은방에 있냐고 묻잖아!"

"아, 아아… 어, 네… 거의 전부…"

"…〈오로보그〉는 내가 유인하지. 나를 희생하겠다는 게 아니라… 책임은 내게도 있지만, 저놈에게 제대로 대처할 수 있는 사람은 캐릭터를 파악하고 있는 나뿐이란 뜻이야. 자네는 장소를 가르쳐주기만 하면 돼…"

"자, 장소라니, 무슨…?"

"〈전기의자〉 말이야."

그 스태프가 잘못 듣지 않도록 로한은 또박또박 발음했다.

"역사적으로도, 만화 속에서도 〈오로보그〉를 미국에서 공수한 〈전기의자〉로 해치웠지… 주위에서 빨아들인 물을 몸에 잔뜩 머금고 있으니까. 약점은 〈전기〉! 만화에서는 〈이인관의 신사〉가 그놈의 허를 찔러 〈전기의자〉에 앉혔어… 그게 결말이다. 그렇다면! 저놈이 〈연기자〉라면… 세트라도 좋아, 〈전기의자〉에 앉히면 이 이야기는 끝난다!"

"지, 진짜가 아닌데요?"

"저놈은 자기 자신이 〈오로보그〉라고 강하게 믿고 있어… 그렇다면 〈전기의자〉에 앉아 패배하는 것까지가 〈줄거리〉다… 만약 〈전기의자〉에 앉아도 〈줄거리〉를 무시한다면 자신이 오로보그이기를 포기했다는 뜻이 돼. 그건 캐릭터로서 옳지 않은 행위… 저놈의 힘이 오로보그와 자신의 〈동일시〉에서 생겨나는 거라면, 절대 〈줄거리〉를 무시할 수 없어! 그런 것이지…"

"……"

"알았으면 빨리 〈전기의자〉 세트가 있는 곳을 가르쳐줘! 저놈이 벌써 일어서려 하잖아!"

"……어…없습니다."

"…뭐라고?"

"〈전기의자〉 세트는 만들지 않았어요… 〈오로보그〉는 안 나올 거니까! 준비를 안 했다구요!"

"뭐라고?!"

그것은 마치 이제부터 맞추려는 퍼즐의 마지막 〈조각〉이 없음을 깨달은 듯한, 터무니없는 절망감이었다.

오로보그라는 괴물은 있다. 전설이나 만화라는 이야기 속에서 빠져나오고 말았다. 하지만 그것뿐이다. 구현화한 것은 오로보그뿐.

이야기를 끝내기 위한, 오로보그를 쓰러뜨릴 전기의자가 존재하지 않는다.

하지만 그런 사실에는 아랑곳없이 오로보그는 일어서서 로한과 스태프를 향해 다가온다.

"윽…! 마르기 시작했어… 이 거리에서 벌써…? 제길, 〈전기의자〉가 없다고? 어쭙잖은 짓을 해가지고… 역시 그래선 안 됐어! 이건 다른 사람에게 맡겨서는 안 되는 위험한 이야기였던 거야…!"

온몸에 천천히 드라이어 바람을 쐬는 듯한 느낌이었다.

오로보그가 다가오자 피부가 얼얼하게 저리는 감촉과 함께 표면이 푸석푸석 마르기 시작했다. 몸에서 공기 중으로 수분이 빠져나가 오로보그에게 빨려드는 것이다.

가만 보니 오로보그를 중심으로 바닥의 색이 달라지고 있었다. 바닥재에 함유된 얼마 안 되는 수분이나 도료의 성분까지 빨아들이며, 목재를 급격히 건조— 아니, 그것을 넘어 풍화시키기 시작했다.

오로보그가 지나가면 으직, 으직, 하고 이상한 소리가 난다. 그것은 자재가 급격히 건조되면서 집 전체가 울리는 소리였다. 오로보그 자신은 축축하게 젖어 있지만 그가 닿는 자리는 바싹바싹 말라간다. 그것은 기묘한 광경이었다.

먼저 공격당한 키타모토와 인물들을 보면, 저택 안에서는 스멀스멀 당하지만 밖으로 도망치면 급격한 공격을 받는다. 그 규칙은 이제 의심의 여지가 없다. 만화 안에서도 이 정도의 지옥도가 펼쳐지지는 않았다.

"…〈캐릭터가 멋대로 움직이기 시작한다〉는 것은 만화에서 〈늘 있는 일〉이지만… 그렇게 생각하면 이것도 처음 겪는 일은 아니지… 하지만…"

로한은 오로보그에게 거리를 두면서 옆에 있던 촬영용 스튜디오 라이트를 걷어찼다. 큰 망치처럼 생긴 그것은 쓰러지면서 오로보그를 직격했지만 마찬가지로 큰 타격은 입히지 못한 모양이었다.

"역시 타격은 거의 없군…! 빨아들인 수분 때문에 물렁물렁한 젤리처럼 돼서… 제길! 이 능력은 〈전설〉에도 암시가 있긴 했지만… 만화로 확실히 〈묘사〉한 것은 나였지!"

후회해도 늦었다. 한번 만든 〈설정〉을 지울 수는 없다.

"어느 방에든 숨어 있어! 저놈의 표적은 나야… 나를 노리는 한은 아직 시간을 벌 수 있어! 미처 도망가지 못한 사람이 있으면 데리고 빈방에 숨어! 지켜줄 여유는 없어!"

로한은 그 스태프에게 말했다. 말려들게 하지 않으려면 저택에서 나가지 않는 범위 안에서 격리할 수밖에 없다.

스태프를 재촉하는 동시에 로한은 오로보그에게 장애물이 될 만한 것들을 마구 던지며 빙빙 돌아가듯 〈어떤 물건〉을 향했다.

그것은 방구석에 놓인 〈아이스박스〉.

안에는 아직 페트병에 든 주스며 이온음료 같은 수분이 있었고, 보냉제와 함께 각얼음이 들어 있었다.

로한은 얼음을 옷 호주머니를 비롯한 틈새라는 틈새에 모두 쑤셔넣은 후, 약간의 동상을 각오하고 체온으로 녹이며 몸에 음료수를 끼얹었다. 그러면 몸에 수분이 돌아오고 잠깐은⋯ 아주 몇 초 동안은 오로보그의 공격에 대처할 수 있으리라 기대했다. 로한은 그중 페트병 몇 개를 가져가기로 했다.

"이게 근본적은 해결책은 아니다, 하지만⋯!"

오로보그가 다가오자 젖은 로한의 피부가 점점 말라간다. 그때마다 로한은 음료를 자기 몸에 끼얹었지만 수분은 자꾸만 증발해 다시 로한의 몸은 서서히 말라간다. 인체의 반 이상은 수분. 그것을 빼앗는 힘이란 즉 인체에 〈죽음〉을 가져오는 저주라 해도 좋다.

로한은 가진 수분이 모두 떨어지기 전에 2층으로 가는 계단을 올랐다.

2층 방을 잇는 복도의 난간에서는 천장이 트인 1층 중앙 홀이 내려다보인다. 때문에 이곳에는 위에서 조명을 비추기 위한 장비들이 여기저기 설치되어 있다. 로한이 믿는 것은 이 것이었다.

"배우가 분장을 지우러 2층으로 올라가는 것을 봤어… 어느 방에는 있을 거다…! 〈날붙이〉가 필요해! 그리고… 윽, 서둘러야 해…!"

로한은 분장실로 쓰이는 방에서 메이크업 도구를 발견하고 그 안에서 가위와 만약을 위한 베이비파우더를 꺼냈다.

물론 오로보그와 싸우기에는 미덥지 못하다. 그러나 지금 의지할 수 있는 것은 저택 안에 있는 도구와 본인의 지혜뿐이다. 로한은 그대로 자세를 낮춰 이동하며 〈어떤 물건〉을 가위로 잘라 잡아당겼다.

그리고 몇 초 후, 벽에 손을 짚고 일어서── 그 자리에서 로한은 계단을 다 올라온 오로보그와 대치했다.

"…이 세계에서 가장 어려운 〈승부〉란… 〈자신을 뛰어넘는 것〉. 이렇게 만화 캐릭터와 직접 대치하니 실감하겠군. 〈이렇게 강한 적을 내보내서 어떻게 쓰러뜨리지?〉 하고 생각할 때, 언제나 머리를 쥐어짜며 그런 강적을 만들어버린 자신과 필사적으로 싸우게 되지…"

"뿌글뿌글뿌글뿌글뿌글뿌글."

"하지만… 나는 그런 자신과의 승부에서 언제나 이겨왔어!

소재가 떠오르지 않아 잠 못 이루는 밤에도, 창작에 대한 불안에도! 〈자기 자신을 계속 이겼기〉 때문에 만화가인 것이다!"

로한은 가져온 페트병의 마개를 열었다.

내용물을 바닥에 쏟자, 목제의 마룻바닥에 스며들었던 주스가 마치 빨려들듯 오로보그를 향해 똑바로 날아간다.

"무슨 짓이지~~? 뿌그르르르… 미안하지만… 〈한계를 넘을 때까지 물을 빨아들이게 한다〉는 만화 같은 해결책은 무리일걸~~~! 뿌그르르! 한계를 설정하지 않은 것은 로한! 바로 너니까―――!"

"물론, 그런 생각은 한 적 없어. 지금 하는 생각을 굳이 말하자면, 역시 〈지식〉은 만화가의 무기라고나 할까…"

"…뭐야?"

"〈과학〉 수업이었지. …생각해보면 나는 수업중에도 그런 생각을 하는 녀석이었어… 과학 선생에게도 감사해야겠군…"

"잠깐만, 로한… 너 지금 무슨 소릴 하는 거야…"

"〈오렌지주스〉는 전기가 통한다. 학교에서 안 배웠나?"

"…설마…!"

"자신을 이기기 위한 방법은 자기의 경험이 알고 있지."

그렇다, 로한은 이미 준비를 하고 있었다.

오로보그가 주스를 빨아들일 것을 계산하여 바닥에 늘어뜨린 〈전기 코드〉··· 조명기구에 사용하는 코드를 조금 전에 빌린 가위로 잘라둔 것이다.

"〈전기〉가 통하는 길을 만든 것은 너 자신이다."

"···로한, 너어어어————————!"

바지직! 하고 강한 충격이 오로보그의 몸을 덮쳤다.

"우억!"

무진장으로 수분을 저장하던 그 몸으로, 오렌지주스가 만든 길이 케이블의 전기를 유도한다.

만화라면 화려한 효과로 감전을 표현할 법한 장면이리라. 하지만 현실에서 전기가 몸으로 통하는 순간은 맥이 풀릴 만큼 덤덤했다.

움찔, 움찔, 하고 몸이 경직되며 오로보그는 그 자리에 무너졌다.

"···〈전기의자〉는 아니지만 전기가 있어서 다행이다··· 이제 더는 사용하지 않는 집이지만 촬영을 위해 전력회사에 전기를 공급받은 덕을 봤군."

꼼짝하지 않는 오로보그를 주의깊게 내려다본 지 몇 초. 전기가 완전히 통했음을 확인하자 로한은 겨우 긴장을 풀었다.

"···어, 어떻게 된 거지? 그 괴물은··· 자네가 처치했나···?"

한 방에서 소리가 났다. 출연자 중 한 명인 중년 배우였다.

그는 조용해진 것을 깨닫고 조심스레 방밖을 살피러 나온 것이다.

로한이 상황을 설명하듯 오로보그를 턱으로 가리키자, 그 배우도 따라서 시선을 옮겼다.

"해, 해치웠어… 과연 원작자군! 하지만 만화 캐릭터가 실제 연기자에게 씌다니…"

"나도 처음 경험하는 일이었어… 박진감 있는 연기란 강령술과 비슷하다고 하니… 신내림이나 코쿠리 님* 같은 현상을 일으키는 조건이 그의 정신상태와 캐릭터 설정에 우연히 맞아떨어져버렸는지도 모르지만…"

"뭐, 뭐가 됐든 다행이군. 그런 녀석이 있다니…"

끝난 지금 생각하면 흥미로운 현상이라 할 수 있었다.

하지만 피해 규모가 상당히 커져버렸다. 흥미보다는 위협의 인상이 강하게 남는, 그런 사태였음은 분명하다.

아직 사망자가 나오지는 않았다지만 쿠니에다도 키타모토도 갑자기 의식을 잃을 정도의 상태에 몰린 것이다. 분초를 다투는 사태임은 틀림없다. 혹시 때를 놓친다면 더욱 고약한 뒷맛을 남길 것이다.

"좌우간 구급차부터 불러야지…"

---

* 글씨를 늘어놓고 귀신을 불러 동전이나 연필을 움직이는 주문.

그렇게 말하고 로한은 휴대폰을 꺼내기 위해, 손에 들고 있던 파우치를 고쳐 쥐려고 팔을 약간 들었다.

그러나 버석, 하는 묘한 감촉과 함께 로한은 파우치를 떨어뜨렸다. 굴러나온 내용물을 보니 스킨 로션 병 마개가 열려── 속이 텅 비어 있었다.

"……?"

위화감을 느끼고 로한은 자기 손을 내려다봤다.

그 손은── 마치 마른 나무처럼 바싹 말라 있었다.

"아니이이─────────?!"

경악할 틈도 없었다.

온몸의 모공이라는 모공에서 아직도 수분이 빠져나가고 있었다. 조금 전까지의 공격과는 기세의 차원이 달랐다. 지켜보는 동안에도 로한의 팔은 미라 정도가 아니라 마치 화석처럼, 그 세포 하나하나를 구성하는 액체마저 증발한 듯 말라비틀어져갔다.

"헉!"

로한은 열린 문 뒤에 뭔가가 뒹굴고 있는 것을 알아차렸다. 그것은 역시 말라비틀어진 인체였다. 조금 전에 얼굴을 마주한 배우가 바싹 말라 쓰러져 있는 것이다.

"마, 말도 안 돼! 공격이 더 심해졌다니… 그럴 수가! 〈오로보그〉는 이미…"

"쓰러뜨린 줄 알았다… 그거냐~~~?"

그리고 아무 일도 없었다는 듯이── 오로보그는 다시 일어섰다.

메마른 바닥이 끼긱, 소리를 냈다. 그 울림은 절망의 소리나 다름없었다.

"어, 어째서…? 전류는 분명히 통했을 텐데! 전기 충격이 직격한 장면을 틀림없이 봤는데!"

"뿌그르르… 로한, 이 자식… 나는 〈전기의자〉에 당했다고오오───! 뿌그르륵──! 〈감전〉 그 자체에 당했다고 그런 기억은 없을 텐데───? 그런 전개는 원작에도 대본에도 〈오로보그 자신의 기억〉에도, 아무데도 실려 있지 않아───! 그러니까───!"

"윽…"

"너는 결국 나를 〈등한시〉한 거야아─────! 알았냐! 키시베 로한!"

로한은 천천히 뒤로 물러났다. 이미 몸에서 다량의 수분을 빼앗겨서인지 체온이 이상하게 뜨겁게 느껴졌다. 목소리를 내려 해도 타액이 없어, 숨을 쉬는 것만으로도 목이 탈듯이 아팠다. 그것은 분명 좀전까지의 공격과 차원이 다른 효과였다.

"…새, 생각이 짧았다… 대안책으로는 쓰러뜨릴 수 없어! 이 녀석의 무서운 점은 〈건조시킨다〉거나 〈충격을 흡수〉하는 정도가 아니야…! 〈충실함〉이다! 이 녀석을 책으로 만들었을 때, 쓰러뜨리기까지의 〈줄거리〉가 적혀 있었지… 역시 그 방법이 아니면 절대 쓰러뜨릴 수 없어! 줄거리에 대한 〈충실함〉! 그것이 이 녀석의 강점이야!"

로한은 슬금슬금 물러나면서 가까운 빈방의 문에 손을 대고 힘이 들어가지 않는 팔로 활짝 열어, 쫓아오는 오로보그에 부딪혀보려 했다.

하지만 오로보그는 그 문을 아무렇지 않게 걷어차 부수며 다가왔다. 마치 비스킷을 쪼개듯 손쉽게.

"뿌그르르…… 목재가 바싹 마르면 말이지─! 문 정도 두께도 힘이 없단 말이야〜! 뿌그르르르…… 목조 저택의 벽을 부수는 것쯤 아무것도 아니야〜!"

"너… 너무 강해…!"

이윽고 등에 벽의 감촉을 느낀 로한은 복도 막다른 곳까지 왔음을 알았다. 결코 넓지 않은 2층 복도. 앞은 자신을 향해 다가오는 오로보그. 뒤는 벽.

로한의 정면에서 오른쪽에는 작은방이 있어, 그 문을 열고 방안으로 피하는 선택도 가능하다. 하지만 방금 오로보그가 보여주었듯이 방문은 쉽게 부서질 듯했다.

남은 도주 경로는 하나밖에 없다.

"……우오오오오오———!"

로한은 쿠션이 될 만한 세트의 위치를 확인하고 2층 복도에서 1층 중앙홀로 뛰어내렸다.

"———으윽!"

소파를 노리고 뛰어내렸지만 2층에서 낙하한 충격을 완전히 상쇄하지는 못했다. 또한 오로보그의 능력 때문에 바싹 말라버린 팔과 다리는 소파에 떨어진 것만으로도 쉽게 부러져버렸다.

로한은 남은 팔 하나에 의지해, 필사적으로 바닥을 기어 그 자리에서 어떻게 해서든 벗어나려 했다.

로한의 저항과 전부터 계속된 스태프들의 혼란. 여기저기로 도망치려 일으킨 소란 때문에 1층 홀은 물건들이 사방팔방 흩어져 있었다.

넘어진 조명 장비, 굴러다니는 소품들, 짓밟혀 페이지가 찢어진 대본. 말 그대로 사태의 혼란을 상징하는 듯한 모습이었다.

"제길! 너무 위험해! 이대로는… 이대로는!"

"그래—— 이대로는 네가 먼저 죽겠지, 키시베 로한."

오로보그의 목소리가 위에서 울렸다.

아무래도 거듭된 저항 때문에 오로보그는 표적을 완전히 로한 하나로 정한 듯했다. 끼긱, 끼긱 하는 메마른 목재 소리를 내며 이형의 괴물은 2층에서 계단을 내려와 로한에게 다가오고 있었다.

  로한에게는 더이상 변변히 저항할 수단도 없었다. 근처에 떨어져 있던 대본을 집어 페이지를 뜯어내 오로보그에게 던진다.

  "…오, 오지 마———! 이쪽으로 오지 마!"

  물론 그런 것은 저항이라 할 수도 없었다.

  팔랑팔랑 날아간 종잇장이 온 바닥에 흩어질 뿐이었다. 그래도 로한은 닥치는 대로 주위에 있는 물건을 오로보그에게 던졌지만… 오로보그의 걸음은 멈출 줄 모른다.

  "으… 윽……"

  오로보그가 가까워질수록 로한은 더욱더 수분을 빼앗겼다. 눈물은 마르고, 콧물이 나오지 않게 되었다. 목소리를 내려 해도 입이 벌어지지 않았고, 혀는 기묘하게 부어오르기 시작했다.

  "헉… 허억…… 바, 〈바싹바싹〉 말랐어…! 마치 며칠씩 사막을 헤맨 것처럼… 누, 눈이 가물거린다! 안구가 말라서…! 손발도 떨려…! 혀도! 말을 안 들어… 타, 〈탈수증〉인가…?"

  "그런 거겠지—— 뿌글… 키시베 로한 선새앵———"

로한은 조금이라도 오로보그에게서 멀어지려 다시 물러난다. 하지만 눈을 깜박이면 땅이 흔들리는 듯 어질어질해서 똑바로 걸을 수도 없었다. 마치 거친 파도에 휘말린 배 위에 있는 것처럼 다리가 더이상 말을 듣지 않았다.

"똑바로 걷지도 못하겠어~~? …뿌그르… 여름철 산재 예방 강습 때 봤거든… 척수성 운동실조… 〈롬베르크 징후 Romberg sign*〉라는 거지… 이제 길어야 〈2분〉…이나 될까 말까 하는 정도인가~~ 뿌그르…"

"허억…… 허억……"

이미 오로보그는 로한 바로 앞까지 와 있었다. 가까워질수록 수분이 빨려나가는 속도도 기세도 더해간다. 앞서 낙하한 충격까지 더해져 로한은 이미 만신창이였다.

"으응~~ 뿌그르르르르… 해보니까 기분좋네, 〈작가〉를 죽이는 거… 나는 줄곧 〈등한시〉되고 있었지… 줄곧, 줄곧. 힘 있는 놈들에게 〈등한시〉당하기만 했어…"

"허억… 허억…… 윽… 쿨럭, 쿨럭……"

"〈오로보그〉는 태어난 고향, 일본 정부, 교도관에게! AD 오바라 유메오로서도 그래! 빽빽 고함지르는 것밖에 모르는 프로듀서나 심보 썩어빠진 스타 배우! 그런 잘난 체하는 놈

---

* 두 발과 다리를 붙이고 눈을 감은 채 선 자세에서 균형을 유지하는 능력이 결여된 상태.

들이 나를 줄곧 〈등한시〉해왔지만… 그런 놈들은 내가 〈말려〉버렸어! 내가 이 손으로 고사枯死시켜버렸단 말이지! 그리고——"

그리고 이제 오로보그는, 오바라 유메오는 가장 큰 하극상을 이루려 했다.

자기를 역사에서 발굴해 만화 캐릭터로서 새 생명을 불어넣어준 남자를 죽여, 모든 굴레에서 벗어나려 했다.

"——앞으로도 나는 그런 존재로 살아갈 거야. 〈원작자〉인 네가 죽은 후에도 말이지."

그 순간은 1초 1초 다가오고 있었다.

"허억… 헉……"

로한은 이제 목소리를 내는 것조차 힘에 겨웠다. 균형 감각을 잃어 그 자리에 엉덩방아를 찧고, 더는 뒷걸음질조차 칠 수 없었다.

그리고 오로보그는 이제 세 걸음만 걸으면 로한에게 도달한다… 그런 거리까지 왔을 때, 로한은 오른손 검지를 천천히 들어올렸다. 그것은 헤븐즈 도어를 사용할 때의 동작과 비슷했지만, 지금 이 자리에서 헤븐즈 도어가 통하지 않는다는 것은 로한 자신이 잘 알고 있었다.

때문에 그 손가락이 가리킨 것은… 오로보그가 아니라 그 옆이었다.

"〈전기의자〉다…"

갈라진 목소리로 로한은 그렇게 말했다.

"…뭐라고?"

"키타모토 씨에게 들었지… 저것은… 〈전기의자〉다……"

덩달아 눈을 돌린 오로보그의 시선 끝에── 〈접이식 의자〉가 하나 놓여 있었다.

〈디렉터스 체어〉라고도 불리는 그 의자는 촬영 현장에서 디렉터가 흔히 사용하는 데에서 붙은 이름이다. 그리고 줄곧 쿠니에다가 앉아 있던 그 진한 올리브색 의자는 본디 키타모토가 앉기 위해 마련된 의자였다.

로한은 그 의자를 가리키며 촬영 현장에서 취재한 것을 이야기했다.

"〈업계 용어〉지… 일부 방송국의 문화로… 서브 스튜디오에 있는 것을 그렇게 불렀는데… 요즘도 전문학교 용어집에는 실려 있기도 해… 시청률이나 프로그램 완성도에 책임을 져야 하는 사람이 앉기 때문에 〈사형〉을 기다리는 심정으로… 디렉터가 앉는 〈의자〉를 비꼬아, 〈전기의자〉…라고…"

"…토막상식이냐~? 무슨 소릴 하는 거야, 이게에에~~"

"너는 〈오로보그〉인 동시에 〈AD〉이기도 하지… 한쪽이 사라진 것이 아니라 〈유착〉되어 있어… 경계가 애매해져서… 그렇다면 너도 그렇게 불렀을 거야, 저걸 〈전기의자〉라고…"

"…무슨 소릴 하나 했더니…"

그때 오로보그는 오바라 유메오라는 인간의 인격으로 약간 기울어진 듯 보였다.

"그런 궤변으로 나를 쓰러뜨릴 수 있을 것 같아? 뿌그륵! 원작자라는 놈이 참 구차한 생각을 하고 있네! 뿌그륵! 뇌까지 말라비틀어져 터진 거야아―――?"

"〈인식〉이 중요하지… 너도 그걸 그렇게 〈인식〉했을 거야… 저 의자를 〈전기의자〉라고… 그리고 스태프들은 쿠니에다가 싫어서 저 의자에 앉혔어… 작은 앙갚음의 의도를 담아서… 알고 있지?"

"그게 어쨌다는 말이야―――! 그렇다고― 내가! 만에 하나라도 저기 앉을 리가 없잖아! 뇌가 돼지 새끼로 변했나?!"

"알고 있다면 됐어. 그런데 오로보그 이야기의 〈결말〉은 알고 있나?"

"당연하지! 내가 너를 〈죽이는〉 〈결말〉이잖아―――! 말라비틀어져서 지옥에 떨어져라! 키시베 로한!"

"아니, 전혀 달라. 그리고 너… 마지막에 자기 이야기를 〈등한시〉했지? 〈캐릭터〉를 버리고…… 힘을 빼앗는 자체를 즐거워하고 있어."

"더럽게 꿀꿀거리네, 돼지 새끼가! 〈육포〉처럼 건조돼서 죽어어———!"

"내가 그린 〈결말〉은——"

그리고 오로보그가 로한에게 한 발을 더 내딛은 순간——

"——〈허를 찔려 전기의자에 앉는다〉다."

그 순간, 오로보그의 발이 미끄러졌다.

"에…?!"

오로보그는 휘청, 하고 균형 감각을 잃었다.

"뭐, 뭐야! 미끄러진다! 바닥이 미끄러워!"

물을 잔뜩 머금은 몸이 마치 중력과는 다른 인력에 끌려가기라도 하듯 〈전기의자〉를 향해 똑바로 미끄러진다.

"바닥에 〈베이비파우더〉를 뿌려뒀다… 바싹 마른 목재 위에 미세한 분말… 그리고 물건을 던질 때 함께 뿌려둔 〈찢어진 페이지〉… 그걸 밟으면 아주 잘 미끄러지지…"

"그, 그렇다고… 말도 안 돼! 이럴 수가! 내… 내 몸이 의자에! 빨려들어가는 것처럼 똑바로… 저, 저항할 수가 없어——!"

"그러니까 〈찢어진 페이지〉라고… 네가 밟은 것은… 주의 깊게 멀리서 천천히 말려 죽였으면 네가 이겼을 텐데. 하지만… 너는 시커먼 감정에 휩쓸려 내가 파놓은 함정에 발을 들인 거야… 하지만 그걸로 됐어. 그렇게 할 줄 알았거든…

〈빌런〉이란 그래야 하니까…"

"그렇다고, 고작 종이에 미끄러져서——"

"고작 종이가 아니야."

그렇다, 준비는 이미 되어 있었다.

로한이 1층 홀에 내려와 물건을 마구 던졌을 때부터… 아니, 그보다 훨씬 전부터 이미 줄거리는 완성되어 있었다. 캐릭터를 움직이고 이야기를 〈결말〉로 이끄는 줄거리가. 한번 짜놓은 줄거리를 따라가면 이야기는 결말로 향한다.

그렇게 하는 방법을 만화가인 키시베 로한은 잘 알고 있었다.

"쿠니에다를 책으로 만든 다음, 파우더를 뿌린 의자 주위에 〈찢어진 페이지〉를 흩뿌려놓았지… 주인공 역인 쿠니에다를 발로 밟은 거야… 알겠어? 그런 역할이란 말이지… 나는 헤븐즈 도어로 네게 어떤 글자도 적어넣지 않았어… 처음부터 적혀 있었거든. 〈올바른 줄거리〉는… 처음부터 네 안에 있었어."

"뭐라고오오오오——! 그럼, 그럼——!"

"다시 한번 말해주지."

그리고 이야기는 언제나 작가가 창조한 주인공에 의해 결말로 이끌린다.

"〈주인공에게 허를 찔려 전기의자에서 감전된다〉. 그것이 너의 〈결말〉이다."

"이 오만불손하고 재수없는 만화가아아————————!"

그렇게 해서 오로보그의 몸은 〈전기의자〉에 앉았다.

마치 그렇게 하는 것이 자신의 역할임을 알기라도 하듯, 전혀 흔들림 없이 의자에 착석한 것이다.

그것은 만화의 마지막 장면과 똑같았다.

"——으이이이이이이이이이익————!"

의자에 앉은 순간 오로보그의 몸이 경련을 일으켰다. 마치 실제로 그 의자에 전기가 흐르기라도 하는 듯했다.

물론 그것은 평범한 의자다. 하지만 오로보그 자신이 그것을 〈전기의자〉라고 인식하는 것은 분명했다. 그리고… 아무리 가정용 콘센트의 전류로는 타격을 입지 않는다 해도 〈전기의자에 앉아 감전되어 패배한다〉.

거기까지가, 처음부터—— 오로보그 안에 적혀 있는 〈줄거리〉인 것이다.

"……뿌글."

몇 번인가 경련한 후, 이윽고 오로보그는 축 늘어져 움직이지 않았다. 가발이 스르륵 미끄러지고 눈을 허옇게 뜬 AD의 얼굴이 드러났다. 거기에 있는 것은 만화 속에서 빠져나온 괴물이 아닌 평범한 인간이었다.

"AD는… 위태로워 보이지만 죽지는 않았겠군. 마지막 순간에 원한을 지나치게 앞세우다 〈오로보그〉와의 동일시가 풀렸기 때문인지, 어차피 진짜 전기의자가 아니어서인지… 좌우간 이런 〈결말〉이다. 그래도 내 만화의 내용과는 많이 달라진 것 같지만…"

제아무리 로한이라도 이제는 지칠 대로 지쳤다.

빼앗긴 수분은 돌아오지 않고, 부상은 여전히 남아 있다. 오로보그에게 공격당한 인간이 목숨을 건진다 해도 이래서는 드라마 촬영도 중단될 것이다. 그리고 병원 치료도 필요하다.

솔직히 말해 뒷맛이 좋지 않은 마무리지만——

"…〈배우의 몸에 빙의하는 괴물〉…이라는 것만은 재미있을지도…"

——그래도 한 가지 소재는 얻었다.

로한은 아이스박스에 손을 넣어, 간신히 남아 있던 이온음료 페트병을 하나 열고 입에 댔다.

"아아…… 그래도 맛있는걸. 목이 마를 때 보충하는 수분은… 그런 점에서는 쿠니에다만큼 가리는 것이 없어서 다행이라고 해야 할지…"

목구멍이 물기로 촉촉하게 젖어든다. 전화를 걸 수 있을 만큼 기력도 돌아왔다.

아무도 〈컷〉 사인을 내리지 않게 된 그 장소에서, 이윽고 들려온 구급차 사이렌이 사태의 끝을 알리고 있었다.

오로보그에 의해 시작된 공포의 이야기는 이렇게 막을 내렸다.

"──그것이 그 〈이인관의 비극〉의 진상입니다."

그렇게 해서 일련의 사건 이야기를 마쳤을 때 비프스튜는 완전히 바닥을 드러냈다.

자초지종을 다 들은 시로하라는 식후에 나온 커피의 일렁이는 수증기 너머에서 눈을 동그랗게 뜨고 있었다.

시로하라가 지적한 대로 그 사건은 어디까지나 〈사고〉로 보도되었다.

늦더위의 기온을 가벼이 보고 컨디션 관리를 게을리하다 일어난 〈집단 열사병〉. 그런 것으로 처리되었으며, 현실적으로는 그렇게 결론짓는 수밖에 없었다.

"중태 4명, 중증 탈수증 환자가 또 여러 명… 후유증이 남은 사람도 있고. 〈오로보그〉의 화신이 된 그 AD도 그후 예전 같은 생활은 불가능해졌습니다. 뚜렷한 사망자가 발생하지 않은 것은 내 만화 안에서 〈오로보그〉에게 죽은 캐릭터가 없었기 때문일 뿐이에요."

"…그런 일이 그 촬영 현장에서… 정말로……"

그런 오컬트적인 이야기가 있겠냐고── 웃어넘기고 싶었지만 이번에는 시로하라도 웃지 않았다. 왜냐면 시로하라도 출판업계에서 밥을 먹는 사람인 이상 그런 사례에는 짐작가는 바가 있기 때문이다.

드라마뿐 아니라 영화, 게임, 만화… 온갖 미디어에서 〈소재〉에게 저주를 받는 이야기는 결코 드물지 않다.

어느 헤이안시대의 무장에서 비롯된 〈재앙신〉이나, 겐로쿠시대의 괴담에 등장하는 〈악령〉. 건드리는 인간에게 불행을 가져오는 창작계의 〈터부〉 같은 존재는 틀림없이 있다.

그런 시로하라를 바라보며 커피잔을 들고 로한은 이야기를 이어갔다.

"믿기 어려운 이야기일지 몰라도… 그런 겁니다. 만화만이 아니라 모든 창작은 힘이에요… 다루는 소재에 따라 생각지도 못한 힘이 현실에 영향을 미치는 일도 있습니다. 그래서 한번 세상에 내보낸 작품에는 책임을 다해야 합니다."

이윽고 커피를 다 마시자 로한은 자리에서 일어섰다. 이 식사는 시로하라가 사기로 했고, 할 이야기는 모두 했다. 이제 더이상 할일은 없었다.

"로, 로한 군!"

등뒤로 시로하라가 따라왔다.

"자네 걱정은 알았어… 하지만, 그렇다면 〈신장판〉은 왜 승낙했지?"

"그러니까… 책임입니다, 시로하라 씨. 나는 일단 그린 작품에 대해서도 책임을 다해야 하지만…"

로한은 잠시 걸음을 멈추고, 어깨너머로 시로하라에게 눈길을 주었다.

"그 작품을 다시 한번 〈읽고 싶다〉고 생각해주는 독자가 있다면 그 책임도 져야 하니까요. 내 작품이 누군가를 감동시켰다면… 절판은 하지 않을 겁니다. 게다가 어디까지나 만화라면 내 고삐에서 풀려나지 않을 테니까…"

그 말을 마지막으로 로한은 더이상 돌아보지 않았다.

뚜벅뚜벅 하는 가죽구두 소리가 잘 닦인 바닥을 울리다 이윽고 멀어졌다. 그 소리를 들으며 시로하라는 다시 로한의 이야기에 대해 생각했다.

"…가만."

〈책임〉. 로한은 그렇게 말했다.

실사 영화화는 승낙하지 않았다. 하지만 신장판 출판은 이미 원고를 받는 데까지 이야기가 진행돼버렸다.

작품을 변경하거나 타인의 손에 맡기지 않겠다… 뿐만 아니라 한번 발표한 이상은 출판에서 도망치지 않겠다는 〈책임〉.

"그 만화에 그렇게 위험한 에피소드가 들어 있다는 걸 내게 똑똑히 설명했다는 것은… 영화화를 거절하는 것 외에도…"

새삼 시로하라는 신장판 편집 작업에 얼마나 진지하게 임해야 하는가, 얼마나 〈책임〉을 지고 다시 세상에 내놓아야 하는가. 그때 비로소 이해했다.

『이인관의 신사』는 폭력적인 만화다. 하지만 표현을 순화하거나 시대에 맞추어 수정하는 개정판 작업은 로한의 이야기를 들은 이상 도저히 제안할 수 없다. 대사 하나만 바꿔도 어떤 영향이 나타날지 누가 알겠는가.

만화의 표현에 손을 댄다면 그 〈책임〉은 자기에게도 돌아온다.

"…흐~음…"

이제 와서 〈아무래도 신장판은 그만두자〉고 한다면, 오로보그를 〈등한시〉한 것과 마찬가지가 되어버릴까.

시로하라는 잔에 남은 커피를 마시며 레스토랑에서 혼자 그런 생각을 하고 있었다.

5LDK ○○ 있음

그것은 〈침입〉한다.

사람이 만든 구분이나 논리 같은 것을 넘어서.

"——집안에 틀어박혀 있어도 좋은 소재는 떠오르지 않지만, 일을 하는 것은 집안이라… 만화가란 즉 그런 일이지…"

PC에 연결한 카메라를 향해 키시베 로한은 말을 건다.

"바깥세상의 공기를 마시고 땅의 에너지를 얻고… 하지만 그것을 빚어 형상화할 때는 차분히 앉지 않으면 안 돼. 〈거점〉이 중요하다는 뜻이지… 고향이라 부를 만한 〈땅〉이 있고, 돌아갈 〈집〉이 있고… 〈집〉. 의식주라는, 인류 문명을 이루는 세 기둥 중 하나. …어느 지인의 이야기를 해볼까."

이번에는 인터뷰가 아니라 영상 기록. 아직 만화로 그리지 않은 소재를 말로 남겨두려는 시도 중 하나다.

카메라에 시선을 향한 채 로한은 책상에 놓은 앨범을 펼쳤다.

"그는 〈건축 사진가〉… 부동산 홍보 사진 등을 찍어 생계를 유지합니다."

앨범의 사진에는 집의 실내가 찍혀 있다. 멋진 신축 건물 같은 것이 아니라 지은 지 수십 년이 된 아파트 단지의 한 집이나 극히 평범한 주택의 욕실. 하나같이 한눈에 봐서 화려하지는 않지만 방안에 배어든 생활감이 가식 없이 찍혀 있었다.

"일하며 찍은 사진에서 〈작품〉이 될 만한 것을 발췌해 개인전을 여는 아티스트. 〈집〉에 대해 독특한 취향을 갖고 있어서, 좌우간 생생한 실내 사진이 특징이죠. 인간의 번뇌나 성질이 뿌리내린, 결함 주택이나 불미스런 일이 있었던 사고 매물 등, 그런 것에 특히 사족을 못 씁니다."

허공을 손가락으로 따라가며 로한은 기억 속에 있는 〈그〉의 인품을 설명한다.

"그와는 어느 탤런트가 디자인한 맨션을 취재하다 알게 됐습니다. 침실에 욕조가 있어서 거실에 습기가 가득할 듯한 집. 그는 자기가 찍는 〈방〉을 향해 마치 그라비아 촬영이라도 하듯 말을 걸더군요. 〈좋아, 예쁜데. 아~~주 귀여워! 촉촉히 젖은 나뭇결이 섹시해—! 주르륵!〉하며… 인상이 강렬해서 나도 모르게 취재를 했습니다."

로한은 카메라를 향해 가벼운 몸짓을 섞어가며 말을 이어 갔다.

"그래서… 그 괴짜가 작년에 〈집〉을 한 채 빌렸습니다. 그게 상당히 기묘한 집이어서, 꼭 취재를 오지 않겠느냐고… 해서 불려간 것이 이번 이야기입니다. 중요한 점은, 사람은 〈집〉에 뿌리를 내리고, 〈집〉은 〈땅〉에 뿌리를 내린다는 것… 모든 바탕에는 역사가 있고 그곳에는 언제나 〈사연〉이 따라온다는 것. 하지만 〈집〉이라는 것은 건물의 이름이 아니라, 어디까지나 사람이 돌아가려는 장소를 〈집〉이라고 부른다는 것…"

서론이 길어졌지만 이야기는 여기서부터 시작한다.

"즉 〈5LDK, 사연 있음〉. …다음 에피소드는 그런 이야기입니다."

모리오초 남서쪽. S시 역에서 지하철로 두 정거장 정도.

에도시대에 조카마치城下町*로 번성한 그 지역은 현재 중심가에서 벗어나 있기는 하지만 아직 상점가의 한 구역을 차지하며 옛날의 흔적을 남기고 있다.

강을 향해 완만한 비탈을 내려가면 옛 성터로 이어지는 큰 다리가 있다.

그 큰길에서 한 골목 떨어진 곳에 있는 카페에서 향긋한 커피와 함께 수제 햄이나 럼주가 든 까눌레를 즐길 수 있지만, 오늘은 그쪽에 들를 일은 없다.

"푹푹 찌는군… 어제 그렇게 비가 쏟아졌으니… 오늘도 강수 확률 80퍼센트고. 매번 이상할 정도로 숫자가 딱 떨어지던데, 어떻게 산출하는 거지?"

구름 낀 하늘. 우산을 쓸 정도는 아닌 안개비가 자욱한 날.

그날, 카페에 들를 일도 없으면서 상점도 없고 사적史蹟도 없는 비탈진 주택가를 로한은 걷고 있었다.

장마 전선은 대강 오우산맥奧羽山脈**을 따라가듯 북상중으로, 축축하고 미지근한 바람이 거리에 습기를 실어온다.

계절이 봄에서 여름으로 바뀌기 시작하는 성장통 같은 6월.

---

* 영주의 성을 중심으로 형성된 도시.
** 일본 토호쿠東北 지방에 있는 산맥.

여기저기 처마 밑 둥지 속의 새끼 제비는 뭔가를 원망하는 듯도 보인다. 사람을 포함한 동물들은 우울감에 싸여 있지만, 한편으로 가로수의 초록은 진해지며 생명의 파워를 비축하고 있다.

그런 자연의 변화 속에서 문명이 포장한 아스팔트 위를 로한의 가죽구두가 뚜벅뚜벅 소리를 내며 울린다.

산책이 아닌, 목적지가 분명한 걸음걸이. 그렇지 않으면 굳이 S시까지 와서 큰길을 벗어나 걷지는 않을 것이다.

그래도 평소에 걷지 않던 길, 얼핏 보아서는 아무 특색 없는 주택가를 걷는 것도 싫지는 않았다. 집들의 외장에는 그곳에 사는 개인의 인격이 드러나 있고, 도로 하나만 봐도 역사와 지금 사는 사람들의 생활이 깃들어 있다.

이따금 멈춰서 스마트폰에 표시된 지도와 주변을 비교하며, 이윽고 굽은 길의 모퉁이에서 발을 멈췄다.

"혹시 〈토리이鳥居*〉인가? 이렇게 작고… 둘로 갈라져 있는데."

그 토리이 같은 것은 집과 집 사이의 빈틈에 딱 맞게 들어가 있었다. 가느다란 나무로 만들었는데, 사람 키보다 약간 낮고 둘로 쪼개져 있었다. 사당은 그보다 더 작은데, 한아름

---

* 신성한 곳을 나타내는 관문으로, 흔히 신사 앞에 있다.

정도 되는 나무상자처럼 생겼으며 토대가 기울어 있었다. 신성하다기보다 어딘지 애처롭게 보이는 공간이었다.

"담장과 담장 사이라 옹색하군. 구획 정리를 하다 남은 자투리 땅 같은데… 토착신 같은 것이었을지도…"

가만 보니 양쪽 옆의 주택 부지는 그나마 그 사당 같은 것을 피하듯 나 있다. 지면에 풀이 없는 것으로 보아 어쩌면 누군가 관리를 하고 있는 건지도 모른다. 하지만 인근 주택들이 신축이다보니 그곳만 시간의 흐름에서 낙오된 듯한 쓸쓸함이 깃들어 있다.

아니, 실제로 그곳은 다른 땅보다 시간의 흐름이 느린 것이 아닐까.

어느 연구팀의 실험에서 스카이트리* 전망 덱과 지상, 고저 차 약 452미터 사이에서는 10억 분의 4초이긴 하지만 미미한 시간 차이가 있다는 결과가 나왔다.

시간은 일정하지 않고, 언제나 미래로 흐르는 것도 아니다. 인지를 초월한 힘이나 현상에 친숙한 로한은 그것을 잘 알고 있었다.

"그나저나 분명 이걸 기준으로 삼으라고 했으니, 이 비탈 위… 저기로군."

---

* 도쿄 스미다구에 있는 높이 634미터의 전파탑.

올려다보니 집이며 아파트가 늘어선 비탈 끝, 막다른 곳에 집이 한 채 보였다.

2층짜리 주택. 외벽은 깔끔하지만 어딘가 불균형하게 보이는 것은 아마 준공된 지 오래된 건물을 리모델링했기 때문일 것이다.

완만한 비탈을 끝까지 올라 그 집 앞에 도달한다. 부지로 들어가니 문패가 달린 문기둥과 현관이 나타났다. 마당은 좁다.

가까이서 보니 더한층 얼기설기한 인상이 드는 건물이었다. 하얀 외벽은 새로 칠했고, 인터폰도 신형. 그런 한편 현관이 목제 미닫이라는 점은 아무래도 레트로하게 보인다.

낡은 골조에 새 거죽을 씌운 듯한 건물.

잠시 기다리자 안에서 발소리가 들리고 미닫이문 유리 너머로 사람 그림자가 보였다. 덜컹덜컹, 끼기긱, 하고 기분 나쁜 소리를 내며 미닫이문이 열리고… 남자는 모습을 드러냈다.

잘 단련한 몸에 일본인답지 않게 뚜렷한 이목구비. 반다나 밑으로 늘어뜨린 앞머리는 조금 답답한 인상을 준다. 그것은 분명 로한이 아는 얼굴.

타카시마 레이스이高島麗水. 이 남자가 바로 이번에 로한이 찾아온 상대.

즉 이 기묘한 집을 빌린 장본인이었다.

"〈커피〉파와 〈말차〉파 중… 더 까다로운 것은 어느 쪽일 것 같아?"

부엌에서 커피를 내리며 타카시마 레이스이는 거실 소파에 앉은 로한에게 말을 걸었다.

입구에서 보아 상석에 해당하는 위치에 놓인 소파는 싸구려여도 쿠션이 놓여 있고, 바닥은 깔끔히 청소가 되어 있었다. 아무 특색 없는 거실이지만 방문객에게 실례를 범하지 않겠다는 의식이 느껴진다. 부엌은 각도 때문에 보이지 않지만 산미가 있는 커피 원두 향이 유리문 너머에서 풍겨왔다.

그런 문 너머에서 갑자기 날아온 밑도 끝도 없는 질문에 로한은 몇 초 굳어 있다가 일단 대답했다.

"…… …커피?"

"이 수수께끼에서 정답은 〈말차〉야… 〈이봐! 그렇게 마시느니 마시지 말차(말자)〉! 하고 말이지… 그래도 난 말차보단 커피에 더 까다로워. 손님 접대는 할 수 있는 한 최선을 다하는 것이 집주인의 의무라고 생각하니까… 시간은 좀 걸리겠지만 그냥 가지는 말차, 로한 선생… 하고 말이야."

"…아……"

그 말만으로도 로한은 이미 이 대화에 진저리가 났다. 한 마디만 해도 목에서 배어나오는 피로가 온몸으로 퍼지는 듯했다.

정말 한순간 '그냥 갈까' 싶었지만, 취재할 요량으로 S시까지 온 마당이니 하는 생각이 간신히 그 자리에 머물게 했다.

"…재치 있는 토크를 시도했는데 미안하지만—— 레이스이 군. 만화가는 평소에 그렇게 경쾌한 대화를 주고받으며 일하지 않아서 말이야. 책상에 있는 앨범을 좀 봐도 될까?"

"아, 하긴 만화가는 말주변이 없다는 인상이 있지. 얼마든지."

"다행이야. 앞으로도 부디 그 이미지를 지키고 싶군."

일찌감치 대화의 흐름을 끊고 로한은 테이블에 눈을 떨구었다. 가벼운 두통이 느껴지는 것은 저기압 탓만은 아닌 모양이다.

타카시마 레이스이는 한마디로 하면 자기만의 리듬을 가지고 사는 타입이었다.

사회인이라고는 생각되지 않을 만큼 어딘지 유치함이 남아 있는 남자. 기본적으로 마이 페이스고 타인을 자연스레 자기 페이스로 끌어들이는 면이 있어, 이처럼 하찮은 농담에 짜증내거나 핀잔이라도 주었다가는 되레 신이 나서 끝도 없이 수다를 떨어댄다. 눈치를 볼 줄 모르는 아이처럼 상대를 울컥하게 하는 힘이 있다.

만화가나 소설가 중에도 이런 타입은 상당수 있다.

알고 지낸 지 얼마 안 되는 로한조차 정면으로 상대하면 어느새 필요 이상으로 체력을 소비한다. 의미 없는 잡담은 하고 싶지 않았다.

로한은 테이블에 놓인 앨범을 보려다 그 옆에 놓인 종이에 눈이 머물렀다. A4 사이즈 복사용지에 〈빈집털이 출몰 주의〉라고 적힌 전단. 로한은 오래된 현관문을 떠올리며 이 집은 좋은 표적이겠군, 하고 막연히 생각했다.

달그락달그락 울리는 식기 소리를 BGM 삼아 로한은 앨범을 한 장 한 장 차근차근 넘겼다.

레이스이의 사진 콘셉트는 〈살아 있는 집〉, 말하자면 〈생생함〉이다. 즉 깔끔하지만은 않은, 사람의 생활에 묻은 때나 어수선함도 매력으로 소화하는 힘이다.

인터넷에 넘치는 세련되고 멋지게 찍은 집 사진들에 비하면 그의 사진엔 현실감이 깃들어 있다.

"어때, 로한 선생? 그쪽엔 미발표 작품도 좀 있는데."

"음—— 괜찮은데? 사진가로서 자네 실력은 인정하니까."

"그런가? 어느 사진이 특히 좋아? 마음에 드는 사진이 있으면 뽑아줄게."

잠시 뜸을 들였지만 로한도 사진에 대해서라면 대화에 응

해도 좋겠다는 생각에 대답을 하기로 했다.

"예를 들면 이 〈반도에서〉라는 사진 말인데… 〈대흑주大黑柱*〉의 흠집이나 얼룩, 시간의 흐름과 함께 일어나는 열화를 오히려 두드러지게 하니까, 질감이 굉장히 살아나. 집주인이 상상되는군. 방이 인격을 표현하는 동시에 생활감이 숨쉬고 있다고 할까… 만화로 그리고 싶은 것은 풍경이나 구조가 아니라 캐릭터가 있는 공간이고 분위기거든. 그래서 자료 사진으로는 이런 게 도움이 되지."

의외로 솔직한 로한의 칭찬에 레이스이의 목소리에 생기가 돈다.

"거기가 이즈의 오래된 민가던가… 고추냉이 농사를 짓는 풍족한 집이었는데, 전 경영자의 자살을 계기로 아들이 분위기를 일신했거든. 5년쯤 전에 집을 헐고 밋밋한 모더니즘풍으로 다시 지었어. 그전에 찍었지. 나는 예전 집이 훨씬 좋았지만… 다시 지은 집도 앞으로 10여 년쯤 지나면 정취가 깊어지려나."

"흐음… 그나저나 이거 필름 카메라군. 게다가 폴라로이드 필름이잖아. 〈체키**〉 같은 것도 아닐 테고… 요즘 이런 사진

---

* 일본 건축에서 집의 중앙, 봉당, 출입구의 경계에 세운 굵은 기둥. 한 집의 가장을 나타내는 표현으로도 쓰인다.
** 후지필름에서 생산하는 인스턴트 카메라 〈인스탁스〉의 애칭.

을 찍으려면, 카메라 본체는 꽤 오래되지 않았을까?"

아주 잘 짚었다는 듯, 레이스이는 목소리 톤을 약간 높였다.

"뭐… 말하자면 빛을 살아 있는 그대로 포착하는 점이 좋아서. 디지털은 깔끔하지만 CCD 센서*를 통과한 빛은 효과 필터를 씌워도 생동감이 안 남더라고. 무기질한 느낌이란 말이지… 피사체는 무기질이라도 사진이 무기질하면 안 돼. 나는 취향 때문에 쓰지만, 옛날엔 현장 사진이라면 대부분 폴라로이드였어. 불규칙하게 나타나는 반짝임이나 관능적인 음영의 폴라로이드 말이지."

"흐흠…"

"게다가 요즘 카메라는 진짜 고성능이라서, 깔끔하게 찍는 건 프로라면 당연히 해. 그런 것보다 나만이 찍을 수 있는 사진을 찍지 않으면 소용없지. 안 그러면 기계에 일을 뺏겨버리니까."

"그림 그리는 일을 하는 입장에서는 수긍이 가는군…"

두서없는 잡담을 할 때 타카시마 레이스이라는 남자는 로한의 신경을 거스르지만, 이렇게 사진이나 건축 같은 일 이야기를 하는 한은 그러지 않았다.

거기에는 소신이 있고, 창작자로서 빼놓을 수 없는 열정이

---

* Charge Coupled Device. 빛을 전하로 변환시켜 화상을 만들어내는 센서로, 필름 카메라의 필름에 해당하는 부분.

있었다.

그런 예술가로서의 자세. 구석구석에서 느껴지는 표현자로서의 자세에 신뢰가 갔기 때문에 로한은 오늘 그가 빌렸다는 〈기묘한 집〉을 취재할 마음을 먹은 것이다.

이윽고 간신히 커피를 다 내린 레이스이는 쟁반에 두 사람 몫의 잔을 담아 거실로 왔다.

그리고 로한의 맞은편에 앉자 조용히 이야기를 시작했다.

"로한 선생. 이 풍경은 〈과거〉지만 사진 속에서는 언제나 〈지금〉이야. 사진가란 〈실상〉을 〈화상〉으로 만드는 대신 그 시간을 멈춰두는 직업이지."

"흠… 굉장히 거창한데 그래. 시간을 멈춘다고?"

말 그대로라면 스탠드라 해도 대단한 힘이겠군, 하고 로한은 생각한다. 하지만 예술가가 연마한 기술이란 정신의 힘 그 자체. 대꾸는 가벼웠지만 한 사람의 예술가로서는 결코 지나친 표현이 아니라고 생각했다.

레이스이 역시 로한이 프로 만화가인 만큼, 비웃지 않을 것임을 알고 이야기를 이어갔다.

"그래. 그게 사진의 본질이며 그걸 이해하고 일해야 한다고 생각해… 하지만 반대로 말하면, 스페셜리스트는 전문이 아닌 분야에는 어둡잖아. 그런 의미에서 나는 만화가라는 일을 존경해… 하는 일이 우리와는 반대니까."

"반대라고?"

"즉… 사진가는 현실의 시간을 멈춰서 〈화상〉을 만들지. 순간의 표현이란 말이야. 하지만 만화는 〈화상〉을 그려서 이야기를 만들고, 시간을 움직이는 일이야… 즉 나와는 반대지. 내가 할 수 없는 일을 하는 사람을 나는 존경해. 때문에 각 분야의 프로가 있는 것이고, 전문적인 일은 전문가가 해야 한다고 생각해."

"…흐음."

로한은 잔을 들어 커피를 한 모금 마셨다.

꽤 오랜 시간을 들여 내려서인지 진한 갈색 액체는 산미가 너무 강한 듯했지만, 커피를 즐기러 온 것은 아니므로 넘어가기로 했다.

그리고 잔을 받침에 내려놓는 챙강 소리를 신호 삼아 대화는 본론으로 넘어갔다.

"그래서? 사진가인 자네는 대체 만화가인 내가 뭘 할 수 있을 거라 기대하며 굳이 취재를 오라고 했지?"

"즉, 뭐라고 할까…"

레이스이는 한순간 망설이듯 손가락으로 허공에 부채질을 하고는, 말을 꺼냈다.

"요괴 퇴치 같은 일도 하지?"

"…누가? 뭘 한다고?"

"로한 선생이."

로한은 의아한 듯 미간을 좁혔다.

"…요괴 퇴치이~? 내가 어느새 요괴 헌터가 됐던가? 아무리 나라도 그런 말은 처음 듣는데, 대체 뭘… 누구한테 무슨 소리를 들으면 그런 이야기가 나오나?"

"일부에서 그런 평이 있어. 무츠카베자카六壁坂 마을의 요괴 전설을 조사했다며? 베네치아에서 유령을 봤다는 이야기도 있고, 영계靈界로 이어지는 골목에서 살아 돌아왔다는 소문도 들었어… 건축업계는 미신 같은 데 민감하다보니 그런 소문이 많이 돌거든. 『핑크 다크 소년』도 대부분은 작가의 경험담이라거나, 자네를 탐정으로 보는 사람도 있잖아."

"대체 무슨 소문이 돌고 있는 거야~~!"

모르는 사이에 만화가가 아니게 된 것은 대단히 불만이었지만, 나열된 이야기 중 8할쯤은 사실이기에 로한은 입술을 깨물었다. 하긴 거꾸로 생각하면 그런 평판을 듣고 로한을 부른 이상, 레이스이가 상의하려는 일은 확실히 〈기묘한 일〉일 거라는 기대도 어느 정도 커지기는 했다.

10초 정도 고민한 후 소파에서 자세를 고쳐 앉고, 로한은 레이스이를 마주했다.

"하아… 그럼 얼른 말해봐, 이 집에 대해. 자네가 사랑하는 사고 매물인지 결함 주택인지 몰라도… 나는 자고 갈 생각이 없고, 오늘은 럭비 독점 중계 시간 전까지는 돌아갈 생각이니까."

"로한 선생이 스포츠 중계를 챙겨 보는 성격이었어?"

"스포츠는 만화에 흔히 나오는 테마잖아. 그야 보지."

"과연~~ 그럼 역시 요괴도 퇴치하는 게 좋겠군. 그래야 요괴 헌터물을 그릴 수 있을 테니까~~"

레이스이도 마주앉아 서류용 바인더를 테이블에 놓았다.

그리고 레이스이는 부동산 정보 서류를 늘어놓으며 이야기를 시작했다.

"―우선 로한 선생도 여기까지 오면서 체험했겠지만… 이집은 지하철역에서 도보로 대략 15분. 오르막길이라서 체감으로는 더 걸리려나. 하지만 접근성은 썩 나쁘지 않아. 상점가가 가깝고 S시 역까지도 금방이지."

"…뭐, 입지는 괜찮은걸? 편의점 같은 건 멀지만."

"부지는 40평이고, 5LDK* 2층 주택. 연면적은 105.98m²… 혼자 살기에는 좀 크고 방도 많아. 반려동물을 길러도 되지만 나는 집안에 동물 털이 떨어져 있는 건 못 참으니까 대신 디지털 몬스터**를 샀지."

"필요한 것만 이야기해줄 수 없을까~~"

---

* 방 다섯 개에 식당 겸 거실과 부엌이 있는 구조.
** 일본 완구회사 반다이에서 출시한 육성 게임. 약칭 '디지몬'.

"그리고 집세가 월 8천 엔—"

"뭐라고?"

저도 모르게 로한은 소파에서 몸을 들썩였다. 그리고 보통은 실례로 여겨지는 몸짓이지만, 손가락을 세워 확인하듯 복창했다.

"지하철역에서 15분 거리에… 40평, 5LDK 2층 주택이… 월 8천 엔이라고?"

"그러니까 낭비벽 있는 나도 빌릴 수 있었던 거지… 엄청 싸잖아? 어떻게 생각해?"

"〈사연 있는 집〉이었군!"

"정답입니다~~~!"

레이스이는 피스트 범프를 하려 했지만 로한은 무시했다.

"당연히 나도 〈사연 있는 집〉이라고 의심했지… 임대 계약 시 〈고지사항 설명 의무 기간〉은 사고 발생 후 단 〈3년〉이니까… 카탈로그에 기록이 없어도 과거에 뭔가 있었다는 건 쉽게 상상이 갔어. 당연한 권리니까 부동산 업체에 물었지. 집세를 이렇게 설정한 이유가 있는가? 이 임대주택에는 어떤 〈사연〉이 있는가? 하고…"

"흐음… …그래서 어떤 〈사연〉이었지? 그걸 구체적으로 모른다면 나도 여기서 취재를 할 마음이 안 드는데."

이야기를 들으며 로한은 다시 소파에 깊숙이 앉아, 팔걸이에 손을 얹고 다리를 꼬았다.

그리고 레이스이의 입에서 대답이 나왔다.

"〈불명〉이야. 아무것도 알 수 없었어."

"…아무것도? 관리하는 부동산 업체에 문의했는데도?"

"엄밀히 말하면 아무도 몰랐어… 어디선가 매입한 물건이라는 거야. 그래도 집세는 쭉 저렴했고, 집이 빌 때마다 입주자를 모집했어. 즉 뭔가 특별한 사정이 존재한다는 것은 확실하지만…"

"…즉 권리가 넘어오기 전의 기록이 소실돼서 이 집의 역사에 공백이 있다. 그래서 뭐가 있는지는 모르지만 어떤 〈사연이 있다〉는 것은 확실하다고 하고 싶나?"

"이건 〈질러야〉 하잖아?"

"…사고 매물 마니아로서는 지를 만하겠지만…"

"아——! 더 확실히 말해줘, 더! 하지만 오타쿠가 더 좋겠는걸. 사고 매물 오타쿠."

"자네 기세가 기분 나빠——"

로한 역시 전에 요괴가 있다는 산을 샀다가 파산한 적이 있다. 하지만 그것은 만화 소재로 삼기 위해서였고, 레이스이는 그저 고약한 취향이다. 똑같이 취급하지 말아달라고 로한은 생각했지만 레이스이의 기뻐하는 얼굴은 로한에게 친근감을 불러일으켰다.

"좌우간… 나는 여자에게 인기는 없어도 지금까지 여러 집과 잤던 남자라고."

"잠은 자기 집하고만 자지 그래?"

"그러니까! 이 집에는 엄청난 〈페로몬〉이 있단 말이야. 아무것도 모르지만 뭔가 있다는 기운이 물씬물씬 풍긴다고. 안 그래?"

"사람 나름이겠지. 뭣보다 목재와 못으로 된 덩어리에서 무슨 페로몬이 나온다는 건지 모르겠군."

"그러니까… 집이란 독특한 냄새가 있잖아? 그건 인간의 체취가 배기 때문이야. 동물이라면 냄새로 구분할 수 있을 만한 여러 감정 페로몬이 밴 체취가, 벽지나 기둥에 배는 거지… 사진도 집도 사람의 혼을 빨아들여 깃들인단 말이야."

레이스이는 약간 흥분해서 책상의 서류에 손을 뻗었다. 부동산 정보가 적힌 서류를 팔락팔락 넘기면서 눈을 형형하게 빛낸다.

"물론 매물 정보에는 안 실린 것도 있지. 부동산 업체에 물어봐도 알 수 없었던 부분은 개인적으로 조사했거든. 그랬더니 과거에 이 집을 빌린 사람이 의외로 많았다는 걸 알았어."

"싸서 그렇겠지? 사람이 죽은 집이라면 기분은 나쁘지만 그 점만 넘기면 이 가격이니까. 계약하고 싶은 사람이 아무리 많아도 이상할 게 없어… 불경기기도 하고."

"과거 5년 동안 다섯 명이었어."

"…뭐?"

로한의 대답은 무심코 어이없다는 음색을 띠었다.

"나를 포함해서 대강 다섯 명이 이 집을 빌렸다고. 과거로 거슬러올라가면 더 많고. 10년 전까지 올라가면 열 명, 더 올라가면 같은 페이스로 늘어나는데…"

"이봐 이봐 이봐, 가만… 이상한걸."

이야기가 수상쩍게 흘러가자 로한은 저도 모르게 이야기를 일단 끊었다.

"간단히 정리하면… 1년마다 계약자가 바뀌었다는 뜻이잖아. 단기 학교 학생 기숙사도 아니고. 아무리 전근이 많은 직종의 사택이라도 주기가 너무 짧아."

"물론 빌린 사람은 제각각이야. 무슨 관계가 있는 사이는 아니지만, 대강 나처럼 경제 사정이 좋지 않은 사람… 그 사람들이 모두 이 집을 빌리면, 6월에는 나갔어. …아니, 이건 적절한 표현이 아니군."

"…무슨 소리지?"

"다시 말할게. 이 집에 살던 사람은 모두 반드시 6월에. 큰비가 온 다음날이면 증발했어."

"뭐라고?!"

급격히 이야기가 긴장감을 띠기 시작했다.

로한은 무심코 소파에서 등을 떼고, 잡아먹을 듯한 기세로 몸을 내밀었다. 사정과 원인은 몰라도 결과만은 확실하게 존재한다.

　"즉… 이런 말인가? 〈이 집을 빌리면 6월에 신이 데려간다*〉고… 레이스이, 자네가 빌린 것이 그런 집이라는 결론인가?"

　"아직 추론이지만 그렇게 되겠지. 과거에 이 집을 빌렸던 사람들… 그들은 모두 연고가 없어서, 행방을 감춘 후에도 좀처럼 수색에 들어가지 않았던 것 같아. 그래서 행방불명된 인원에 비하면 기묘할 정도로 조용하기도 했지. 인근 산림이나 하천에서 가끔 신원 불명의 시신이 발견되기는 해도. … 다만…"

　레이스이는 오른손 검지를 눈앞에 세웠다.

　"딱 한 사람이 있어. …딱 한 사람, 행방불명된 후에 〈유서〉를 남긴 여성이 있었나봐. 아니, 〈유서〉라고 해도 될지는 몰라도… 거기에는 단 한 줄, 이렇게 적혀 있었대."

　레이스이는 로한을 보며 그 대사를 재현했다.

　"나는 〈천국의 문〉을 발견했다."

---

* 원인 모를 행방불명을 뜻하는 일본식 표현.

"…뭐야?"

그 말은 공교롭게도, 로한으로서는 흘려들을 수 없었다.

"…〈천국의 문〉이라고? 자네 방금 그렇게 말했나?"

그것이 로한의 스탠드 능력이 아니라 이 기묘한 집 어딘가에 존재하는 문이라면. 지금까지 이 집에 살았던 사람 모두가 그 〈천국의 문〉을 발견했다면… 그들은 실제로 〈천국〉으로 가버린 것일까.

그렇다면 타카시마 레이스이는 이제 어떻게 하려는 걸까. 거기서부터 이야기는 한층 더 깊이 들어간다는 것을 레이스이도 알고 있었다. 목소리를 조금 낮추고, 레이스이는 흡사 괴담이라도 말하듯 이야기를 이어갔다.

"…대체 왜 과거의 입주자들은 이 집에서 자취를 감췄을까? 그들은 모두 〈천국의 문〉을 발견하고 〈천국〉으로 가버린 걸까…? 마침 어젯밤은 이번 장마 들어 첫 〈호우〉… 작년 7월에 이사온 내가 처음으로 이 집에서 경험하는 6월. 로한 선생… 만약 내가 〈천국〉을 발견할 수 있다면, 바로 오늘이야."

숨을 삼키는 로한을 보며 레이스이는 커피를 한 모금 홀짝였다.

그리고 키시베 로한을 이곳에 부르기로 결심한 시점에 준비해둔 대사를 읊었다.

"즉 이 집은 〈5LDK, 천국 있음〉···만화로 그리면 재미있지 않을까 하고── 난 생각하는데──···"

"······"

부정할 이유는 아무래도 없었다.

"보기에 구조상 이상한 부분은 없군."

테이블 위에 펼쳐진 집의 평면도를 이리저리 보며 로한이 내린 결론은 그것이었다.

"다만 외관은 깔끔하고, 벽지 같은 것도 그렇지만··· 평면도를 보면 오래된 구조라는 것은 부정할 수 없어. 골조는 사자에 씨* 같은 쇼와시대의 건물이군."

"로한 선생이 본 대로 이 집은 낡았어. 준공 연도는 불명이지만 마루 밑 토대는 다 부서져가는 것 같아. 〈시궁쥐〉가 나온다고··· 가끔 현관에 보여."

펼쳐놓은 평면도를 손가락으로 따라가며 레이스이는 말을 이었다.

---

* 일본의 최장수 국민 애니메이션. 하세가와 마치코가 1946~1974년 동안 신문에 연재한 4컷 만화가 원작이다.

"기초 설계도 현대 건축 같은 〈동선〉을 고려하지 않았어. 벽이나 단차를 줄인다는 사고방식이 없고, 방이 딱딱 나누어진 봉건적인 구조… 건축 사상부터 〈배리어 프리Barrier Free*〉가 아냐. 그러면서도 각 방은 〈장지문〉으로 이어져 있어서, 일본 전통가옥처럼 방과 방 사이를 오갈 수 있거든… 그래서 반대로 〈프라이버시〉 개념도 희박하지."

"하지만 그건 결국 집이 낡았다는 뜻일 뿐이잖나?"

"낡았다, 역시 그 말만으로도 사람은 불쾌할 수 있지… 건축사가 안소니 비들러Anthony Vidler의 저서에 따르면, 익숙한 공간일수록 그 자체만으로도 인간의 두려움을 이끌어낸다고 하니까."

"〈The Architectural Uncanny〉 말인가? 나도 읽었어, 시립 도서관에서였지만… 그건 단순히 말하면 어설픈 유령의 집보다 밤의 학교가 더 무섭다, 그 얘기 아니야?"

"내 바이블이라고."

"그러셔. 돌아갈 때 면봉을 살 예정이라는 것 다음쯤으로 기억해두지… 하지만 왜 이 집은 도배를 새로 했으면서 구조는 낡은 그대로 리모델링을 안 했을까?"

"그건… 단열 문제겠지 뭐. S시는 추운 지역이야. 거실을

---

* 고령자나 장애가 있는 사람이 생활하는 데 불편한 물리적 장벽을 없앤다는 개념.

넓게 두면 난방을 더 해야 하고, 외벽도 좋은 단열재를 넣어
야 하니까. 기둥도 아무데나 자를 순 없고… 구조를 변경하
려면 돈이 많이 들어."

"즉 인색했다는 말이군."

로한은 거실을 둘러보고 어깨를 으쓱했다.

"그런 것치고… 광케이블 인터넷도 깔려 있고, 인터폰은
카메라가 달린 최신형 같던데."

"그야 요즘 세상에 인터넷도 안 들어오는 집에 누가 살겠
어. 인터폰도 방범을 위한 배려고… 이 일대는 빈집털이가 많
은지, 주의하라는 전단이 가끔 들어오더라고. 아무리 싸도,
그 점은 입주자에 대한 최소한의 어필이라는 거지."

"가스와 수도에 이어 인터넷도 필수 인프라가 된 시대로
군…"

그렇다, 이렇게 이야기해보면 역시 타카시마 레이스이라는
남자는 직업상 이 집의 특징에도 밝은 듯했다. 아예 헤븐즈
도어를 불러내 레이스이를 책으로 만든 다음 구석구석 읽어
보는 것이 빠르고 간편할 테지만, 그에게 전문적인 이야기를
시키며 안내를 맡기는 것이 〈취재〉로서 내실이 있을 듯했다.

로한은 끄덕이며 평면도를 치웠다.

"일단 집이 낡은 이유는 알았어. 하지만 〈무서운 구조〉인
가 했더니 그렇지는 않다. …라고 결론짓기는 아직 이를지도

모르지."

"그렇다면?"

"평면도와 실제 구조가 일치한다는 보장은 없으니까. 집을 고를 때 홈페이지의 평면도나 사진만으로 판단하면 속아넘어갈 수 있으니, 실제로 답사를 하잖아?"

"그렇군. 그럼 따라와봐… 부엌부터 직접 안내를 하지."

레이스이가 일어서자 로한도 그 뒤를 따라 걸어갔다.

우선 거실에서 커다란 유리 미닫이 너머로 이어진 부엌으로 향한다. 넓고 볕이 잘 드는 부엌은 조명이 없어도 충분히 밝게 보였다.

로한이 싱크대 쪽을 힐끔 돌아보니, 커피 필터나 생크림 짤주머니, 뭔지 알 수 없는 셰이커나 뜰채 같은 것이 있었다.

"자네, 이걸로 무슨 커피를 내린 거야?"

"로한 선생이 아까 마신 그거."

"내리는 방법을 딱히 상상할 만한 맛은 아니었는데~~"

어이없어 하며 로한은 몸을 굽혀 싱크대 안을 들여다봤다.

요즘 보기 드물게 벽면까지 스테인리스로 된 부엌. 주택의 부엌이라기보다 레스토랑 조리장을 연상시키는 투박한 구조. 그러나 번쩍번쩍하게 닦여 있어서 레이스이의 까탈스러움을 엿볼 수 있기도 했다.

"흐음…"

문득 시선을 돌리자 부엌이 밝은 이유가 창문 때문이 아님을 알았다. 그곳에 있는 것은 유리를 댄 문. 그곳에서 빛이 넓게 비쳐들고 있었다.

　로한은 그 문으로 다가가며 물었다.

　"이건… 〈뒷문〉인가? 요즘의 세련된 느낌보다는 꽤 고풍스러워 보이는데."

　"실제로 낡았어. 이 회사의 문은 더이상 유통이 안 된 지 오래니까."

　"이 문은 평면도에 없지 않았어?"

　"안 열려서 그렇겠지."

　"안 열린다고?"

　로한은 그 문을 물끄러미 관찰했다. 확실히 문 가장자리가 〈코킹〉으로 막혀 있어서 전혀 열릴 성싶지 않다.

　"열쇠가 없어졌나 해서 방범상 조치로 막아버렸대. 그래서 그냥 큰 창문 같은 게 돼버렸어. 커튼이 없어서 훤히 들여다보이고."

　"관리를 어떻게 하는 거야～ 집세가 8천 엔이라니 할말은 없지만, 안 열리는 문이 있다면 보통 클레임 감이라고."

　"그런 점이 좋잖아～～～! 토머슨* 같은 걸 보면 왠지 찡하는 거 없어?! 어디로도 이어지지 않는 계단이라거나 갑자기 끝나는 복도 같은 거 최고지. 로한 선생도 신비로운 여자 좋아하잖아?"

"…자네한테 내 취향이나 기호를 이야기한 기억은 없는데, 한 가지 가르쳐주자면… 적어도 자기 상상이 옳다고 단정짓고 동의를 구하는 인간은 좋아하지 않아."

"그건 그렇군. 내가 생각해도 짜증나는 인간이 된 것 같네, 미안해."

레이스이는 어깨를 조금 늘어뜨리며 실언의 자취를 털어내듯 화제를 돌렸다.

"아무튼… 창문으로서 평범하게 경치도 좋아. 여기는 언덕 위에 있고, 뒷문이 비탈 쪽으로 나 있거든. 원래는 집 근처 쓰레기 버리는 곳으로 나가는 용도였을 텐데… 오늘은 흐려서 유감이지만 가을에는 석양이 아름답지. 서쪽으로 저물어가는 해가 옆으로 비치면 집들의 실루엣이 그러데이션을 이루어서 아주 근사해."

"…흐음. 날씨 좋은 날에 그걸 확인하러 올지는 생각해보겠지만… 자네는 혹시 오늘 〈증발〉할지도 모르고…"

"로한 선생, 농담이 참 세네——!"

---

* 일본의 전위예술가 아카세가와 겐페이赤瀨川原平가 제시한 개념 예술. 기능적인 역할은 없지만 길이나 건축물에 부착되어 환경의 일부로 남은 구조물을 말한다. 높은 연봉을 받고 일본에 왔으나 성과가 없었던 메이저리그 출신의 야구 선수 '게리 토머슨'의 이름에서 딴 용어.

레이스이는 썩 우습지 않은 농담에 쓴웃음을 지었지만, 일단 그 이상 로한의 마음에 걸릴 만한 곳은 없었다. 열리지 않는 뒷문을 그대로 두는 관리의 허술함을 알아낸 정도다.

하긴 〈천국의 문〉이라는 말 자체는 역시 마음에 걸린다.

일부러 남겨둔 듯 열리지 않는 문은 너무 뻔할 정도로 수상했지만, 여기저기 조사한 결과 그것은 단지 기성품 문일 뿐이었다.

특별한 만듦새도 아니고, 밀어도 당겨도 열리지 않는 것은 분명했다. 그 문을 취급하던 회사가 이미 없어졌다는 것도 인터넷으로 확인했다. 그러니 열쇠를 새로 만들 수 없었을 법하다.

이어서 두 사람은 거실을 나와 각 방으로 이어지는 복도로 갔다. 현관과 창문에서 비치는 빛으로 사람의 윤곽이 어슴푸레 떠오르는 그런 복도였다. 복도를 지나는 손님에게 불쾌한 인상을 주지 않도록 구석구석까지 청소해서 먼지 하나 없다.

마룻바닥도 최근에 새로 간 듯하지만 목재는 고급스럽지 않은 인상이었다. 걸을 때 희미하기는 하지만 삐걱삐걱 바닥이 울린다. 구조는 서양식이지만 오래된 나무 벽이며 장지문, 앤티크보다는 레트로풍인 나무 몰딩은 말 그대로 〈쇼와시대 일본 주택〉 같은 분위기였다.

문득 로한은 복도의 벽으로 눈을 돌렸다.

"들어왔을 때도 생각했는데… 현관의 〈전신거울〉은 원래 붙박이 식이었나?"

"맞아… 잘 쓰지는 않지만, 누구 센스인지 몰라."

"센스로 따지면 나는 자네도 좀 의심스럽기 시작하는데…"

"음?"

로한의 시선은 복도에 걸린 액자를 향했다. 거실에서 나오지 않으면 눈에 띄지 않는 위치에 그것은 있었다. 제법 크게 인화한 사진이었는데, 어느 집인가의 복도가 찍혀 있다.

"아… 내가 찍은 사진이야. A현 별장지의 바다가 바라보이는 집인데, 저녁해가 비치는 창이 있는 복도지. 볕에 바래 연갈색으로 물든 벽지가 섹시하지? 섹시하다는 말은 참 좋아… 섹시하다는 말 이상으로 섹시한 말을 아직 못 찾겠더라고…"

"미리 말하는데, 이젠 그런 것을 일일이 짚고 넘어갈 생각 없으니까… 그보다 자기 집에 남의 집 사진을 걸어놓는 건… 어때? 혼란스럽지 않나?"

"설마. 나는 행복해지는걸. 자기 집에 있으면서 남의 집에 있는 듯한 기분이 들고, 마음이 날개를 달고 날아올라 아주 널찍하게 느껴지거든. 깊이감이 느껴지지만 더 들어갈 수는 없다는 것도 좋고. 어떤 의미로는 저 뒷문과도 같지."

"뭐… 자기 집이니 마음대로 하면 되겠지만…"

로한과 레이스이는 우선 현관에서 가장 가까운 방에 발을 들여놓았다.

마루를 깔아놓은 고전적인 방이지만 약간 곰팡이 냄새가 났다. 늘어선 책장 때문이라는 것을 로한은 이내 알아차렸다. 눈을 굴리고 있는 로한에게 레이스이가 설명한다.

"여기는 서재로 쓰고 있어. 책장은 원래부터 있었고… 건축과 사진 관련 서적은 헌책방에서 사 모았는데, 헬멧을 쓴 고양이 피겨도 같이 장식해뒀지."

"꼭 있다니까～ 자판기에서 뽑은 피겨를 책장에 장식하는 인간이."

"그리고 이쪽 장지문을 열면 작업실이…"

"…음."

"왜 그래, 로한 선생?"

"아니, 됐어… 일단 다음 방으로 가지."

장지문을 열자 PC며 프린터, 카메라가 있는 방이 나왔다.

이쪽은 본디 화실和室*이었던 모양이다. 다다미 위에 카펫을 깔아 습기에 취약할 듯한 인테리어였다. 장지문의 문지방을 자세히 보니 나무 표면이 많이 닳아 있어서, 해묵은 집이

---

* 다다미가 깔린 일본 전통식 방.

라는 인상을 준다.

책상 위는 잡다한 것들이 있어 의외로 사무실처럼 보였다. 출력된 사진이 여기저기 있고 여러 집들의 인테리어가 찍혀 있다.

책상 옆에는 서재와 다른 생김새의 책장이 있는데, 이쪽에는 앨범을 꽂아둔 듯했다. 열화를 방지하기 위해서인지 각각 전용 제습함에 들어 있었다.

거실에는 구식 석유난로가 있을 뿐이었지만 이 방에는 제습 기능이 있는 냉난방 겸용 에어컨과 강력하게 생긴 대형 제습기까지 있다. 다른 방은 되도록 오래된 임대주택의 모습을 그대로 유지했지만 이 방은 작업실로 정비해두었다. 장마가 있는 일본에서 습도 관리는 필수일 테니 레이스이가 돈에 쪼들리는 것도 수긍할 만하다.

"이봐… 다다미방에 〈팩스 복합기〉까지 둔다고? 게다가 이렇게 큰 걸?"

"근사하지~? 일하다 알게 된 설계사가 줬어. 그래도 거의 신품이라고. 건축계는 디지털화가 느려서 아직도 메일보다 팩스를 쓸 때가 많거든… 애써 아날로그로 찍은 사진을 디지털로 변환해서 보내는 건 사실 불만이긴 해도."

"어── …이해가 가기는 하지만."

로한도 작화 작업은 아날로그파지만 역시 시대는 시대. 디지털 매체 변환은 피할 수 없는 일이었다.

그러나 지금은 디지털이냐 아날로그냐를 논할 상황이 아니다. 로한은 실내를 둘러보고 눈에 띄는 점을 말한다.

"구체적으로 뭐가 어떻다는 건 아니지만… 이 방에도 〈거울〉이 있나?"

현관에도 거울이 있었고 조금 전에 로한이 봤을 때 서재에도 거울은 있었다. 거실을 제외하면 방마다 하나씩은 거울이 있다.

"아, 그렇지… 비즈니스 호텔처럼 붙박이로 거울을 달아놨더라고. 딱히 쓰지는 않지만 붙박이장 같은 것도 있고, 원래는 드레스룸 같은 거였나봐. 다만…"

"다만, 뭐지?"

"나도 마음에 걸렸는데… 이 집은 〈거울〉이 많아. 누구 취향인지는 모르지만 벽지도 붙박이 거울은 건드리지 않고 발랐더라고. 그건 평면도로는 알 수 없는 부자연스러운 점이지."

"그래… 하긴 내 생각에도 좀 기묘해. 기묘하긴 하지만."

"왜 그래?"

"…아니, 됐어."

로한은 거울 외에 또 한 가지 마음에 걸리는 점이 있었다.

서재에도, 그리고 이 작업실에도 역시 레이스이가 걸어둔 듯한 〈남의 집 사진〉이 있었다. 로한도 자기 집에 자기가 그린 원고를 액자에 넣어 전시하기도 하므로 작품을 걸어두는 것은 이해할 수 있다.

그러나 실내에 다른 실내 사진이 있는 것은 어쩐지 가짜 출입구가 있는 것처럼 묘한 기분이 들었다.

특히 레이스이의 작풍은 밝은 색조나 멋진 구도와 거리가 먼, 먼지 냄새나 축축함마저 느껴지는 현실을 고스란히 옮긴 듯한 사실감이 깃들어 있다.

사진은 혼을 빼 간다더니, 레이스이가 찍은 실내 사진은 그 안에 누가 살기라도 하듯 생활감이 있었다. 그래서 실내에 걸린 사진을 보노라면 어쩐지 공간이 왜곡되어 타인의 집에 잘못 들어온 듯한 느낌이 들었다.

거울이 많은 것은 확실히 기묘하다. 그러나 레이스이의 인테리어 감각 자체도 로한의 주관으로는 역시 기묘하게 느껴졌다.

기묘한 것은 집뿐인지, 아니면 사는 사람인지⋯ 그런 부분을 로한은 조금 가늠하기 어려웠다. 레이스이는 그런 고민을 알아차린 기색도 없이 화제를 다른 방향으로 돌렸다.

"로한 선생. 혹시⋯ 벌써 눈치챈 거야?"

"뭘 말이지?"

"〈목제 창호〉."

레이스이는 사뭇 의미심장하게 방 창문을 가리켰다.

"그러니까, 전문용어를 빼고 말하자면… 창틀 말이야. 현관도 그래. 내가 특히 매력적으로 여기는 부분이지. 인체로 말하면 데콜테decollete*와 통한다고 할까."

"딱히 통하지는 않는 것 같은데── 자네가 집을 성적 대상화하는 것은 이제 신경 안 쓸 테니까, 얼른 설명이나 해줘."

"좌우간 개구부는 현관 문지방이나 상인방… 창문은 레일까지 모두 〈목제〉야. 〈목제 창호〉는 아직 수요가 있지만, 레일까지 〈목제〉라는 것은 뭐랄까… 드물거든. 게다가 〈밤나무〉를 사용했단 말이지."

"〈밤나무〉?"

"고급 목재야. 단단하고 무거우며 부식에 강해."

레이스이는 그렇게 말하고 작업실 창문을 가리켰다. 넓게 트인 창문은 구름 낀 하늘에서도 충분한 빛을 받을 수 있도록 되어 있다. 하지만 그 창틀은 확실히 목제다.

로한은 창가로 다가가며 물었다.

"확실히 보기 드물지만… 기묘할 정도인가? 부식에 강하다면, 특별한 자연 감각을 연출하고 싶었던 디자이너가 실내의 장지문에 맞추느라 자네의 커피처럼 까다롭게 굴었을 뿐

---

* 쇄골을 중심으로 목에서 어깨, 가슴 윗부분을 가리킨다.

이 아니고?"

"〈밤나무〉는 주로 토대에 쓰는 목재야. 미닫이문 레일처럼 섬세한 가공에는 안 맞아… 상당히 변태적이지. 목재는 인간 이상으로 적재적소가 있다고. 단단한 〈밤나무〉로 이걸 만드는 건 미친놈이야."

"설명은 알겠어, 설명은. 하지만 발상 자체가 마니악하다는 얘기지."

"창틀이나 문지방은 가동 부분이라서… 굉장히 까다로워. 목재가 엇결인지 곧은결인지, 잘라낸 부분이 나무의 껍질 쪽인지 중심 쪽인지, 자잘한 기준이 엄청 많다고. 가공하기 쉬운 나무로 만드는 게 상식이지. 그런데 이 집은 외부로 통하는 창문이나 현관 미닫이는 모조리 〈밤나무〉로 만든 거야."

"뭐야? …모조리? ……현관도, 창문도, 전부 다?"

로한은 이 집으로 들어설 때의 일을 떠올렸다.

현관 미닫이는 문지방과 잘 맞지 않아 삐걱삐걱 소리를 내고 있었다.

"실내는 평범한 〈삼나무〉를 사용했지만 바깥으로 이어지는 개구부는 모두 〈밤나무〉야. 왜 〈밤나무〉일까…? 밤나무가 아무리 고급 건축재라지만 보통은 노송나무나 삼나무를 섞어. 그런데 모두 〈밤나무〉로 만들었다고… 대체 누가, 무슨 의도로? 나는 그게 너무 궁금해……"

"…그렇군."

거기까지 설명을 들으니 로한도 확실히 실감이 난다.

건축사나 목수는 전통을 존중한다. 숲의 나무를 베어 땅에 뿌리내리는 것을 만들기 때문인지, 현대에도 자연에 대한 신심信心이 남아 있다.

특히 일본 목수가 나무라는 존재에 바치는 경의는 상당하다.

경의나 경험이 부족하고 신심이 없거나 무지해서—— 또는 굳이 그런 것에 신경쓰지 않고 기능성을 추구하며 기준을 무시할 수는 있다.

하지만 이 정도로 철저하다면 어떤 〈의도〉가 있을 것이다.

그러나 생각해봐도 그것이 뭔지 알 수 없다. 일단 너무 소박하지 않은가. 뭣 때문인지, 그로 인해 무슨 일이 일어나는지 현 시점에서는 너무나 불명확하다.

기묘하지만, 그 원인이 보이지 않는다.

그것은 호기심만이 형태를 이루며 부풀어오르는 듯한 감각.

"다른 방을 보러 가지."

레이스이를 재촉하며 로한은 방을 뒤로했다.

방에서 복도로 나가자 막다른 곳에 작은 창문이 눈에 들어왔다. 아마 채광을 위한 것이리라.

——그나저나 밖에 비가 온다고는 하지만 작업실 외에는

묘하게 눅눅하군.

그런 사소한 것이 로한은 왠지 마음에 걸렸다.

계단 경사가 꽤 급해서 로한은 다시금 이 집의 낡은 구조를 실감했다.

2층 복도도 밝은데, 작은 창문이 군데군데 나 있다. 그 창틀도 역시 철저하게 목제였다. 아마 〈밤나무〉일 것이다.

계단에서 가장 가까운 방은 창고로 쓰는지 잡다한 촬영 장비가 놓여 있다. 방은 서재나 작업실과 큰 차이가 없는 듯했다.

"정말 각 방마다 옆방으로 이어지는 장지문이 있군. 마치… 한붓그리기처럼 복도로 돌아가지 않고도 집안을 한 바퀴 돌 수 있는 것 아냐?"

로한의 말에 레이스이는 복도로 나가면서 끄덕였다.

"지금 보니 이상하지? 워낙 오래된 구조잖아. 장지문을 열면 방과 방을 이어서 넓은 방처럼 사용할 수 있지… 핵가족 사회가 되기 전, 여러 친척들이 모여 사는 문화에서 쓰이던 〈서원 구조〉의 연장선이야."

"그래… 시골 친척집에서 그런 것을 본 듯하군. 작은 테이블을 큰 상에 붙여서 쓰기도 하고, 물건을 넘치도록 쌓아놓았지."

"그건 그것대로 운치가 있잖아. 원래부터 넓은 집은 물론 편리하지만, 좁아도 넓게 쓰도록 아이디어를 짜내는 집은 친척 모임처럼 〈특별한 날의 느낌〉이 살거든."

음미하듯 끄덕이며 레이스이는 복도를 걸어간다. 2층 복도도 값싼 자재를 썼는지 삐걱삐걱 소리가 났다.

"…그런데, 소박한 의문이 있는데… 레이스이."

"응?"

"자네는 결국, 굳이 사고 매물만이 아니라 단순히 집이나 생활양식 같은 것을 좋아하는 듯한데… 목재에 조예도 있고. 그런데 왜 건축사나 목수가 되지 않았지? 취미일 때가 더 마음 편하다고는 하지만 자네는 사진가라는 형태로 건축물에 관여하기도 하는데."

"그야 편집자가 만화를 그릴 수 없는 것과 비슷하지 않겠어? 나는 만드는 걸 좋아하지는 않아서… 〈건축 비예술론〉이라는 거 알지? 〈느낌〉을 전달하는 것이 예술이며, 건축은 본질적으로 그렇지 않다는 의견 말이야."

"톨스토이 같은데, 거기까지는 너무 마니악해서 모르겠군."

"즉 나는 반대로 〈예술가〉 쪽이어서… 자연 속에 인간이

개척한, 집이라는 것에 깃든 〈인간다움〉이 좋단 말이야… 서까래 하나에도 장인의 버릇이나 실수가 드러나니까. 그리고 사는 동안 아이의 낙서로 더러워진 기둥이나 실수로 태워서 응급 처치한 벽 같은, 그런 건축과 변화 속에 숨쉬는 〈사람 냄새〉가 좋아. 만들고, 살고, 부서지는, 그 모든 것에 누군가의 인생이 배어 있지… 그걸 잡아내는 것이 좋다고."

"…그렇군, 그건 이해가 가…"

확실히 레이스이의 말은 지금까지 일관성이 있다. 그러나 솔직히 로한은 거기에 관심이 없었다. 중요한 것은 질문하는 흐름을 바꾸는 일이었다.

"그래도 나는 일단 호기심이 고개를 들면 멈추지 않아서… 내친 김에 하나 더 물어도 될까?"

"응?"

"왜 복도로 나가는 거지?"

화제가 급전환되며 나온 질문에 레이스이는 잠시 어리둥절한 듯했다.

"왜냐니… 다음 방으로 가려고 그러지?"

"방과 방이 이어져 있다면 복도로 나갈 필요는 없어. 분명 아까 본 평면도에는 이 방 옆에 〈복도와 이어지지 않은 방〉… 장지문을 통하지 않으면 갈 수 없는 방이 또하나 있을 텐데. 자네는 방 하나를 건너뛰고 소개하려 하잖나?"

"…예리하시네〜 로한 선생, 역시 탐정 아니야?"

웃으면서 레이스이는 태연자약하게 대답했다.

"맞아, 로한 선생, 그 방은 보여주고 싶지 않아."

"곤란한 물건이라도 있어?"

"시체라도 숨겨뒀을까봐?"

"질문을 질문으로 받으면 안 돼. 거래처에 그따위로 굴었다간 일도 날아갈걸."

레이스이는 잠시 망설이듯 고개를 저었다가, 띄엄띄엄 말을 이어갔다.

"…즉, 그 왜… 알지? 난 독신이고, 로한 선생도 독신이잖아."

"…아하〜 그래 그래 그래 그래. 잘 알았네. 이제 됐어."

로한은 얼굴을 찡그리고, 레이스이는 헤실헤실 웃음을 띠었다. 혼자 사는 남자가 흐지부지 말을 흐리는 일은 덮어두고 넘어가는 편이 낫다는 것은 잘 알고 있다. 로한은 재빨리 말을 거두고 방을 나갔다.

결국 2층의 다른 방은 창고와 묘하게 큰 레이싱 게임 컨트롤러가 놓인 침실 정도였고, 이렇다 할 특이점은 없었다.

다만 창문은 역시 모두 미닫이였고 〈밤나무〉로 되어 있었다.

이제 이 집을 지은 사람에게 명확한 의도가 있다는 것은 알았다. 그러나 결정적으로 〈사연〉의 종류를 짐작할 만한 단서는 여전히 애매했다.

"…적어도 말이지. 쓸데없는 비밀도 있었지만… 몇 가지는 확실해졌군."

"과연 로한 선생이셔."

"의미 없이 비행기 태우지 말고. 우선 밖으로 이어지는 〈미닫이〉…그 1층의 〈뒷문〉 외에는 〈창문〉을 포함해 거의 〈밤나무 미닫이〉였다…"

"그렇지."

"게다가 〈거울〉. 역시 대부분의 방에 붙박이 거울이 있어. 그리고 〈집의 골조〉… 구조가 낡은 것은 물론이고, 설계의 밑바탕에 그 낡은 사고방식이 드러나 있어. 도배를 새로 하고 마루를 새로 깔아도 여전히 구조가 낡았다는 것은, 어설프다기보다 〈바꾸지 않으려 한〉 느낌이야."

"막 흥분되지 않아?"

"뭐… 헛걸음은 아니었을지도 모르겠군…"

로한은 끄덕이면서도 아직 찜찜한 부분이 있는 듯했다.

"하지만 아직 〈보이지 않아〉… 확실히 어느 정도 기묘하지만… 의도가 보이지 않는다고. 그 〈천국의 문〉이라는 것도 결국 아무데서도 못 찾았고."

"그러게 말이야. 즉 〈사연을 알 수 없는, 사연 있는 집〉이라는 얘기지."

"그렇군…"

턱을 쓰다듬으며 로한은 판명된 정보를 뇌내에서 정리하고, 평면도를 떠올리며 여러 각도에서 생각해보았다.

창에 특정 목재를 고집하여 사용한 건 종교적인 이유일지도 모른다. 거울도 마음에 걸린다. 거울이란 오래전부터 대개 신령을 담는 그릇이 되어왔다.

이 구조에는 의미가 있는 것일까. 방향은 어떨까. 풍수지리적 견지에서는 어떨까.

생각하고 생각하며, 여러 가지 가능성을 떠올린다.

그러나 이렇다 할 만한 것이 없다. 추리만으로는 정보의 화룡점정畵龍點睛이 빠졌다.

"뭔가 알아냈어, 로한 선생?"

"아니…"

"…뭐, 사실 건축계에 밝은 나도 모르는 일이니까. 좀 쉴까? 이번에는 말차를 탈게. 아, 침실의 게임기가 궁금하면 해도 좋아. 나는 세계 랭킹 2만 5천 위지만…"

"아니, 됐어. 그보다 레이스이 군."

"왜?"

"〈헤븐즈 도어〉."

"___"

한순간이었다.

로한이 손가락으로 가리키자, 흡사 서부극에서 총알에 머리를 스큐우우웅 하고 맞은 명배우처럼 레이스이는 그 자리에 무너져 〈책〉이 되었다.

"역시… 아무래도 묘해."

로한은 아무래도 마음에 걸리는 일이 있었다.

"들리지는 않겠지만, 나도 존경하는 인물이 있어. 히로세 코이치 군이라고, 그는 정말 만화 주인공처럼 멋진 녀석이지… 황금의 정신을 가지고 있으며, 그것은 〈진실〉로 향하는 이정표처럼 반짝이거든. 약간의 위화감을 놓치지 않고 정신의 나침반에 따르면… 그곳에는 〈진실〉이 있다. 나도 본받고 싶어."

인간을 〈책〉으로 바꾸어 그 기억과 경험을 읽는다. 로한만이 할 수 있는 특별한 취재. 로한은 그 자리에 웅크리고 앉아, 레이스이의 페이지를 넘기기 시작했다.

"독신이니 뭐니 뻔한 변명을 했지만… 만화에 비유하면 그런 〈캐릭터〉가 아니야… 열리지 않는 문의 토머슨이니, 특이한 목재에 흥분해서 그렇게 떠들어대는 남자가 고작 〈그런 것〉을 신경쓰며 숨긴다는 것은 상상하기 어렵지."

그렇게 레이스이의 기억 페이지를 몇 장 넘기다가 로한은 발견했다.

이 집의, 레이스이가 안내하지 않은 방에 관한 기록.

"즉——"

"—아무래도 그 방의 〈사진〉을 보여주는 건 곤란하지."

"좋은데? 그렇게 나오셔야지."

로한은 레이스이에게서 떨어져, 서슴없이 걷기 시작했다.

"그렇게 건축 사진을 시시콜콜 이야기하는 남자가 한사코 숨기려는 〈사진〉이라고? 숨겨둔 재산도 시체도 아닌, 단지 〈사진〉? 그럼 당연히 봐야지!"

로한이 향하는 곳은 당연히 레이스이가 안내를 건너뛴 〈그 방〉. 복도에서 들어가는 입구가 없고, 인접한 방에서만 출입할 수 있는 격리된 공간.

"아무튼 장지문이니… 잠겨 있는 것도 아니고, 혼자 사니까 선반이나 옷장으로 가리지도 않았고, 〈프라이버시〉를 지켜달라는 건… 확실히 레이스이가 언급하긴 했지? 하지만 그렇게 조심성 없이 다른 사람을 집에 초대한 것이 잘못이지~~~"

덜컹거리는 장지문을 열고 로한은 방에 들어갔다. 오래된 집다운 곰팡이 냄새가 약간 난다. 그러나 실내의 모습은 깔끔하게 정돈되어 있었다.

결론부터 말하면, 그곳에 있던 물건은 적어도 예상을 저버

리지는 않았다. 채광을 위한 작은 창문, 거울, 그리고,

"…정말 외설적인 책이라도 나오면 김이 빠지겠지만…"

앨범이 거기에 있었다.

단 한 권이지만, 마치 보물을 다루듯 디지털 측정기가 달린 제습함에 들어 있는 앨범.

책상에는 온습도계가 있고, 작업실과 같은 형태의 거창한 〈하이브리드 제습기〉가 있다. 작업실 못지않은… 아니, 앨범 한 권만을 위한 것이라 생각하면 오히려 그를 능가하는 철저한 보관 설비였다.

앨범은 제습함에 들어 있기는 해도 그리 엄중히 숨겨둔 것은 아니고, 언제든지 꺼내볼 수 있을 정도로 되어 있었다. 아마 정기적으로 레이스이가 펼쳐보는 것이리라. 이 대대적인 설비가, 로한의 방문을 앞두고 다급히 앨범을 다른 곳으로 옮기지 못한 이유일 거라고 로한은 생각했다.

"작업실의 앨범 사이에 섞어두기라도 했으면 될 텐데… 그렇게 하지도 않았다는 것은 그만큼 특별하고 엄중하게 보관하고 싶었다는 뜻인가…"

로한은 그 한 권의 앨범을 꺼내, 흠집을 내지 않도록 주의하면서 첫 페이지를 넘겼다.

"역시 〈실내 사진〉이군… 이 집의 사진은 아니야. 어느 평범한 주택이나 아파트, 아니면 맨션의 〈실내 사진〉… 다른 앨

범은 이미 내게 보여줬고, 복도에 걸어두기까지 할 정도인데 왜 숨겼지? 헤븐즈 도어로 그 녀석을 읽는 게 빠르겠지만, 숨기려는 물건은 직접 보는 게 더 재미있으니까⋯⋯"

로한은 앨범 페이지를 한 장씩 팔락, 팔락 음미하듯 넘겨간다.

빈 페이지 없이 모든 포켓에 사진이 들어 있어서인지 앨범 한 권인데 묵직한 무게감이 느껴진다.

앨범의 레이블은 비어 있었지만, 아무래도 한 권 전체에 한 집의 사진만을 넣어둔 듯했다. 앞서 로한이 본 앨범보다 훨씬 장수가 많고 복도에서 화장실까지 좌우간 모든 공간이 찍혀 있다. 그리고 모든 사진에 타카시마 레이스이라는 사진가의 작풍이 깃들어 있다. 페이지를 넘기는 동안 로한은 약간 놀란 듯 한쪽 눈썹을 올렸다.

"⋯뭐지. 나한테 보여준 앨범보다 훨씬 현장감 있고, 마치 한 집의 생활 자체를 고스란히 담아냈잖아⋯ 〈작품〉의 완성도라면 단연 이쪽이 더 높지 않나? 아름답게 찍으려 하지 않는 자세가 도리어 살아 있는 아름다움을 담고 있군. 너무 생생해서 그로테스크할 정도야⋯ 개인전 발표작도 보기는 했지만, 그보다 훨씬 훌륭한 작품인걸."

그것은 흡사 타카시마 레이스이라는 남자의 작가성을 응축한, 더할 나위 없는 포트폴리오 같았다.

로한마저 잠시 시간을 잊을 정도로 확실한 혼의 표현이 담겨 있었다. 사진은 모두 집안을 걸어다니는 것을 가정한 순서로 담겨 있었는데, 페이지를 넘기면 넘길수록 실제로 타인의 집을 방문하는 듯한 착각에 빠진다. 이 작품들을 발표했다면 타카시마 레이스이는 더욱 높은 평가를 받고 있지 않을까 생각되었다.

해가 기울기 시작한 흐린 하늘의 희미한 빛에 기대듯 작은 창가로 다가가며, 헤븐즈 도어로 그렇게 하듯 로한은 레이스이의 프라이버시를 들여다본다.

"…그치만 뭐지? 이 느낌은 어쩐지…"

그러는 동안 문득 위화감이 로한의 뇌리에 머물렀다.

"뭔가 이상해. 이 사진은 단순한 〈실내 사진〉인데… 복도에 걸린 것이나 내게 보여준 것과는 확실히 분위기가 달라… 뭔가가 마음에 걸리는데…?"

그렇게 고개를 갸웃거리며 앨범을 넘겨갔다… 그 중간 정도 페이지에 실려 있던 한 장의 사진을 보고 로한은 위화감의 정체를 깨달았다.

"…뭐지, 이건?"

그 사진은 침실을 찍은 것 같았다.

저녁해가 드는 시간대인 듯하다. 유리문으로 비쳐드는 역광이 방 한가운데 매달린 실루엣을 비추고 있었다. 너무나

방에 잘 녹아들어 있어서 처음에는 그것을 인테리어의 일종
으로 착각했다. 사실 인테리어만큼이나 실내에 당연히 있을
법한 것임은 틀림없었다. 집이라는 공간과 떼려야 뗄 수 없는
존재임은 의심의 여지가 없다.

그것은 집을 집다운 곳으로 만드는 가장 중요한 피스였
던 것.

그러면서도 절대 그곳에 존재해서는 안 되는 〈물체〉이기
도 하다. 즉——

"〈목을 매단 시체〉 아닌가…?"

만든 것으로 보이지는 않는다. 그것은 틀림없는 시체 사진
이었다.

그것만으로도 물론 충격적이었다. 타카시마 레이스이라는
남자가 시체 촬영에 관심이 있거나, 또는 어떤 살인사건의
범인이거나, 어느 쪽으로나 유쾌하지 않은 상상이 가동한다.

하지만 그런 비밀이 있다면 아무리 해도 켕기는 마음과
세상에 알려져서는 안 된다는 위기감 때문에 헤븐즈 도어로
들여다본 페이지에 알아보기 쉽게 기록될 것이다. 그러나 좀
전에 로한이 읽은 타카시마 레이스이의 기억에는 그렇게 두
드러지는 기록은 없었다.

"…아니, 잠깐."

그렇다, 레이스이의 특수성에 대해 헤븐즈 도어로 읽어낸 기록은 있었다.

하지만 아무래도 문자 정보로 읽는 이상 그것이 〈얼마만큼 특수한가〉까지는 자세히 알 수 없는 부분이 있다.

즉 레이스이에게 그 앨범의 테마는, 처음부터 주장하던 취향에 지나지 않는다. 말하자면… 이런 것.

"—사고 매물 아닌가?"

"그렇고 말고."

흠칫 놀란 로한이 돌아보자 방 입구에 레이스이가 서 있었다.

사진을 확인하는 데 열중한 탓인지, 아니면 직면한 사실로 인해 발생한 정신의 공백으로 헤븐즈 도어가 풀렸는지. 이미 레이스이는 자유로웠다.

"갑자기 아찔하더니, 쓰러져버렸던 모양이야… 현기증이 났나."

"……"

"내가 허술했네, 어쩌면 수면 부족 때문일지도 모르고… 좌우간 로한 선생이 호기심이 왕성하다는 걸 잘 알면서 너무 허술했어…"

"…그래, 허술했지. 나 역시 놀랐어. 〈사고 매물〉을 좋아하는 변태라는 것은 알았지만 설마 자살 현장 자체를 사진으로 담아낼 줄은…"

로한은 몸을 도사렸다.

사람의 비밀에 발을 들이는 것은 가장 공격적인 침략이다.

보통 헤븐즈 도어는 상대가 알아채지 못한 상태에서 쓰지만, 불쾌감을 주는 행위임은 분명하다. 사람의 가장 연약한 부분을 마구잡이로 헤집는 것이다. 상대가 격노해도 이상하지 않다.

하물며 확실히 〈남이 보면 곤란한〉 것을 이 남자는 몰래 지니고 있었다. 그것을 감추기 위해 입막음을 하리라는 것은 충분히 상상할 수 있다.

로한은 동요하지 않고 어깨를 슬쩍 으쓱했다.

설령 비밀을 들킨 레이스이가 감정에 못 이겨 덤벼든다 해도, 그보다 빨리 헤븐즈 도어로 반격할 수 있으니까.

"하지만 타카시마 레이스이… 보면 곤란한 것이 있는 집에 사람을 들인 것이 잘못이야. 떳떳하게 살았다면 그런 걱정은 필요도 없을 텐데… 그래, 이런 것을 봐버린 나를 어떻게 할 거지? 서스펜스라면 입막음을 하려 들 텐데."

하지만 결론부터 말하면—— 몸을 도사려야 할 만큼 폭력적인 사태는 일어나지 않았다.

"로한 선생은 내가 부탁해서 초대한 손님이야. 잘 대접하지는 못할망정 해를 가할 리가 없지… 손님이란 일단 허락하고 집안으로 불러들인 이상 돌아갈 때까지는 가족 같은 존재라고 생각해. …다만."

"다만, 뭐지?"

"〈질병〉이라고 생각하지 않아?"

순간, 화제가 엉뚱한 방향으로 튄 듯해서 로한은 눈살을 찌푸렸다.

"뭐…? 갑자기 무슨 뚱딴지같은 소리야?"

"그러니까, 〈예술가〉라는 존재 말이야. 기왕 들켜버린 이상, 창작 활동을 하는 사람끼리 그런 얘기를 해보자고. 좌우간… 그건 원하지 않아도 암세포가 자라는 것처럼, 그 〈성질〉이라는 걸 어느새 앓게 된단 말이야…"

적의는 느껴지지 않았다.

로한에게 그 표정은 충분히 온건하게 보였다. 순수한, 달관조차 느껴지는, 흡사 고해소에 찾아온 남자의 그것처럼 느껴지기도 했다.

"〈감성〉이란… 그런 형태가 되어버린 마음의 모습이라고 나는 생각해… 그걸 사진가니, 화가니, 사회 규범이 인정하는 명칭에 맞추어 간신히 그 규범 안에서 사는… 보통은 요행히 〈삐져나오지 않을〉 뿐이야. 한 발짝 더 나가면 〈범죄〉로 불리기도 하지. 그리고 살짝 〈더 나간〉 게 나고."

"…그렇군. …그래서? 나도 이 사진처럼 죽여서 자네 작품으로 만들겠다는 건가? 아무리 사고 매물 마니아라지만 남의 집에 쳐들어가 살인까지 하는 건 살짝 더 나간 정도가 아니라고 보는데…"

"이봐 이봐 이봐 이봐… 잠깐만. 선생, 그건 오해야."

레이스이는 두 손을 절레절레 흔들며 변명했다.

"나는 아무도 죽이진 않았어. 그건 엄연한 〈자살 시체〉라고."

"그걸 지금 믿으라는 거야?"

"애초에 말이지. 주인이 있는 집에 멋대로 들어간다는 게 나로서는 있을 수 없는 일이야. 집이란 사는 사람에게 있어 불가침한 공간이며, 안심할 수 있는 성역이 아니면 안 되지. 타인이 허가 없이 들어가는 것은 어불성설이며, 나는 빈집털이를 혐오해."

"그럼 이건 뭐지? 이 시체가 찍힌 것을 포함한 수많은 사진들은 대체 뭐라고 설명할 거야?"

로한의 눈총을 받으며 레이스이는 어딘가 먼 곳을 바라보듯 방구석으로 시선을 돌렸다. 어두컴컴한 실내는 오래된 사진처럼 바랜 빛을 띠고 있었다.

"어렸을 때 나는 모리오초 어귀에 있는 주택에 살았는데… 악착같이 대출을 받아 산 집이 부실공사 건물이었다는 걸 알고 부모님 사이는 싸늘해져버렸어. 어머니는 다른 남자를 사귀더니 집에 잘 들어오지도 않고, 식탁에 온 가족이 모여 앉을 수 없는 것이 나는 못내 쓸쓸했지."

"…묻지도 않았는데 잘도 자기 개인사를 나불거리는군. 나는 사진에 대해 묻는 거야. 슬픈 과거사로 눈물을 뽑자는 수작이라면 나는 들을 생각이 없어."

"그런데 어느 날, 부모님이 식탁 옆에서 목을 맸어. 무슨 사정으로 어떻게 돼서 그런 선택을 했는지, 어린 나의 장래 따위는 신경도 안 썼다는 건 틀림없지만… 사실 나는 기뻐서 말이지."

"기뻤다고? …부모가 죽었는데?"

"그러니까, 내가 철이 들고 처음으로 온 가족이 식탁에 모였단 말이야. 나는 편의점에서 세 사람 몫의 밥을 사와 거기 앉아 먹었어. 묘한 얘기지만… 그게 나에게는 행복한 가정의 광경이었지. 딱 그 순간만 내 집은 〈행복한 집〉이었던 거야. … 그 이미지가 주택 사진가 타카시마 레이스이의 〈미〉의 근원이 아니었을까 해. 누구나 죽을 때는 정든 자기 집 다다미 위나 침대 위… 또는 식탁 옆에서 원하는 최후를 맞는 것이 진정한 안식이라는 것일지도 몰라."

"…그래서?"

"즉… 나는 쭉 찾고 있었다고, 그 광경을. 정든 집에서, 가장 편안한 장소에서 스스로 선택한, 〈가장 안락한 최후〉를 말이야."

레이스이는 설명을 계속했다.

담담한 목소리. 이성으로는 비정상인 줄 알지만 떳떳치 못하다고는 전혀 생각지 않는 투였다.

"일본의 자살자 수는 연간 3만 명이야. 전철에 뛰어들거나 절벽에서 뛰어내리는 등 방법이야 여러 가지지… 하지만 마지막 순간을 애착이 있는 자기 집에서 맞고 싶어하는 사람도 제법 많거든. 그리고 그런 자살자의 수만큼 이 나라에는 매일 주인을 잃는 〈사고 매물〉이 늘어나는 셈이지. 그리고… 그들의 유해는 부동산 관리자나 가족… 또는 너무 조용해서 수상히 여긴 이웃 주민이 우연히 발견한단 말이야. 의외로."

"…그게 어쨌다는 건가?"

"그리고 나는 말이지, 한 번 그 〈우연〉을 만났어. 사진가로 갓 데뷔했을 무렵에. 살던 아파트 이웃집이었는데 자살자가 있었어. 우편함에 신문이 쌓여 있어서 어디 여행이라도 갔나 했지만, 문득 현관문 손잡이를 건드려보니 잠겨 있질 않더라고. …몸이 찌르르했어. 경찰에 신고하기 전에 〈사고 매물〉이 태어나는 순간을 목격할 수 있었던 거지."

무슨 말을 하는지 종잡을 수가 없어서 로한은 잠시 반응을 망설였다. 레이스이는 개의치 않고 설명을 이어갔다.

"사는 사람이 없어졌을 때 〈그 사람의 집〉이었던 공간도 죽음을 맞이해. 다음 입주자가 들어오면 다른 사람의 집이 되니까… 그래서 나는 시신보다 집의 마지막을 찍는다는 마음이 더 컸지. 즉 정리하기 전의… 사람이 살던 흔적이 여실히 남은 〈집의 영정〉을 찍은 거야."

"…그게 뭐야. 무슨 의미가 있어서 그런 짓을 하는 거지?"

"집과 사람의 마지막을 내가 〈아름다운 예술〉로 만든다고."

레이스이의 말이 윤리적으로 어긋난다는 것은 분명하다.

하지만 그 목소리에는 떳떳치 못한 일을 한다는 떨림이나 두려움 같은 것이 아닌, 분명한 자신감이 있었다.

"특히 일본인은 냄새나는 것에 뚜껑을 덮으려 하기 마련이지. 죽음이라는 것을 멀리한 나머지 사람의 최후로부터도 눈을 돌리려 해… 살았다는 증거를 남기는 데에는 적극적이면서 죽은 증거는 감추고 싶어하지. 특히 자살이라는 것에 더욱 그래. 주위 사람은 슬퍼서 되도록 잊으려 하고, 입 밖에 꺼내려 하지 않아. 〈자살〉이야말로 이 세상에서 가장 고독한 죽음이야. 그리고 그것이 일어난 집이나 방을, 사람들은 〈사고 매물〉이라며 꺼림칙하게 여기지… 그들은 단지 죽었고 집은 단지 그가 살던 곳일 뿐인데. 그곳에는 사람이 살았던 증거가 남을 뿐인데… 나는 그런 곳을, 그런 최후를 선택한 사람들과 그들이 지냈던 집을… 내 사진 안에서만은 〈미〉라고 인정해주고 싶어."

"……"

"…하긴 그 기적과도 같은 〈우연〉을 만난 것은 그 앨범을 만들었을 때 한 번뿐이야… 맹세코 사람을 죽인 적은 없어. 나는 쭉 찾고 있어. 자살을 암시하는 인터넷 게시물이나 불미스런 소문이 도는 동네… 누군가가 새로운 〈사고 매물〉을 만들어낼 듯한 기운을, 그 현장을 사진에 담을 수 있는 기회를, 아직도 찾고 있지. 만드는 것이 아니라 찾는 것이 사진가라고."

"그 가치관을 나는 이해 못 하겠지만…"

헤븐즈 도어를 사용할 여지는 언제나 있었다.

그가 정말 미친 살인광일 경우는 무력화할 수 있고, 아니더라도 그의 말의 진위를 확인하는 의미는 있었다.

하지만 그의 말이 광기로 가득하기에 더욱 거짓말은 아닐 것이라 생각했다.

일부 예술가가 갖는 위험한 광기가 그곳에 보였기에 로한은 그것이 레이스이의 감성에서 오는 진심어린 말임을 직감했다.

더욱이 이것으로 한 가지 수긍할 만한 것이 있다.

"…레이스이. 자네는 아까 분명히 말했지. 과거에 이 집에

살았던 사람들 중… ⟨유서를 남기고 사라진 여자⟩가 있었다
고."

"그래, 말했지."

"그 여자… 혹시 자네 지인 아니었어?"

로한은 앨범의 책등을 손가락으로 두드리며 말을 이었다.

"⟨유서⟩처럼 민감한 것을, 그 내용까지 타인이 알고 있다
는 것이 이상했어… 하지만 자네의 이야기를 들어보니 상상
이 가는 것이 있군. 살인이 아닌 한, 자네가 말하는 기적적인
⟨우연⟩을 만날 기회는 얼마 되지 않아… 하지만 미리 자살을
예고한 사람이 있다면 얘기가 다르지. ⟨필연⟩이라면 자네는
다시 한번 자네가 믿는 ⟨미⟩의 순간을 만날 수 있을 테니…"

그리고 로한은 한 가지 가설을 제시했다.

"그 ⟨유서⟩는 즉, 처음부터 자네 앞으로 보낸 것이 아닌
가?"

"…로한 선생, 당신 역시 탐정 아니야?"

"만화가라고 했잖아, 착각하지 마… 만화가라는 직업은 어
느 정도 배경이 보이면 어떤 스토리인지 당연히 상상할 수
있는 거라고."

레이스이는 졌다는 듯 어깨를 으쓱했다.

"…술집에서 만난 사람이야. 조금이지만, 우수를 띠고 내
리까는 눈에서 어머니와 닮은 그림자를 봤지. …그 여자가

이 세상에 절망했다고 들었을 때, 나는 내가 생각하는 〈미〉의 관점을 털어놔도 되겠다고 생각했어. 〈만약 당신이 인생을 마감한다면, 그 장소로 자택을 고른다면⋯ 그 마지막 순간은 내가 사진으로 담아주겠어〉라고 말이지."

"이봐 이봐 이봐, 그렇게 말하면 자살 방조가 돼. 말리려 하지는 않았어? 혹시 서로 끌렸다면⋯ 함께 사는 길을 선택할 수도 있었잖아?"

"그럴 수 있었을지도⋯ 하지만 적어도 그때 그 여자에게는 그 길이 보이지 않았을지도 몰라⋯"

논리는 알겠지만 이해는 할 수 없는 이야기였다.

로한은 질린 기색을 숨기지도 않고 코웃음을 쳤다.

"즉⋯ 자네는 원래 그 여자가 이 집에서 자살한 모습을 촬영할 예정이었고⋯ 하지만 왠지 그 여자는 〈천국의 문〉이라는 것을 발견해⋯ 행방을 감췄다. 그럼 자네는 본디 그 여자를 경유해 이 집의 존재를 안 셈인데. ⋯자네는 단순히 그녀가 이 집에서 최후를 맞지 않았다는 사실을 받아들이지 못한 것뿐 아닌가?"

레이스이는 긍정하는 대신 지론을 다시 펼쳤다.

"나는 말이지. 사람은 마지막을 스스로 선택할 수 있다고 생각하고, 집은 생을 마치는 사람과 함께하면 된다고 생각해. 그녀의 마지막을 그녀 스스로 선택했다면 그만이야. 다만 이유를 알고, 수긍하고 싶다… 그뿐이지. …이 앨범을 경찰에 신고할 건가?"

"…됐어, 딱히."

로한은 코웃음을 치고, 들고 있던 앨범을 덮었다.

"확실히 자네는 꺼림칙한 취미를 갖고 있어. 나로서는 공감할 수 없는 감성이고, 수사를 하면 무슨 불법침입 같은 죄가 되기는 하겠지. 하지만…"

칭찬받을 일이 아님은 분명하다.

레이스이와 〈그녀〉의 사고를 인정하고 이해할 수 있는 사람도 많지 않을 것이다. 당연히 거부감이 들 거라고 로한 역시 생각한다.

하지만 타카시마 레이스이가 적극적으로 타인을 해쳤거나 지금 이 자리에서 로한을 해칠 의사가 없다면 그것을 심판하는 것은 다른 문제다.

"나는 경찰이 아니고, 물론 탐정도 아니야. 만화가지. 이 집의 비밀을 〈취재〉할 수 있다면 그 이상의 뭔가를 할 생각은 없어."

즉 이 자리의 윤리적인 불일치도 불이해도 이 집의 취재를 그만둘 이유가 되지는 않는다. 만화를 그리는 데 지장을 주지는 않으니까.

"이 일을 만화 소재로 삼을지는 몰라도."

익명으로 부탁할게, 하고 레이스이는 웃었다. 로한은 웃지
않았다.

"밤이 되어버렸군…"

커튼을 닫고, 조금 고풍스러운 색의 형광등이 비치는 거실
에서 로한은 빈 접시를 앞에 두고 중얼거렸다.

저녁식사는 상상보다 매우 호화로웠다.

오늘을 위해 미리 밑준비를 해둔 포크소테에 파프리카와
호박, 오크라 구이를 곁들였다. 그리고 꽤 좋은 브랜드의 맥
주가 나왔다. 그렇게 비싼 식재료는 아니지만 정성이 들어 있
었다.

"이봐 이봐… 벌써 19시잖아. 나는 슬슬 돌아가고 싶은데,
결국 아무 일도 일어날 기미가 안 보이는걸. 자네의 위험한
취미 활동이 판명됐을 뿐 아닌가?"

"로한 선생에게 헛걸음을 시킨 것 같군…"

"그러게 말이야. …뭐, 이 집의 기묘한 점과 자네의 묘한 미
적 감각은 어느 정도 인스피레이션을 주기는 했지만."

"미안해서 이렇게 저녁까지 대접하잖아… 꽤 맛은 있었

지?"

"내가 저녁식사 시간까지 머물지 않으면 어쩌려고 그랬나."

TV 뉴스에 시선을 돌리는 로한에게 쓴웃음을 지으며 레이스이는 빈 접시를 거둬 부엌으로 향한다.

유리문이 열려 있어서 목소리는 들리지만 거실과 확실히 공간이 구분되는 부엌도 예스럽다. 요즘이라면 벽을 튼 대면식 주방을 설치해 부엌에서 일하는 사람이 언제나 거실과 커뮤니케이션할 수 있도록 할 텐데.

정말 레트로한 구조라고 로한은 다시금 생각했다.

그러나 부엌으로 향하는 사람의 등을 바라보는 기분은 어쩐지 노스탤지어가 느껴지는 것도 사실이었다. 즉 '의외로 살기에는 나쁘지 않을지 모른다'는 생각이 든다.

실제로 집을 둘러본 후 거실에서 몸을 쉬니 알 것 같았다.

이 집의 골자인 낡은 구조에는 〈악의〉가 없다. 관리는 형편없지만 설계가 무성의하다거나 그런 느낌은 없어 보였다.

그러다보니 마음에 걸리는 것은 역시 〈밤나무 창호〉와 〈거울〉이다.

로한은 테이블에 있던 평면도를 다시 펼쳤다. 도면의 날짜는 10년 정도 전이고, 외벽이나 내벽을 수리한 시기도 이 무렵일 것이다.

"…구조를 대폭 변경하지 않은 것은 관리 회사가 인색해서겠지만…"

그러나 로한에게는 또하나 마음에 걸리는 일이 있었다.

"벽지나 외벽을 새로 바를 바에는 〈창호〉도 바꾸는 게 좋지 않았을까?"

적어도 그 현관에는 명확한 결함이 있었다. 로한이 처음왔을 때 현관 미닫이문은 너무 빽빽해서 레이스이도 여는데 약간 애를 먹었다.

리모델링한 것은 눈에 잘 보이는 벽이나 바닥류. 인터넷 회선이나 인터폰을 최신식으로 바꿨으니 현관처럼 맨 처음 눈에 띄는 부분을 최신식 알루미늄 새시로 바꿔도 이상할 것이 없다.

"…〈밤나무 창호〉라… 고급품이긴 하군."

로한은 스마트폰으로 〈밤나무〉라는 자재에 대해 검색하기 시작했다.

단단하고 무겁고 내구성과 내수성이 뛰어나다. 절삭 등 가공은 어렵다.

확실히 어느 사이트를 봐도 고급 목재라는 설명이 있다. 고급 자재를 썼기 때문에 웬만해서는 바꾸기 어렵다. 그것은 이해가 간다. 그러나 리모델링한 부분을 보면 이 집의 설계자는 미의식이나 건축 자재에 대한 고집은 없는 듯하다.

"…아니, 가만?"

로한은 다시금 현관과 창문의 상태를 떠올렸다. 확실히 목제 창틀은 낡은 인상을 주어 이 집의 레트로한 이미지를 더한다.

하지만 낡은 인상을 줄 뿐, 실제로 낡지는 않았다.

"그래… 그 현관이나 창문에 세월의 흔적은 없었어. 실내의 장지문에 비하면 오히려 현관이나 창은 〈새것〉이었지. 하지만… 그렇다면 관리 회사는 일부러 이 집의 밖으로 이어지는 현관이나 창문만 그 고급스런 〈밤나무 창호〉로 교체했다는 뜻인데… 특별한 창호로 말이지. 구조 리모델링 비용을 아까워하는 회사가 대체 뭣 때문에?"

즉 그것은 이 집을 지은 사람의 의도가 아니다.

이 집을 리모델링한 관리 회사가 한 일이었다.

"그렇다면… 창문이나 현관까지 포함해 이 집에서 가장 오래된 〈출입구〉는…"

로한은 헉, 하고 고개를 들었다.

"〈뒷문〉인가…?"

왜 뒷문은 막아두기만 했을 뿐, 교체하지 않았을까?

"…교체할 필요가 없었다는 뜻이 아닐까?"

밖은 아직 안개비가 내리고 있다는 것을 깨달았다. 장마철. 어젯밤 S시는 이번 장마 들어 처음 큰비가 내렸고, 공기 중의 수분량은 쭉 포화상태다.

뭔가 불길한 예감이 들었다.

"…분명히 아까 〈밤나무〉에 대해서 본 정보에… 뭐라고 적혀 있었지?"

로한은 다시 스마트폰에 시선을 떨구었다.

밤나무 목재.

단단하고 무거우며 내구성이 뛰어나다. 방부제 코팅을 하지 않아도 잘 썩지 않아 원목 상태로도 잘 견딘다. 그리고──

"…설마, 그런 건가? 그런 것을, 노리고 설계할 수 있을까…? 하지만 만약 그렇다면…"

로한은 커튼을 열고 거실 미닫이창의 걸쇠를 열었다. 당연히 창틀도 레일도 모두 〈밤나무〉. 그대로 로한은 창을 열려했다.

"…이럴 수가!"

그리고 나쁜 예감은 급격히 그 윤곽을 뚜렷이 드러내기 시작한다.

"안 열려?! 잠겨 있지도 않은데 이렇게 단단히! 이 창틀이 〈팽창〉해서 창문을 꽉 물어버렸어! 제길! 밀어도 당겨도… 꼼짝도 안 해!"

그것은 경이로울 만큼 튼튼하게 만들어진 기구였다.

그 창틀은 일부러, 물을 빨아들일 것을 전제로 만들어져

250

있었다.

치밀한 설계를 바탕으로 한 기구. 큰비가 내리면 원목으로 된 창틀이나 문지방이 젖는다. 습도가 높은 장마철에는 온종일 조금씩 수분을 빨아들여… 원목 자재가 팽창한다.

"나무의 〈팽창수축률〉은 밀도에 따라 다르지만 최대 〈10퍼센트〉… 〈밤나무〉는 내구성이 높지만 〈팽창률〉도 높다고?! 설마… 썩지 않으면서, 장마철이면 수분을 흡수해… 부풀도록 계산되어 있다면? 미닫이문을 꽉 물어 움직이지 않게 하도록… 오늘이 그 〈피크〉가 되도록 했다면?"

로한은 그때 비로소 이 집 〈창호〉의 의도를 깨달았다.

즉 장마철, 큰비가 내린 다음날이면 그 집에 사는 사람을 가두기 위한 설계.

난방을 사용하고 공기가 건조한 겨울철에는 나타나지 않는 특징. 강수량이 늘어나는 이 시기에만, 완벽하게 계산된 팽창 작용이 일어나도록.

"이 추측이 맞다면… 위험할지도 모르겠군."

로한은 부엌을 향해 소리쳤다.

"레이스이, 이 집의 문을 조사해야겠어! 내 기우라면 좋겠지만… 최악의 경우라도 서두르면 아직 늦지 않았을지도 몰라!"

레이스이는 그릇을 정리하러 간 후 모습을 보이지 않았지만, 열린 문 너머로 개수대의 물소리는 들렸다. 형광등이 오래되었는지 부엌의 불빛은 조금 어두워 보였다.

"타카시마 레이스이! 이봐! 자네 내 말 듣고 있어?"

대답은 없었다.

스테인리스 싱크대에 물소리만이 울렸다.

"…레이스이?"

역시 대답은 돌아오지 않는다.

로한은 조심스레 걸음을 옮겼다.

거실도 값싼 바닥재를 썼는지, 걸으면 삐걱삐걱 울리는 것이 지금은 거슬렸다. 되도록 발소리를 죽이고 싶은 마음이었다.

"이봐… 거기 있지? 장난이라면 농담이 심한데…?"

물을 계속 틀어놓아서인지 미지근하고 축축한 공기가 부엌에서 흘러나온다.

로한은 문 뒤에 숨으며 신중하게 부엌을 들여다보았다.

타카시마 레이스이는 개수대보다 더 안쪽, 가스레인지 가까이에 있었다. 설거지를 하려면 거기까지 갈 필요는 없지 않을까, 로한은 생각했다. 가스레인지 맞은편에는 냉장고가 있어서 공간이 한결 더 좁아진다.

"레이스이?"

마치 공중화장실처럼 멋없는 형광등은 서늘한 색을 띠며

부엌 벽을 필요 이상으로 하얗게 비추고 있었다. 그래서 시인
성視認性은 매우 좋았다. 똑똑히 보였다.

그곳에는, 있었다.

"……뭐지? 저건…"

인간은 아니었다.

적어도 이 세상에 동물이나 식물로 태어난 생물의 모습은
아니었다.

굳이 종류를 찾자면 달팽이에 기생하는 〈흡충吸虫〉 종류
중에 이런 것이 있었나 싶다. 꿈틀거리는 거대한 주름관 같
은 것이 벽에 기대어 있는 레이스이의 머리를 물고 있었다.

형광등 아래에 있는 투명한 몸은 홀로그램처럼 내부에서
빛을 난반사하여 무지갯빛으로 보였다. 그런 동물을 로한은
본 적이 없었다.

어쩐지 물리적인 존재로는 느껴지지 않지만 틀림없이 그
곳에 있다.

순간 로한은 그것이 〈스탠드〉일지도 모른다고 생각했다.

그다지 실감이 나지 않고, 레이스이 곁을 지키고 있으니
까… 로한에게 헤븐즈 도어가 있는 것처럼 어쩌면 타카시마
레이스이도 〈스탠드유저〉일지 모른다고 생각한 것이다.

그러나 아니었다.

경련하는 레이스이의 몸은 숨을 쉬지 못하는 듯 보였고, 팔다리도 힘없이 늘어지기 시작했다.

즉 타카시마 레이스이는… 역시, 명백하게 〈공격〉을 받고 있었다.

"──헤븐즈 도어어─────!"

로한은 재빨리 〈그것〉에게 공격을 가했다.

레이스이는 한시가 급한 상태 같았다. 생명이 한계에 다다라 있었다. 때문에 로한은 분석하기 전에 공격을 우선했다.

"…반응이 있다! 헤븐즈 도어가 통하는 이상 이놈은 〈의지가 있는 존재〉인가… 하지만 과연 이것은 동물인가? 아니면 기생충인가…?"

책으로 변한 〈무언가〉는 활짝 펼쳐진 채 그 자리에 무너졌고, 풀려난 레이스이도 부엌 바닥에 쓰러졌다.

컥컥, 하는 탁한 기침과 함께 부글거리는 타액을 토해냈는데, 그보다 눈물로 범벅이 되어 있었다. 괴물체가 양쪽 눈을 누르고 있었으니 공격 대상은 〈눈〉이었는지도 모른다.

로한은 레이스이가 살아 있는 것을 확인하자 그 〈무언가〉에게 다가갔다.

"애초에 이놈은 어디서 나타났지…? 이 집에 처음부터 터를 잡고 있었나? 만약 이놈이 동물이 아니라면… 가령 악령이나 지박령 같은 것이 혼의 에너지가 되어 이 집에 눌러앉아 있었다는 건가?"

다시금 레이스이에게서 떨어진 〈무언가〉를 관찰하니, 투명한 주름관 같은 몸은 말미잘 같은 연체였지만 자세히 보니 사람 같은 팔다리가 달려 있었다. 머리도 있는데, 얼굴 같은 것은 없지만 눈 같은 더듬이가 두 개 돋아 있었다. 흡사 민달팽이 같은 패류의 머리로도 보였고, 또는 도깨비의 뿔 같기도 했다.

아마 동물도 아니고 기생충도 아닐 것이다.

물리법칙을 초월한 인간형의 어떤 존재. 그렇게 말하는 수밖에 없었다.

"좌우간, 뭐든 간에… 이 집의 〈사연〉이라는 것이 아마 이 녀석이라는 얘긴데… 정체는 뭐지? 이 집에 눌러앉은 〈방황하는 혼〉이나… 또는 고대로부터 존재하는 〈요괴〉. 아니면 〈신〉일 가능성도 있는 셈이지만… 어느 쪽이든 이제부터 확인해야겠어!"

무엇이든 헤븐즈 도어를 통해서 책으로 만들 수 있다면 로한의 룰에 따라 싸울 수 있다.

"이놈이 〈사연〉의 정체라면 더 바랄 것이 없지! 읽어주겠어!"

그렇다. 약점도, 정체도, 읽어내면 되는 것이다.

로한은 책이 된 그것의 페이지를 잡고 단숨에 넘긴다.

거기에는 단 한마디… 이렇게 적혀 있었다.

"들여다봤구나."

"뭐…?"

다음 순간, 상대의 공격이 시작되었다.

"…음…… 아니이이이이이————————?!"

책이 되어 움직이지 못할 터였던 〈무언가〉가 거의 반사적으로 손을 뻗어 로한을 붙잡은 것이다.

"으윽!"

이상한 감촉이었다. 힘은 센데도 무겁지 않고, 달라붙는데도 촉감이 없다. 여하간 그것은 물리적인 힘으로 밀어붙이는 것이 아니었다.

"이, 이놈은, 이 속도, 파워…! 위, 위험해! 손이 저려서 밀어낼 수가 없어! 손가락 사이, 팔 사이를 빠져나가… 〈눈〉을 노리고 미끄러져 들어온다!"

로한 역시 건강하게 만화를 그려온 몸이다. 체육관에도 다녔고 웬만한 트레킹 정도는 아무렇지 않을 정도로 단련은 되어 있다.

그러나 결코 괴력은 아니며, 헤븐즈 도어도 파워를 내세울

만한 스탠드는 아니다.

　"──힘으로는 이길 수 없어!"

　로한은 황급히 부엌에 있던 식칼을 쥐고 그 〈무언가〉를 찔렀다. 날은 그 몸속으로 들어갔지만 손에는 느낌이라 할 것이 없다. 투명한 몸이 흐물텅 일그러졌을 뿐, 출혈도 없고 베어지지도 않는다.

　무의미하다고 본 로한은 얼른 책으로 만든 〈무언가〉의 페이지를 닫고 헤븐즈 도어를 해제했다.

　"으아아아!"

　그러자 확실히 공격의 힘이 누그러져, 로한은 재빨리 구르듯 〈무언가〉의 팔에서 벗어날 수 있었다. 냉장고 손잡이를 잡고 비틀거리며 일어선다.

　개수대에 대고 아직도 쿨럭쿨럭 기침을 하는 레이스이가 있었다.

　"로, 로한 선생… 거기 있어…? 아직 눈이 안 보여… 눈물이 줄줄 흘러서 아무것도 안 보여…"

　"이봐, 레이스이! 저건 뭐야! 어디서 나타난 거지?"

　"……"

　레이스이는 잠시 손을 휘적거리며 헤맸지만 이윽고 대강의 방향을 가리켰다.

　거기에는 분명 〈뒷문〉이 있었다.

"…〈뒷문〉이라고…?"

로한은 경악했다. 즉, 이 이상한 〈무언가〉는 이 집안에 터를 잡고 있었던 것이 아니었다. 〈사연〉의 본체는 이 집안에 없었다.

그것은 정체불명의 〈침입자〉였다.

"열리지 않는 〈뒷문〉으로 들어오는 〈침입자〉… 제길, 그러니 집안을 아무리 찾아도 모를 수밖에. 이 집에 있는 것은 〈가두는 기능〉뿐이고… 이 〈침입자〉가 자유로이 들어올 수 있는 공간 안에 〈인간만 가두는〉 집이란 말인가? 이럴 수가… 이 집의 〈사연〉은 밖에 있었어!"

"로, 로한 선생~~ 눈이~……"

"어물거릴 때가 아니야… 우리는 출구를 찾아야 해. 문이나 창문의 〈나무틀〉이 습기로 팽창해서 완전히 갇히기 전에 빠져나가야 한다고!"

"아… 이제 좀 나아졌네…"

"그럼, 가능하면 스스로 걸어주면 고맙겠군! 제길…"

아직도 개수대에 엎드려 있던 레이스이를 일으키려고 로한은 그 목덜미를 붙잡았다.

그러자 문득 개수대의 벽… 거울처럼 반들반들하게 닦아놓은 스테인리스 벽이 눈에 들어왔다.

처음에 그것을 봤을 때는 '레스토랑 조리장 같다'고 생각했다. 오염이나 화재 방지를 위해 넓은 면에 스테인리스 판을 붙인 구식 부엌이라고만 생각했다.

하지만 그 순간 로한은 그 벽의 진짜 〈의도〉를 알아차렸다.

반들반들한 스테인리스에 부엌 내부가 환히 비치고 있었다.

"…〈들여다봤구나〉라고… 그렇게 적혀 있었지?"

냉장고도, 찬장도, 전기 밥솥도, 그 〈침입자〉의 모습도 비친다.

"〈들여다본다〉는 것은 즉… 뭔가를 넘어서 본다는 뜻이지… 창문을 넘어, 또는 틈새를 넘어… 거울을 넘어 이쪽을 본다는 뜻이야…!"

황급히, 로한은 레이스이를 바닥으로 끌어당겼다.

"엎드려————!"

간발의 차이였다.

갑자기 일어난 〈침입자〉의 몸이 허공을 날았다. 그것은 마치 레이저 광선처럼 민첩하게 스테인리스 벽에서 튕겨나와 로한과 레이스이가 있던 장소를 공격했다.

"…거, 〈거울〉인가… 반들반들한 벽… 비추도록 만들어놓은 거야… 방안을 〈들여다보게〉 하기 위해…! 주도면밀하기도 하지, 제길."

추리하는 것도 잠시, 로한은 찬장 유리문이 방안을 비추는 것을 깨닫고, 그쪽을 보지 않기 위해 레이스이를 끌어당기며 거실 쪽으로 기어가기 시작했다.

질질 끌리며 바닥에 몸이 긁혀, 레이스이는 당황한 듯 손을 버둥버둥 움직인다.

"아야, 아야야야! 로한 선생, 뭐하는 거야?! 아프잖아!"

"시끄러워, 모르겠으면 닥치고 있어!"

"아직 눈앞이 흐릿해〜…! 현실이 안 보이니까 무섭단 말이야〜!"

"안 보이면 안 보이는 대로 입 다물라고! 저 〈침입자〉에게 귀가 없다는 보장이 없으니까!"

레이스이는 아직 눈을 비비고 있다. 지금 그에게 들리는 것은 로한의 목소리와 자기들이 바닥을 엉금엉금 기는 소리. 틀어놓은 개수대의 물소리와 켜놓은 TV 소리.

그런 중에 〈침입자〉의 위치를 확인 못 하는 것은 역시 공포 때문일 거라고 로한도 이해했다. 이해는 했지만 그걸 받아줄 상황이 아니었다.

"안 보여서 다행이군… 아마 방아쇠는 〈들여다보는〉 행위일 거야. 〈심연을 들여다보면 심연도 나를 들여다본다〉는 격이지… 그놈은 누가 들여다보면 재빨리 감지하고 상대를 노려. 이 집에 거울이 많은 이유도 알겠군. 여기는 그 〈침입자〉를 위해 마련된 사냥터야! 되도록 그놈을 보지 않고 도망쳐야 해!"

"안 보고, 도망친다고… 그게 가능해?!"

"하지 않으면 안 돼."

대답하면서 로한은 거실과 부엌을 나누는 미닫이문을 닫았다.

자칫하면 깨질 듯 약해 보이는 유리문. 마음의 위안 정도지만 장애물이 전혀 없는 것보다는 낫다는 심경이었다.

"쫓아오는 기척에만 의지하면서 이 집안을… 어떻게 해서든 그놈을 보지 않고 도망쳐야 해. 그러지 못하면 우리는 죽어. 아마… 이 집을 빌렸다가 6월에 실종된 많은 사람들처럼 말이지."

로한의 말에 레이스이는 숨을 삼켰다. 혼자였다면 영문도 모른 채 죽어 사라졌을지도 모른다. 냉정한 다른 한 사람이 있었던 덕분에 공포를 실감할 여유가 생겼다.

"…믿고 싶지 않지만… 로한 선생의 말이니까… 공격을 받고 나니 잘 알았어. 해내야 한다는 것도 잘 알겠어. 알겠지만, 로한 선생… 잘 안 보이니까, 알아차리고 싶지 않았는데……"

"뭐야! 지금 뜸들일 때야?!"

"저, 나한테 지금 들리는 소리… 발소리 아닐까? …〈침입자〉가 거실을 향해, 바닥을 걸어오는 소리 아니야?"

"…………"

그것은 작은 소리였지만 잘 들렸다.

발소리는 인간의 보행과 비슷하지만 매우 조용했으며, 끽,
끽, 하고 작게 울렸다. 이 집의 바닥을 싸구려 자재로 시공하
지 않았다면 소리를 알아차리지도 못했을 것이다.

아니, 어쩌면 일부러 알아차리도록, 소리가 나도록 만들었
을지도 모른다고 생각했다. 사실 로한은 무심코 소리나는 쪽
을 힐끔 돌아보고 만 것이다.

그곳에 〈침입자〉가 있었다.

"윽……"

인간의 손과 비슷한 형태의 다섯 손가락을 유리문에 찰
싹, 하고 댄 채 거실을 들여다보고 있다. 얼굴 같은 부위도
유리에 밀착되어 윤곽이 고스란히 드러난다.

"…달라붙어 있어… 여름밤, 방충망 너머의 벌레들처럼…
이 자식……!"

로한은 다급히 유리문을 손으로 막았다. 손의 힘으로 감
당할 수 있을 거라고는 생각하지 않았지만, 레이스이가 회복
하지 않으면 신속히 도망치는 건 불가능하다.

힘을 주다 유리가 깨지면 끝장이다, 그런 염려는 됐지만
〈침입자〉는 로한의 상상도, 기존 물리법칙도 손쉽게 뛰어넘
어버렸다.

"……으윽!"

〈침입자〉는 문을 열지도 않은 채 스르륵, 하고 유리 자체를 통과했다. 마치 유리 같은 것은 애초에 없었다는 듯, 문을 뚫고 그 얼굴을 드러낸 것이다.

"이, 이런 것이었나! 열리지 않는 〈뒷문〉으로 집안에 들어올 수 있었던 이유가… 그리고 지금도 〈통과해서〉… 이런! 이쪽으로 들어온다!"

로한이 반사적으로 펄쩍 물러난 순간, 〈침입자〉의 몸이 다시 뛰어올랐다.

놀라운 완급조절. 엄청난 스피드였다. 일직선으로 TV에 돌격하는가 싶더니 그 화면에 찰싹 달라붙어 칭칭 감는다.

"…허억, 헉…… 뭐지…? TV를 공격하는 건가…?"

로한은 무심코 그 모습을 잠시 관찰했다.

아무래도 레이스이 때와 마찬가지로 여러 대상을 동시에 공격하지는 못하는 듯하다. 그것은 약간의 구원일지 몰라도 근본적인 해결책은 아니다.

"…거울 같은 것에는 반사되고, 유리처럼 투명한 물체는 빠져나와 공격할 수 있다… 즉 저놈은 평소에는 물리적이지만 〈남이 들여다보면〉 〈빛〉 같은 성질로 변화해서… 창문이든 뭐든, 들여다볼 수만 있으면 어디서든지 들어올 수 있는 것이다…"

"비, 〈빛〉의 괴물…이라는 얘기야? 그런 게 현실에 존재한다고?"

당혹스러운 목소리에, 로한은 옆에 있는 레이스이의 존재를 상기했다.

"저렇게 있으니 받아들이는 수밖에 없지… 속도까지 완전히 〈광속〉이라 생각하고 싶지는 않지만… 그에 상당히 가까울 거야. 공격이 시작되면 눈으로 보고 피하는 것은 아마 불가능하겠지."

그렇게 해서 로한은 짧은 시간 동안 〈침입자〉의 정체에 대해 추측하려 했다.

좌우간 상대가 〈빛〉에 얽힌 존재라면 이 지역에서 모시는 〈신〉일 가능성이 충분히 있다. 하지만 그것도 잘 와닿지 않는다. 뭐라고 할까, 〈빛〉이라는 큰 것을 다스리는 〈신〉이라기에는 엄숙함이 결여되어 보인다.

뭐가 됐든 그것이 우호적인 존재가 아니라는 것만은 틀림없다.

"좌우간 투명하거나 틈이 있는 것 근처는 위험해. 조심해야 돼."

"마, 맞아… 아까도 무심코 뒷문 쪽을 봤을 때 그놈이 유리를 통과해서 들어왔어…! 물방울이 천에 배어드는 것처럼!"

"좀더 일찍 듣고 싶었는데. 물론 우리는 그럴 수 없지만… 인간은 열리지 않는 문이나 창을 통과할 수 없어. 〈헤븐즈 도어〉 같은 것도 문을 대신할 수는 없고… 경우에 따라 다르지만…"

"저, 로한 선생. 아까부터 궁금했는데 그 〈헤븐즈 도어〉라는 건…"

"만화가는 가끔 필살기 같은 걸 말로 하기도 해! 자, 가자!"

레이스이도 겨우 눈이 보이게 되었는지 스스로 일어서서 걷기 시작했다.

움직임이 가벼워진 것은 다행이지만 보인다는 것은, 즉 〈침입자〉에게 공격받을 조건이 다시 채워졌다는 뜻이다.

로한은 서둘러, 그러나 주의하며 복도로 나왔다.

"불은 켜지 마… 복도에도 거울이 있어. 시야가 좋아지면 그놈이 비칠 거야."

벽을 손으로 더듬으며 복도를 걸어 로한은 현관으로 곧장 향했다. 뒷문을 제외하면 이 집에서 유일한 정식 출입구다. 쉽게 열릴 가능성은 희박했지만 시험하지 않을 수 없었다.

"제길… 역시 안 열려. 나무 문틀에 문이 꽉 끼어 있어."

"습도에 따라 팽창하는 목조라… 굉장하다~~! 이렇게 이상한 창호를 어떤 기술자가 만들었을까~~!"

"변태 짓을 하고 싶으면 혼자 있을 때 해주겠나? 그보다 뭔가 뾰족한 것이 없을까… 이렇게 된 이상 세들어 사는 집이라도 상관없어. 유리를 부수는 수밖에."

"그런데… 로한 선생."

레이스이는 호주머니에 들어 있던 현관 열쇠로 문의 투명한 부분을 힘껏 찍었다. 다소 금은 갔지만 유리치고는 묘한 소리가 났다.

"이… 현관문의 투명한 창 부분은 모두 글래스 코팅이 된 〈아크릴〉이야. 게다가 튼튼한 〈밤나무〉 틀이고… 아마 의자를 집어던져도 깨지지 않을걸."

"뭐라고?!"

"정말 대단해… 특별 주문도 이만저만이지. 진짜 부수려 하기 전에는 눈치 못 챌 거야… 게다가… 알고는 있었지만, 여기도 오래 있으면 위험하겠어."

"그래……"

거실 쪽에서 그 발소리가 들렸다. 끼기, 끼기, 하는 작고 가벼운, 잘 들어보면 주르륵 하고 끄는 듯 축축한 소리도 섞여 있다.

"그놈은 들여다보지 않아도 우릴 찾을 수 있나봐. 여기 있는 건 아주 위험해… 현관 투명창에 어두운 복도가 굉장히 잘 〈반사〉되니까…"

〈침입자〉에게 들키기 전에 로한과 레이스이는 이동을 시작했다. 현관에서 가장 가까운 장지문을 열어 서재로 숨어들어 간다.

"이대로 〈작업실〉까지 가자."

"〈작업실〉? 그쪽 창도 닫혀 있을 텐데…"

"그 방에는 〈제습기〉가 있어. 성능 좋은 놈이랬지? 창틀이 습기로 팽창해서 우리를 가둔다면 이 상황을 타개할 열쇠는 그것뿐이야. 문제는 〈빛〉과 〈습도〉 두 가지지만… 〈습도〉는 해결할 방법이 있어!"

"…아, 그렇구나! 그렇다면 좋아, 가자!"

이번에도 방 입구에서 복도의 모습이 눈에 들어온다는 것을 깨닫고 장지문을 꽉 닫았다. 레이스이는 불을 켜려고 더듬거렸지만 로한이 말렸다.

"뭐야, 선생… 불을 켜야지, 어두워서 잘 안 보이잖아."

"둔한 자네도 알아듣도록 설명하자면… 어두운 복도에 불빛이 새어나가잖나."

"아, 그렇구나."

"게다가 일일이 불을 켜고 이동하면 그 방에 있었다고 알려주는 꼴이야. 그놈에게 우리 도주 경로를 가르쳐줘서 어쩌려고? 뭣보다… 그놈이 〈빛〉이라면 불빛이 새어나가는 틈만 가르쳐줘도 그것을 통해 들어올 가능성이 있어."

"…어쩐지 로한 선생, 이런 상황에 익숙한 것 같은데?"

"쉿!"

로한이 입술에 손가락을 대고 귀를 기울인다.

복도 쪽에서 분명 끼기, 끼기, 하고 마루가 울리는 소리가 난다. 지금 이 집에 로한과 레이스이를 제외한 존재는 그 〈침입자〉밖에 없다.

로한은 소리가 나지 않도록 걸으며 서재 창문에 손을 대봤지만 역시 열릴 기미는 없다. 나무틀은 창을 단단히 물어 로한 일행을 가두고 있었다.

로한은 레이스이의 어깨를 두드려 신호하면서 옆의 작업실로 이어지는 장지문을 열고 조용히 이동했다.

"방과 방이 이어져 있는 것이 불행 중 다행이군…"

목소리를 죽이며 중얼거리는 로한에게 레이스이도 끄덕인다.

작업실로 이동할 때 서재 문이 열리는 소리가 들렸다. 복도에 있던 〈침입자〉가 조금 늦게 로한 일행을 따라오는 듯했다.

"…기분 나쁜 녀석. 눈은 보이는 듯하지만 귀는 안 들리나… 적어도 복도에 우리가 없는 것을 보고 집을 뒤지기 시작할 정도의 지능은 있군. 헤븐즈 도어가 통하는 이상 개나 고양이보다는 머리가 좋다고 봐야 하나… 왜 사람을 쫓아와 공격하지? 저놈의 목적은 대체 뭘까……"

서재를 걷는 발소리는 조금 망설이는 듯했다. 부스럭대는 마찰음은 아마 책장을 만져서인 듯하다. 책을 한 권씩 비집고 책장 사이를 들여다보며 숨어 있는 것을 찾는 기척이 들렸다.

그리고 문득, 발소리와는 명백히 다른 소리가 들렸다.

목소리였다. 그것은 희미하게, 아기가 울듯 '애앵' 하는 소리를 냈다. 높지만 탁한, 길게 꼬리를 끄는 음성.

레이스이는 그 목소리에 숨을 삼켰다.

"윽… 부, 부르나봐……"

"바보야, 반응하지 마! 이 방에 있다는 걸 들키겠어……"

로한은 레이스이를 작은 소리로 말리며 작업실 창문을 건드렸다.

"역시 쉽게 열리지는 않는군… 당연하지만 기계에 의한 제습 정도는 계산하고 만든 모양이야. 하지만… 거실 창문 같은 곳보다는 움직일 기미가 보이는군. 이 방은 정기적으로 제습을 하기 때문이겠지… 이만하면, 습기만 제거하면 희망이 있어."

이어서 로한은 어둠 속에서 바닥에 놓인 제습기를 찾아냈다. 스위치는 커서 손으로 더듬어도 조작할 수 있을 듯했다.

최대한 조용히 제습기를 끌어당겨 창가에 바짝 갖다댄다. 과연 창틀을 충분히 건조시키는 동안 〈침입자〉가 기다려줄

지는 의문이었지만, 그럴 때는 온 집안을 도망 다니며 충분히 제습 효과가 나타나기를 기다리는 수밖에 없다.

로한은 그렇게 생각하며 제습기 스위치를 켰다.

순간, 어둠 속에서 제습기가 울렸다.

"뭣?!"

로한은 눈을 휘둥그레 떴다. 옆방에 있는 〈침입자〉의 기척이 분명 이쪽을 알아차린 듯했다.

"제, 제길! 이 기계가 이렇게 시끄러웠나?! 히터 같은 것 아니야?! 왜 이렇게 덜걱덜걱 울리냐고!"

"아…… 그, 그건 〈하이브리드〉야! 모드가 달라… 강력 건조 모드는 컴프레서가 돌아간다고! 그래서 구동음이 커!"

"미리 말을 해! 제길, 이대로 2층으로 도망가자!"

당황하는 레이스이를 끌어당기며 로한은 작업실을 나와 계단에 발을 디뎠다.

돌아보니 어둡고 좁은 계단 밑에는 나락 같은 어둠이 펼쳐져 있었다. 어둠 속에서 로한과 레이스이 외의, 사람이 아닌 존재가 움직이는 기척이 느껴진다.

〈침입자〉의 발소리는 서재에서 옆 작업실로 이동한 듯했다. 아무래도 제습기가 움직이는 기척에 정신이 팔린 모양이었다. 두두두두, 제습기가 돌아가는 소리가 요란하게 울린다.

"의외로 시끄러운 놈이군… 다가오는 기척을 알기 쉬운 것과 우리 목소리나 발소리가 섞이는 것은 고맙지만……"

"어, 어떡하지…? 저게 우리 탈출 수단이잖아."

"말했잖아, 2층으로 도망간다고. 저놈이 쫓아오기 전에…
자네의 〈비밀 방〉에 있던 또 한 대의 제습기를 틀 거야. …이
번에는 컴프레서를 쓰지 않고 구동음도 조용한 〈데시컨트
desiccant*〉 모드로… 시간은 걸리겠지만…"

계단을 올라가니 아무래도 희미하게 발소리가 난다. 로한
일행은 〈침입자〉가 소리 내는 틈을 타, 작은 창으로 비치는
가로등 불빛을 의지하며 겨우겨우 2층까지 올라갔다.

불빛이 없는 2층 복도는 한결 더 으스스했다.

"…〈불쾌한 건축〉이라."

로한은 낮에 나눈 대화를 떠올렸다. 인간은 익숙한 건축
물에 더욱 공포를 느낀다는 설이다.

이제 와 생각해보면 그것은 참으로 지당한 이야기였다.

일본인에게 친숙한 연한색 벽지도, 누렇게 바랜 장지문도,
싸구려 바닥재도 어딘가 눈에 익은 풍경이다. 로한이나 레이
스이 연령대의 일본인이 기억이나 정신 어딘가에 갖고 있는,
쇼와에서 헤이세이시대에 걸친 주택 양식이다.

그렇게 익숙한 민가이기에 어둡기만 한 실내는 더욱 으스

---

* 건조제에 수분을 흡착시켜서 내보내는 방식.

스했다.

혹시 복도에서 무서운 괴물을 만난다면? 가령 몰래 들어온 도둑이나 숨어 있던 독충을 만나기라도 한다면?

어린 시절 밤에 혼자 눈을 떴을 때 누구나 어둠에 대해 공포를 느낀다. 안전해야 할 〈집〉이라는 장소에 이물이 존재한다는 공포감이다.

"익숙한 집안이기에 더욱, 그것을 비일상으로 변모시키는 〈침입자〉의 존재는 본능적으로 혐오감을 불러일으키지. 나도 그런 기억이 있어… 분명 어렸을 때, 집안의 어둠이 무섭다고 느낀 적이 있었어."

"…일단 방으로 들어가자. 복도에 있으면 금방 눈에 띄어… 주의 깊게 그놈의 기척을 느끼고 방과 방을 따라 피해 다니는 수밖에 없어."

"그렇게 아침까지 피해 다닐 수는 없겠지만…… 작전을 생각할 시간은 필요할지 모르겠군."

조용히 장지문을 열고 로한 일행은 2층의 침실로 들어갔다.

불빛은 없지만 비디오 게임기의 빨간 전원 램프가 실내를 희미하게 비추어 어느 정도는 방안의 모습이 보인다. 그 어스름 속에서 로한 일행은 〈침입자〉의 발소리를 놓치지 않도록 귀를 기울이며 의논하기로 했다.

로한은 옆의 〈비밀 방〉에 있는 제습기를 조용한 데시컨트

모드로 가동시키고, 침실로 이동해서 방석에 앉아 이마에 손을 짚었다.

어둠 속에서도 알 수 있는 고뇌에 빠진 모습이었다. 레이스이는 그것을 보며 침대에 걸터앉았다. 작전 회의도 당연히 소리를 죽이며 시작했다.

레이스이는 최대한 조용히 말을 꺼냈다.

"…좌우간 방안 제습이 끝날 때까지 도망치며 버텨야겠군. 여차하면…… 내가 뿌린 씨앗이니, 로한 선생만이라도 여기서 도망가."

"그만둬. 공연히 낮은 자세로 나오면 〈말려들게 했다〉며 따지기 거북하잖아."

목소리는 여전히 낮았지만 로한은 불쾌한 듯 받아쳤다.

"뭣보다 제습기를 쓴다고 창문이 열린다는 보장은 없어. 나 혼자라도 도망칠 수 있을지 의심스럽다고… 유일하게 밤나무가 아닌 뒷문의 투명 창을 부술 수 있을지 시도하고 싶지만 부엌은 막다른 길이니…… 거기까지 쫓기면 독 안에 든 쥐야."

"내가 그놈을 유인하는 사이에 로한 선생만이라도 도망갈 수는 없을까?"

"그러니까— 그런 소리 집어치우란 말이야! 자네가 좋은 사람인 양 희생하면 내가 언짢은 기분으로 돌아가야 하잖아! 그런 건 만화 스토리에선 있을 수 없어! 그렇게 치사하게 굴어서 살아남았다가 오늘 일을 소재로 쓸 기분이 아니게 되면 어쩔 거야! 응?!"

"아──── 만화가란 진짜 피곤하네! 그래, 고마워 죽겠다!!"

어둠 속, 위기는 전혀 사라지지 않았고 여전히 탈출 경로는 찾지 못했지만, 그래도 가볍게 입씨름할 만큼 마음의 여유는 되찾았다.

시간이 가면서 동공이 열리니 눈이 어둠에 익숙해져 서로의 윤곽 정도는 잘 보였다. 특히 레이스이의 모습은 아까부터 게임기의 전원 램프를 등지고 있어서 붉은 윤곽이 또렷이 떠올랐다.

"…이봐, 로한 선생. 차분해진 타이밍이라 물어보는데… 아무래도 말이 어긋나는 것 같아서 마음에 걸렸고, 뭔가 참고가 될지도 몰라서 알아보려고…"

갑자기 레이스이가 작은 소리로 말을 걸었다. 어둠 속에서도 묘하게 안절부절 못하는 낌새는 알 수 있었다. 시각 정보가 없는 대신 감정은 숨소리를 통해서도 잘 전해졌다.

"로한 선생에게는 〈그거〉…… 어떻게 보여?"

"그 〈침입자〉 말인가?"

"그래."

"어떻기는… 무지갯빛으로 투명하고, 징그러운 인간형 민달팽이나… 클리오네* 같은 괴물이지. 구물구물하면서 어딘가 사람 같은 형태를 하고 있을 뿐… 〈크툴루 신화Cthulhu Mythos〉 같은 데에 나왔던가? 그런 게."

잠시 주저하다가 레이스이는 질문을 바꿨다.

"로한 선생은 그게 〈빛〉 같은 성질을 가졌다고 했지."

"그래… 어디까지나 그런 것 같다는 얘기지, 정체도 아직 잘 모르니까. 하지만 거울에 반사되거나 유리를 빠져나가는 것은 〈빛〉이야."

"〈빛〉이란 게 보통, 들리나?"

"뭐?"

"나는 사진가고, 건축물을 많이 봐와서 〈빛〉에 대한 고집이 있어… 보통 〈빛〉이란 조용하고, 소리로 들리는 게 아니야. 발소리를 내거나 책장을 뒤지는 기척 같은 걸 내지 않는다고… 하지만 사람의 뇌는 불확실해서, 소리만 듣고도 보이지 않는 〈음상音像〉을 인식하기도 하고, 반대로 〈영상〉만 보고도 뇌가 기억하는 소리를 듣기도 하지. 결론을 말하자면 〈빛〉은 들을 수 있어. 하지만 그건 아주 특수한 경우야."

"공감각이라는 건가? 그건 나도 알지만…"

---

* 무각거북고둥. 온몸이 투명하며 장기에서 빛을 낸다.

"그러니까 즉… 그놈은 우리 생각보다 머리가 좋고, 자기 뜻에 따라 소리도 들려줄 수 있지만…… 반대로 말하면 사실은 아주 조용히 움직일 수 있지 않을까?"

"……뭐야?"

"예를 들면 말이야. 그놈이 〈소리〉까지 착각을 일으킬 수 있다면… 우리를 방심하게 만들 수 있고, 좀전에 로한 선생하고 이야기하면서 생각했는데…… 어쩌면 그놈의 목소리가 들리는 건 나뿐이 아닐까? 방금 또 〈겁내지 마〉라고 한 목소리는 혹시 내 머릿속에서만 들리는 것 아니야?"

"……잠깐. 지금 뭐라고 했지? …방금 또라고, 그렇게 말했나?"

문득 로한은 이상한 것을 알아차렸다.

어둠 속에서도 레이스이의 얼굴이 보였다. 이 방의 불빛이라 할 만한 것은 게임기의 전원 램프뿐이고, 그것은 레이스이가 등지고 있기 때문에 얼굴이 보이는 것은 이상하다. 뭔가 또다른 광원이 없다면 일어날 수 없는 현상이었다.

게다가 레이스이의 시선은 로한 쪽을 향해 있지 않다. 그 등뒤의, 조금 높은 위치를 향하고 있었다.

"이봐…… 레이스이?"

로한의 등뒤에는 방의 출입구인 장지문이 있었다.

창문이나 현관과 달리 낡은 구조로 된 문이다. 열 수는 있지만 많이 닳고, 찌그러지고, 기울어지기도 했다. 그래서 좁지만 틈이 있다.

로한은 느릿한 움직임으로 돌아보았다.

레이스이의 시선을 따라가듯 장지문으로 주의를 돌렸다. 장지문 틈으로 희미한 빛이 손짓하듯 새어 들어온다.

레이스이의 시선은 분명 그쪽을 향하고 있었다.

"……설마……."

〈침입자〉는 이미 그곳에 있었다.

"이… 이 자식이 어느새!"

로한이 소리를 높였다.

계단을 올라오는 발소리 같은 것은 나지 않았다. 복도를 걷는 낌새 같은 것도 없었을 터이다.

하지만 그것은 극히 조용히, 그곳에 있었다.

다음 순간, 〈침입자〉는 소리도 없이 방안으로 뛰어들어왔다. 장지문을 열지도 않고, 문틈으로 빛이 새어 들어오듯 일직선으로 레이스이에게 덤벼들었다.

"크헉!"

그것은 부엌에서 일어난 일의 재현 같았다. 〈침입자〉는 레이스이의 얼굴에 달라붙어 감싸기 시작했다. 마치 포옹하는 듯도 했지만 뭉클뭉클하고 투명한 몸이 칭칭 감기는 모습은 포식하는 중이라 볼 수밖에 없다.

"레이스이!"

"괘…괜찮아, 로한 선생! 도망가… 이 틈에…"

"웃기지 마! 그건 아니야! 멋대로 바보짓을 하다 죽는 녀석은 알 바 아니지만, 난 그런 대사를 하는 녀석을 버리는 만화는 그리지 않는다고!"

"그게 아니야! 나 때문이야! …으윽…으으윽……"

레이스이의 태도가 어쩐지 이상하다. 좀전에 공격당했을 때에 비해 어딘가 체념이 섞인 느낌이 들었다.

"으으으… 아마 이건 다 나 때문일 거야…! 이건 나라서 온 거야."

"…왜 그래? 무슨 소리를……"

문득 로한은 좀전의 대화를 떠올렸다.

로한에게는 〈침입자〉의 모습이 어떻게 보이는가. 그런 것을 물을 필요가 있을까? 보통 타인과 같은 것을 보면 똑같이 보이는 것이 당연하다.

반대로 생각하면 레이스이에게 이 〈침입자〉는 어떻게 보일까?

답은 레이스이의 입에서 흘러나왔다.

"……〈행복〉했어."

"뭐야?"

"나는 아까… 로한 선생이 구해주기 전에, 이게 얼굴에 달라붙어 내 눈을 파고들 동안…… 사실은 〈행복〉했어. 그 순간, 나는 아마 〈천국〉에 있었을 거야."

"…〈천국〉이라고?"

"뒷문에 나타났을 때, 내 눈에도 괴물로 보였어… 하지만 얼굴에 달라붙은 후로는 눈앞이 쭉 〈천국〉이었어. 살아 있을 때와 다름없는 모습으로… 아주 따사롭고, 그립고… 〈악의〉 같은 것은 느껴지지 않아. 아픔도 전혀 없어. 하지만 아니야…… 내 추억과는 뭔가 다른데, 저항할 수가 없어."

"무슨… 소리를 하는 거야? 아까부터 무슨 말인지 알 수가 없어! 잔소리 말고 저항해! 지금 그 녀석을 어떻게 해서든 떼어줄 테니까!"

"…으…으으으…아아아아……! 아니야… 내게는… 내게만은…"

레이스이는 울고 있었다. 어쩔 줄 모르는 것 같았다. 논리나 이성이 아닌 감정적인 부분에서 당혹하고 어쩔 줄 몰라 울고 있었다.

그리고, 간신히 형태를 이룬 대답을 입 밖에 냈다.

"내 눈에만은… 이게 〈엄마〉로 보여."

"뭐……"

"이성으로는 알아··· 로한 선생에겐 정체가 똑똑히 보이니까, 이놈이 구물거리고 징그러운 괴물이겠지? ···나도, 이성으로는 그렇게 생각해."

　그 말대로였다.

　레이스이의 몸은 단단히 붙잡혀, 당장에라도 그 머리가 다시 〈침입자〉에게 감싸일 듯했다. 하지만 레이스이의 목소리에는 괴물에 사로잡혔다는 공포가 없다.

　"···아무데도 없었어. 내 마음속에만 있던 〈천국〉··· 사진 속에서 줄곧 찾던 〈아름다운 것〉이··· 지금 갑자기 나타난 거야. 내 집안에 〈엄마〉가 있어."

　"눈을 떠, 타카시마 레이스이! 그건 괴물이 만든 〈허상〉이야!"

　"이성으로는 알아··· 엄마는 이렇게 상냥하지 않았고, 죽은 〈엄마〉가 돌아올 리 없지··· 무서워······ 〈무섭지 않아〉서 너무 무서워. 하지만··· 저항할 수 없는 온기가 분명히 있어. ···아마 마음속 깊은 곳에서 내가 바라던 것이겠지··· 이건 내 문제, 내 집의 문제······ 그러니까 이 집의 〈손님〉과는 관계없는 일이야."

　그리고 그 얼굴이 점점 감싸여 보이지 않게 되는 마지막 순간.

　"···그러니까 나만······ 〈엄마〉와 함께 〈천국〉으로 갈게."

타카시마 레스이는 평온했다.

그 모습도 이윽고 〈침입자〉에 감싸여 보이지 않게 되었다. 눈 깜빡할 사이였다. 즉시 대응할 마음을 먹었다면 헤븐즈 도어를 날렸을지도 모른다. 그러나 직전에 나눈 대화가 로한의 의식을 한순간 마비 상태로 만들었다.

그대로 레스이는 발을 질질 끌며 복도로 끌려갔다. 마치 육식동물이 동굴로 먹이를 가져가는 듯한 움직임이었다.

단 몇 초 만에 벌어진 일이었다. 레스이의 몸은 이윽고 계단을 내려간 듯했다.

"……자네 집의 문제, 라고?"

폭풍 같은 습격이 지나가고 2층은 쥐죽은 듯 고요해졌다.

여전히 게임기의 전원 램프에서 나오는 빨간 불빛만이 혼자 남은 로한을 비추고 있었다.

"…내게는 〈대응〉했을 뿐… 처음부터 노린 것은 레스이였어."

로한은 힘없는 발걸음으로 장지문을 열었다.

복도가 아니라 옆방으로 이어지는 문. 타카시마 레스이의 〈비밀 방〉으로 이어지는 문이다. 끌려가기 전, 레스이가 마지막으로 시선을 보낸 것이 그 방이었다.

가장 소중한 공간만은 발을 들이지 못하게 하겠다는 강한 의지가 마지막 순간까지 있었다.

로한은 제습기를 가까이 둔, 그 방의 창문에 손을 댔다.

생각대로 창은 아주 약간 열릴 정도까지 말라 있었다. 밀리미터 단위의 섬세한 변형으로 사람을 가두는 기구. 수분만 제거하면 열릴 가능성도 생긴다.

탈출을 위한 광명이 분명히 비치고 있었다. 사람을 가두는 〈습도〉라는 이 집의 장치는 이미 공략이 끝났다고 할 수 있다.

"…무서운 적이었어… 아무튼 나는 이제 도망칠 수 있겠군. 레이스이가 공격받는 동안 이 창문을 충분히 건조시키면 탈출할 수 있을지도 몰라… 가슴을 쓸어내리고, 무사하다는 데 감사하며 이 집에서 나가는 것이……"

문득 로한은 방안을 돌아보았다.

튼튼한 제습함과 문제의 앨범이 그곳에 있었다.

타카시마 레이스이의 과거와 일그러진 미적 감각이 찍은 여러 장의 사진.

그것은 옳지 않은 짓일지도 모른다. 하지만 그것들에는 〈고집〉이 있고 〈예술적 추구〉가 있었다. 미의 기준이 있고 소신이 있었다. 살아 있는 자에게, 죽어가는 자에게, 집주인에게, 손님에게, 〈집〉은 안식을 주는 장소여야 한다는 가치관이 있었다.

그곳에는 〈집과 집주인〉이라는 존재에 대한 경의가 틀림없이 있었을 것이다.

"…반대 아닌가?"

어스름 속에 로한의 목소리가 툭 떨어졌다.

"타카시마 레이스이는 이상한 남자지만… 적어도 집이라는 것의 존재에 대해서는 진지했을 거야. 집에 경의를 바치고, 사는 사람에게 마음을 쓰고, 손님을 융숭히 대접하려는 고집도 있었지. 임대라고 하지만 돈을 내고 빌린 집… 그 집 주인이나 초대받은 손님인 내가 왜 〈탈출〉 같은 것을 생각해야 하지? ……그 반대가 아닌가. …나가야 할 것은 우리가 아니라 함부로 들어온 〈침입자〉가 아닌가?"

적어도, 이 자리에 어울리지 않는 것은 누구였는가.

일단 위협이 멀어졌기 때문인지 사고가 정리되고 마음의 톱니바퀴는 이미 돌기 시작했다. 이 집에서 도망친다는 후진 기어는 이미 다시 꺾여, 전진할 의지가 맹렬한 기세로 가동하고 있다.

더욱 단순하게 말하면, 그저 못마땅했다.

"쫓겨나야 하는 것은 〈침입자〉가 아닌가?!"

그리고 반격은 시작되었다.

〈침입자〉는 성취감으로 충만했다.

레이스이를 잡은 후 1층으로 내려간 것은 부엌으로 가기 위해서다. 뒷문이 있는… 엄밀히 말하면 뒷문에서 〈그것〉이 보이는 장소일 필요가 있었다. 〈침입자〉에게 이 행위는 포식이 아니며 공격도 아니다. 때문에 형식은 매우 중요하고 엄밀해야만 했다.

몸을 질질 끌며 거실로 들어간다.

레이스이가 느낀 대로 〈침입자〉에게 적의는 없었다. 〈천국〉을 보여주어 사람의 영혼을 구원한다는, 그것은 숭고한 사명이었다.

그러나 순서가 있다.

구원을 바라는 자는 많지만 줄 수 있는 것은 한 번에 한 사람씩. 따라서 〈침입자〉는 레이스이와 로한을 각각 처치하기 위해 한 사람씩 잠재울 필요가 있었다.

먼저 레이스이. 〈침입자〉는 동물을 진정시키는 방법을 알고 있었다.

망막에 약간 강한 점멸광을 한동안 쏘면 깨어나지 않는 잠에 빠진다. 그런 다음 뇌 속에 〈계시〉를 새겨주면 아침이 되어 이 집 문이 열렸을 때 그 몸은 〈계시〉에 따라 아무도 모르는 곳으로 〈끝〉을 맞으러 간다. 이 세상의 온갖 간난신고艱難辛苦에서 해방되어 행복한 꿈을 꾸며 하늘나라로 갈 수 있다.

그때까지 이 타카시마 레이스이라는 인간이 평온하고 행복한 최후를 맞도록 〈침입자〉는 책무를 다할 작정이었다.

그러나 훼방꾼이 끼어들었다.

갑자기 레이스이가 풀려난 것이다.

붙잡고 있었던 그 몸은 낱낱이 흩어져 마치 〈책〉처럼 변해버리고 〈침입자〉의 구속을 빠져나갔다. 이 공격은 〈침입자〉의 기억에 있었다.

인간으로 치면 얼굴에 해당하는 감각기를 거실 입구로 향했다.

"……이제 알겠어… 명령을 적어넣으려 하지 않으면, 즉 〈헤븐즈 도어〉로 페이지를 〈들여다보지〉 않으면 공격 조건을 만족할 수 없다는 거지."

키시베 로한이 그곳에 있었다.

"두 가지 문제가 있었다. 하나는 이 집에서 도망칠 수 없다는 것인데… 그건 해결됐어. 도망치지 않고 맞서면 그만이니까… 그리고 또 한 가지. 너에 대한 공격 수단인데… 그것도 해결됐지."

〈침입자〉는 곤혹스러웠다. 왜 방해를 하지? 그리고 사람이나 동물을 책으로 바꾸는 이 힘은 과연 평범한 인간이 가질 수 있는 것인가, 하고……

좌우간 〈침입자〉는 행동 우선순위를 변경했다. 이 키시베 로한이라는 남자를 어떻게든 처리하지 않으면 사명을 완수할 수 없음을 깨달았다.

로한은 거실 문 너머로 〈침입자〉를 들여다보고 있었다. 들여다보면 공격 조건을 만족한다.

〈침입자〉는 번개처럼 튀어올랐다.

물끄러미 자기를 들여다보는 로한의 시선을 따라가듯 달려 얼굴을 노린다. 그대로 달라붙어 우선 로한부터 〈구원〉해주기로 했다.

그러나 반응이 없었다.

아주 가벼운 감촉과 함께 로한의 몸이 허공을 팔랑팔랑 날아 바닥에 떨어졌다. 〈침입자〉는 다시 강한 곤혹감에 사로잡혔다.

"의문이었어. 무게가 없고, 식칼로 찔러도 아무 느낌이 없었지. 이 녀석은 정말 물질에 간섭할 수 있는가…? 그게 의문이었어."

로한의 목소리가 어두운 복도에 울렸다.

〈침입자〉는 다시 시선을 찾아 공격을 가한다. 하지만 또 반응은 없었다. 〈침입자〉는 왠지 벽에 내동댕이쳐져 있었다.

"본질은 아마 〈상像〉이겠지. 〈허상虛像의 생명체〉였어… 존재는 하지만 보이는 그 몸은 어디까지나 영상映像. 인간의 눈을 노리고 공격해서 마음에 있는 〈상〉을 읽고, 상대가 보고 싶어하는 〈허상〉으로 변화하는… 살아 있는 빛. 레이스이는 끌려간 것이 아니라 자기 발로 걸어갔지. 나에 대한 공격도 같은 방법이었어. 상대에게 〈허상〉을 보여주고 소리를 들려주거나 몸의 운동을 지배하는… 뇌에 직접 자극을 주니 근력으로는 저항할 수 없는 거지."

〈침입자〉는 당혹감에 빠졌다.

어느 시대인지부터 이런 기묘한 일이 자주 일어났다. 분명히 인간을 발견해서 눈을 노리고 공격했는데, 왠지 씌지 못하는 일이 일어났던 것이다.

로한은 그것을 알고 지적한다.

"달리 말하면 너는 환영을 보여주고 대상에 씌기만 하는… 〈요괴〉일 뿐이야. 〈신이 데려가는〉 것이 아니지. 〈신〉이란 좀더 엄격하고 초월적인 존재니까. 더구나… 다수의 대상을 한꺼번에 공격하는 것은 아마 불가능할 테지."

〈침입자〉는 다시 공격을 가했다.

또 가벼운 반응밖에 없었다. 그리고 시선을 향해 공격한 결과, 서재로 들어와 있었다. 나무 책장이 늘어선 서재는 그늘이 많고 불빛도 없다. 로한의 모습을 찾으려면 고생이 말이 아닐 것이다.

사실 〈침입자〉는 조바심이 나고 있었다.

아까부터 공격을 하고 있는데 도무지 로한의 몸이 잡히지 않는다. 팔랑팔랑한 종이 같은 것에 부딪치고 마는 것이 고작이다.

"하지만 네 공격은 성가셨지. 반사적이니까… 헤븐즈 도어로 들여다보면 너는 의식이 없어도 자동으로 공격에 들어가고 말아. …〈본성〉이라는 거지. 하지만 의사와 관계없이 일어나는 〈본성〉이라면… 약점이 될 수도 있거든."

〈침입자〉는 더욱 조바심이 났다. 어둠 속에서 울리는 목소리. 바라보는 눈동자.

분명히 로한은 거기에 있을 텐데, 아무리 공격하고 공격하고 또 공격해도 도무지 포획되지 않았다. 팔랑팔랑한 〈무언가〉에 부딪힐 뿐이었다.

불경하다고 〈침입자〉는 생각했다. 두려움 없는, 도전적인 태도를 느꼈다. 지금까지 〈침입자〉에게 이토록 저항하고 맞서는 힘을 가진 자는 없었다.

타카시마 레이스이보다 이 키시베 로한이라는 인간을 먼저 〈천국〉으로 보내지 않으면, 곤란한 일이 일어날 거라고 느꼈다.

문득 〈침입자〉는 서재에서 작업실로 이어지는 장지문이 약간 열려 있다는 것을 깨달았다.

　하지만 〈침입자〉도 바보는 아니다. 그것이 여봐라는 듯한 함정임을 이미 알아차렸다.

　로한은 분명 〈침입자〉를 작업실로 유도하려 한다.

　그렇다면 심리전이 필요하다.

　"장지문 틈으로 가까이 오지 않는군… 그렇지?"

　장지문을 사이에 두고 로한도 〈침입자〉가 지혜를 짜내는 기척을 느꼈다.

　"지식은 없지만 지혜는 있다… 하지만 일기예보에 따르면 비는 오늘밤 안에 그치지. 제습기도 있고… 팽창을 그친 〈밤나무 창호〉가 조금이라도 열리게 되면 우리는 창을 억지로 열고 탈출할 수 있어. 들여다보지 않고 기다리면 유리한 것은 우리야."

　로한의 말대로였다. 시간 제한이 있는 것은 〈침입자〉 쪽이다.

　그러나 유인을 하고 있다면 허를 찔러야 한다. 〈침입자〉는 지혜를 짜냈다. 〈침입자〉의 성질은 로한이 추리한 대로다. 〈들여다본다〉는 방아쇠를 로한이 당기지만 않는다면 결정적인 공격은 불가능하다.

　하지만 〈침입자〉에게는 아직 보여주지 않은 능력이 있다. 〈허상〉으로 움직임을 지배할 수 있는 대상은 인간만이 아니다.

대상의 기억을 이용해 환각이나 환청을 불러일으키는 능력.

어느 정도 기억력을 가진 동물이라면 〈허상〉의 지배하에 둘 수 있다. 게다가 인간처럼 의심을 품지 않는 단순한 지능이라면 더욱 강력하게 조종할 수 있다.

"…뭐지?"

로한의 목소리가 곤혹스러움을 드러낸다. 작은 소리가 서재에서 울리고 있었다.

"이건… 발소리인가? 〈침입자〉가 〈음상〉으로 만드는 환청인가…? 아니, 뭔가 다른 느낌인데… 가볍지만 바닥에 진동이 있어. 이 소리를 내는 존재는 〈중량〉이 있다."

그것은 타다다닥, 하는 가벼운 소리와 함께 로한에게 다가오는 듯했다. 〈침입자〉와는 명백히 다른 기척. 뭔가가 장지문을 사이에 두고 서재 안에 있다.

갑자기 장지문 틈으로 작은 그림자가 로한이 있는 작업실로 뛰어들었다.

"…〈쥐〉구나!"

그것은 분명 쥐였다. 레이스이의 말에 따르면 천장 위나 바닥 밑에 살며 가끔 현관에 보인다고 했다. 즉 쥐의 침입경로는 1층에 있었다.

하지만 쥐의 상태는 분명 심상치 않다. 이상할 만큼 적의에 차 있다. 로한을 향해 이를 드러내며 재빨리 덤벼든다.

"으아아앗!"

로한은 팔을 휘둘러 그 쥐를 뿌리쳤다. 하지만 아무리 작아도 야생 동물의 공격력은 인간의 상상보다 훨씬 강력하기 마련이다.

"윽… 공격력 자체는 세지 않다. 하지만… 엄청난 맹공이야! 일부러 흥분시킨 건가?! 어떤 〈허상〉을 보여주고… 심하게 화가 났어! 자기가 죽어도 상관없다는 기세로 온몸이 살기로 가득차서 달려들고 있어!"

로한은 작업실의 전등을 켜지 않았다. 빛이 생기면 창문이나 선반의 유리, PC의 모니터가 모두 거울처럼 강하게 반사하기 때문이다. 〈침입자〉는 로한이 어둠 속에서 싸워야 한다는 것을 잘 알고 있었다.

"어둠 속에서 쥐가 사냥감을 덮치는 힘은 대단히 강하다. 그리고 이 속도… 일격은 대단치 않아 보이지만 동맥을 노리면 곤란해. 쥐 이빨의 교합력은 피부가 뚫리는 정도로 그치지 않아! 동맥 정도는 간단히 물어 끊겠지… 이대로는 위험하다! 제길, 자꾸 구석으로 몰리겠어…!"

어두운 작업실 안을 작은 그림자가 질주한다.

오른쪽으로, 왼쪽으로, 기척은 있지만 도저히 인간의 시선으로 따라잡을 속도는 아니다.

로한에게 무엇보다 염려되는 것은 쥐를 눈으로 쫓다가 뜻하지 않게 〈침입자〉가 있는 쪽을 들여다보고 말 위험성이다. 이 상황을 오래 계속할 수는 없다.

"하는 수 없군… 이 쥐를 계속 방치하면 나는 진다!"

로한은 승부에 나설 각오를 굳혔다.

쥐가 책상을 박차고 뛰어올라 로한의 팔을 덥석 물었다. 그 순간이었다.

"헤븐즈 도어————!"

로한은 쥐를 향해 능력을 쓴다. 작은 몸이 활짝 펼쳐져 책으로 변해간다.

그 순간 승부는 결정되었다.

——이겼다.

〈침입자〉는 그렇게 확신했다. 책이 되어 펼쳐지는 쥐 안에서 기묘한 빛이 깜박였다. 〈침입자〉는 본래 물리적인 두께나 무게가 없는 허상의 생명체.

때문에 작은 쥐의 몸속에 숨는 것쯤은 쉬운 일이었다.

로한은 근거리에서 헤븐즈 도어를 사용해, 쥐의 내부를 들여다보았다.

〈침입자〉에게도 로한의 모습이 똑똑히 보였다. 두 눈이 분명 〈침입자〉를 향하고 있다.

〈침입자〉는 광선이 되어 어두운 방안을 날았다.

그리고 경악했다.

"그렇게 나올 줄 알았지."

또다시 반응이 없었다.

로한은 〈침입자〉의 수법을 예상하고 그 공격을 〈어떤 물
건〉으로 유도했다.

"거기 숨을 줄 알았거든…… 진심으로 승부를 내려 한다
면 쥐 안에 숨을 거라고… 눈으로 보고 피하기는 불가능하지
만, 공격 방향을 미리 알면 이야기가 다르지. 머리는 꽤 돌아
가는 모양이지만… 심리전의 경험이 부족했나봐."

절망감이 〈침입자〉를 덮쳤다.

분명히 시선을 향해 공격했는데, 인간을 붙잡은 느낌은 없
었다. 조금 전처럼 팔락팔락하고 납작한 〈무언가〉를 〈침입
자〉는 만지고 있었다.

"너는 아마 오랜 옛날의 문화 속에 살았던 존재겠지? …
TV를 공격할 때 눈치챘어야 했는데. 자기가 〈상像〉으로 된 존
재니까 〈영상〉이나 〈화상〉 같은 것을 구별할 수 없고… 현대
인도 〈허상〉을 만들어낼 수 있다는 발상을 못 할 거야."

그것은 〈침입자〉가 태어난 시대에는 없던 물건.

숱하게 인간의 기억을 일깨우고 〈허상〉을 보여주었지만…
인간을 이해하고 학습하지는 않았기에 〈모르는〉 채로 살아
왔던 것.

"〈폴라로이드 카메라〉… 그래. 정말 생생한 질감의 〈사진〉을 찍을 수 있지. 뭣보다 빠르게 여러 장의 〈사진〉을 현상할 수 있는 점이 좋아… 아까부터 네가 공격하던 것은 내가 찍은 〈사진〉의 시선이었어."

그렇다, 로한 자신은 단 한 번도 〈침입자〉를 직접 눈으로 보지 않았다. 〈사진〉을 미끼로 〈침입자〉를 쓰러뜨리기 위해 어떤 물건으로 유인해온 것이다.

그리고 승부는 결정되었다.

로한이 손을 움직이자 마치 책 사이에 끼운 책갈피처럼 〈침입자〉는 거대한 기계 사이에 끼었다.

"〈팩스 복합기〉의 원고대 뚜껑에 붙여놓은 〈사진〉을 너는 공격했지… 나로 착각하고. 그리고 지금 〈사진〉과 함께 원고대에 갇힌 거야."

로한은 팩스 패널을 조작한다.

어둠 속에서도 터치패널 불빛은 잘 보였다.

한편 〈침입자〉는 여전히 곤혹스러워하고 있었다. 태양처럼 강한 빛이 폐쇄된 원고대 안에서 움직인다.

그 빛의 움직임에 말려들어 〈침입자〉의 몸이 강한 흐름에 섞여 빨려들어간다.

"〈광전 변환〉이라는 말이 있지… 역시 디지털도 편리해. 전자광학의 상호작용 같은 어려운 이야기는 빼고… 팩스의

CCD 센서는 〈빛〉에너지를 〈전기 신호〉로 변환하거든. 덮개도 고성능이어서 꽉 닫히면 빈틈도 없어."

미지의 감각이었다.

〈침입자〉는 자기 존재가 산산이 흩어지는 것을 느꼈다. 〈침입자〉의 가치관으로는 도저히 이해할 수 없는, 문명이 낳은 철의 괴물에게 뜯어먹히는 것 같았다.

"그럼… 이대로 화상 데이터로 변한 너를 인쇄해서 들여다보면 다시 공격을 시작하려나…? 그건 솔직히 아주 궁금하지만 말이지… 이 복합기는 이메일로도 보낼 수 있는 타입이거든. 이런 다기능화는 사실 여러모로 본말전도지만, 다시 보게 됐어. 우선 내 이메일 주소로 보내주지. 하긴 다시는 열어볼 일이 없겠지만…"

로한은 터치패널에 손가락을 뻗어 마지막 버튼을 터치했다.

패널에는 〈메일 송신〉이라는 글자가 나타났다.

"광케이블로 쾌적한 여행을 즐기시기를."

그렇게 해서 문명의 이기는 인정사정없이 그 화상을 광케이블의 길로 송신한다.

수많은 신호로 분산된 〈침입자〉는 레이스이의 집에서 쫓겨났다.

글자 그대로, 빛의 속도로.

"── 신?"

스마트폰 너머로 들리는 레이스이의 목소리는 무슨 뜻인지 모르겠다는 듯했다.

"〈신蜃〉… 신기루의 〈신〉이지. 비유하자면 말이지만, 그런 요괴가 있어."

걸으면서 스마트폰을 쓰는 것은 좋지 않은 습관이지만, 로한은 모리오초 어귀를 걸으며 대답했다. 산책이 아닌 목적이 있는 밤길이었다.

"그밖에 〈미즈치(이무기)〉나 〈오하마구리(큰백합조개)〉라고 읽기도 해. 그 이름대로 용인지 조개인지도 애매하고, 뱀과 꿩 사이에서 난 새끼라느니, 제비를 잡아먹는다느니, 통일된 전승은 없지만… 사람에게 환각을 보여주지. 즉 〈신기루〉에 얽힌 요괴였다는 것만 일치해."

"아～～～ 〈신〉에다 〈벌레〉라니! 그러고 보니 처음에는 구물거리는 모습이었지. 그 〈침입자〉가 그렇다는 얘긴가?"

"어디까지나 그런 부류가 아닐까… 하는 상상일 뿐이지만. 같은 패류라도 백합 같은 것보다 민달팽이 같았고… 나도 그 후에 조사해봤는데, 결국 두 달을 꼬박 찾아도 〈침입자〉의 정체로 딱 와닿는 문헌은 발견 못 했어. 그놈의 정체를 아는 사람도 현대에는 없고. 역사의 공백… 정체는 여전히 불명이야."

자동차 불빛이 보여서 로한은 약간 주의를 기울였다.

8월의 모리오초는 밤이라도 따뜻한 바람이 분다.

"…결국 그건 왜 나를 공격했던 걸까."

"…아마 문제는 〈구조〉였겠지. 레이스이, 자네 집의 〈뒷문〉 위치가 어쩌면 문제였을 거야."

걸으면서 로한은 6월의 그날, 레이스이의 집으로 향하던 길을 떠올렸다.

"그 〈뒷문〉은 비탈길 쪽으로 나 있었어. 자네 집에서 비탈이 곧장 내려다보이는 위치에."

"맞아, 경치가 좋았지."

"그 비탈 막다른 곳에 허름한 〈사당〉이 있잖아?"

"어, 그 갈라진 토리이가 달린… …아니 가만, 설마…"

"아마 〈침입자〉는 그 사당에 모셔져 있었을 거야. 그후 사당을 조사했는데, 신체神體는 텅 비어 있더군… 레이스이, 자네는 매일 뒷문 창으로 그 사당을 들여다봤던 거야."

스마트폰 너머에서 소리가 멎었다.

레이스이는 곤혹스러운 모양이었다. 무리도 아니다. 거의 무의식중에 요괴의 공격 조건을 채워오고 있었으니까.

"하지만… 왜 6월이지? 이상하잖아. 들여다보면 공격한다니까, 언제든지 쳐들어올 가능성이 있었을 텐데. 왜 하필 6월에 그 집을 공격했을까?"

"어쩌면 그것이 〈특별한 시기〉일지도 모르지."

아무것도 아니라는 투로 로한이 대답하자, 레이스이는 전화 너머에서 고개를 갸우뚱했다.

"…그놈이 그 사당의 신체라고 쳐도, 6월이 〈특별한 시기〉일 수 있나? 일본에선 6월에 축일도 하나 없는데."

"일본에는 그렇지."

로한은 기억 속에서 그 작은 사당의 모습을 떠올렸다. 그 사건 이후 로한은 독자적으로 그 지역의 배경을 조사하고 있었다. 결과적으로 사당에 모신 것도 〈침입자〉의 정체도 알 수 없었지만 흥미로운 문헌을 찾아냈다.

"그 사당의 토리이가 갈라져 있었잖아."

"그래."

"그건 갈라진 게 아니었어. 원래는 두 개를 나란히 놓은 〈십자가〉였지."

"…뭐라고?"

"숨겨진 상징이라는 거야. 마리아 관음상이나 나가사키의 카레마츠枯松 신사처럼 불교나 신도神道 시설로 위장한 기독교 유적인 셈이지. 당당히 역사에 남길 수 없었던 것 말이야."

"이봐, 그럼 그건 설마…"

"하지만 나는 역시 그게 〈신〉이나 〈천사〉라고 생각하지 않아. 적어도 그렇게 호락호락 모습을 나타내지는 않을 거라고. 역시 그건 〈요괴〉겠지."

"…굉장히 실감나게 말하네. 혹시 보기라도 했어?"

"만화가니까."

로한은 한 손으로 스마트폰을 들고, 허공에 손가락으로 그림을 그리며 한 가지 〈상상〉을 이야기했다.

"예를 들면…옛날에 S시에도 〈카쿠레 키리시탄隠れキリシタン*〉이 존재했어. 에도시대에 그들을 덮친 막부의 금교령… 박해받고 신앙조차 빼앗긴 그들이, 〈원하는 허상〉을 보여주는 요괴를 만나, 그것을 기적처럼 신성시했더라도 무리는 아니지."

"……"

"그리고 6월 초. 〈부활절〉에서 50일 후에 찾아오는 〈오순절〉… 성령이 강림해서 사람들이 사도의 반열에 오른 날이라고 하지. 정해진 기일은 없지만 일본의 기후로는 대개 장마가 시작되는 시기와 겹쳐. 하지 언저리의 축제는 대개 〈불 축제〉인데, 자네는 그날 가스레인지를 사용해 조리를 했어. …

---

* 숨은 크리스천. 17~19세기 일본에서 박해를 피해 숨어 살았던 기독교도들을 말한다.

뒷문에서 바로 보이는 사당에서는 자네가 우연히 〈참배〉를 한 것처럼 보였을지도 모르지."

"…하지만 그건 선생의 〈상상〉이잖아?"

"어디까지나 〈상상〉… 확실한 근거는 없어. 결국 그 〈침입자〉라는 존재는 전통의 소실이 낳은 〈허상〉. 붙잡을 수 있는 〈실상〉이 없었던 거지. …뭐, 나는 이 정도면 소재로는 쓸 수 있으니 상관없지만."

이야기를 들으면서 레이스이는 수긍하려 노력해봤지만, 머릿속은 여전히 안개가 낀 듯 답답했다. 아무튼 생명의 위험에 처하지 않았던가. 자기를 덮친 사건에 대해 뭔가 좀더 확실한 사실이 절실했다.

그걸 느꼈는지 로한도 이야기를 덧붙였다.

"하지만 〈그 집〉의 정체는 알았어. 관리 회사 사람에게 자세한 이야기를 들었으니까."

"뭐?! 용케 알아냈군… 그렇게 위험한 건물이니 보통은 끝까지 시치미를 뗄 것 같은데…"

"특별한 취재 방법이 있어서."

그렇게 말하며 로한은 허공에 손가락으로 소년의 〈상〉을 그려낸다. 하긴 스마트폰 너머로는 안 보이고 레이스이에게는 눈앞에 있어도 보이지 않겠지만.

"그리고 결론부터 말하면… 역시 그들도 〈침입자〉의 정체를 몰랐어. 그놈이 왜 침입하는지, 그 구조의 위험성조차 파악 못 하는 모양이더군."

"뭐야… 결국 핵심은 또 빠지는 건가?"

"다만… 그 집에 〈침입자〉가 들어온다는 것. 그 자체는 알고 있었어."

"뭐라고?"

로한은 하늘을 올려다봤다. 여름 밤하늘에는 접시 같은 보름달이 떠올라 있다.

대낮처럼 밝은 빛을 받으며 로한은 이야기를 이어갔다.

"관리 회사에게도 그건 분명 정체불명이었어. 왜 들어오는지, 뭣 때문에 사람을 공격하는지 모를 공포의 대상이었던 거지… 하지만 1년에 한 번, 큰비가 내린 다음날 그 집에 사는 사람을 공격한다는 것은 확실했어. 그래서 피해자를 붙잡아둔 거지. 만에 하나 그 집을 관리하는 자기들에게 불똥이 튀지 않도록 말이야."

"…이봐, 그건 설마……"

"그래. 피해가 일어날 게 확실한 날에만 사람을 가두는 장치… 〈밤나무 창호〉를 설치하고, 매년 확실한 〈제물〉을 마련했어. 원인 규명을 포기하고 소실되는 전통을 역사로, 우선 뚜껑만 덮어두기 위한… 그 집은 피해자를 컨트롤하기 위한 것이었어."

그리고 로한은 보름달을 바라보며 결론을 내렸다.

"자네가 빌린 것은 〈제물의 집〉이었어. 우리를 공격한 적은 요괴 〈침입자〉와 인간 〈관리자〉 …그 둘이었던 셈이지."

"……"

스마트폰 너머로 레이스이의 경악이 느껴졌다.

실제로 공격을 받은 레이스이는 그 〈침입자〉의 무서움을 잘 알고 있었다. 구출된 경위는 모르지만 만약 로한이 없었다면 자기는 틀림없이 죽었을 것임을 확신했다.

때문에 그 진실은 더욱 충격적이었다.

"…생판 남이라면 공격받아도 좋다고… 자기들만 피해를 입지 않으면 그만이란 말이야? 싼값에 끌려 집을 빌리러 온 가난한 타인이라면 〈어떻게 되든 상관없다〉… 그렇게 생각했다고?"

"그렇겠지. 이 집은 그 〈인간의 악의〉만이 진실이었어. …사람을 가두는 〈장치가 된 창호〉라는 형태를 이룬, 유일한 〈실상〉이 그것이었지."

"…하지만 그 특정한 날에 〈제물〉이 없으면 어떻게 되지? 만약 선생의 상상대로 그 〈침입자〉가 〈참배자〉를 구원하러 오는 거라면 말이야, 아예 그 집에 아무도 없으면 아무 일도 안 일어나지 않을까? 그날 입주자가 집을 비울 수도 있잖아?"

"나도 그건 의문이었어. 하지만 자네도 알다시피… 그 관리 회사는 매년 꼬박꼬박 입주자를 확보했고, 그들은 전원 행방불명됐더군. 매년 〈희생자가 발생한다〉는 관습을 지켜서 예상 밖의 사태가 일어나는 것을 막아온 놈들이야. 희생자가 발생하지 않은 케이스가 없었던 것을 보면… 당일 외출을 자제시키는 노력도 은연중에 하지 않았을까? 예를 들면… 그 빈집털이 출몰 주의 전단 말이지, 그걸 받은 곳은 자네 집 뿐이었나봐."

다시 대화가 끊어졌다.

무리도 아니라고 로한은 생각했다. 이 순간 레이스이는 이해할 수 없는 〈침입자〉의 위협보다 이해할 수 있는 인간의 잔학함에… 남의 일이라면 아무래도 상관없다는 악의에 더욱 큰 공포를 느꼈을 것이다.

"…나는… 집에 배어든 사람 냄새가 좋았어. 집이라는 것을 만들고, 사는 사람들에게는… 설령 결함이 있어도, 만듦새가 조악해도, 거기에 〈행복〉으로 향하려는 의지가 있다고 믿었으니까. 자기 집에서 명을 다하고 싶은 사람은 있어도… 오로지 사람을 죽이기 위해 조작된 집처럼 무서운 것이 있을 줄은 생각도 못 했어."

스마트폰 너머로 들리는 목소리에는 축축한 질감이 있었다.
전파 신호를 거쳐서도 슬픔의 떨림은 전해진다.

"…〈집〉이란 그저 지붕이 있는 장소도, 건물의 이름도 아니야. 사람이 행복하게 쉴 수 있는 장소를 말하지. 안심하고 돌아갈 수 있기 때문에 사람은 멀리까지도 갈 수 있어… 그런 바람이 이루어지지 않는다면 그런 곳은 더이상 〈집〉이 아니야. 나가겠어."

"새로 이사할 곳은 찾았고?"

"한동안은 안 찾아봐도 괜찮아. 유치장에도 며칠 들어가야 할 테고."

"뭐야. 드디어 체포된 건가?"

"〈유언장을 남긴 여자〉의 친척을 찾았거든. 내가 연락을 했어. 뭐, 그때 여차저차 해서 엮여 들어간 거지."

"의외로 허무한 결말이군 그래."

"괜찮아. 로한 선생이 봐줘서 깨달았어. 역시 사진은 남이 〈봐주는〉 것으로 만들고 싶어. 아무리 최후를 아름답게 장식해도, 넓은 곳에서 발표할 수 없다면 역시 어딘가 켕기는 부분이 남아버리거든. 그래도 수사하는 경찰관은 꼼꼼하게 봐줄 테니까."

"하긴 그렇겠군…"

"이런저런 일이 다 정리되면 또다른 방법을 찾아봐야지."

"열심히 해봐. 자수해야 한다고도, 끝까지 잡아떼야 한다고도, 자네를 친구라고도 생각하지 않지만 그래도 사진은 싫지 않으니까."

"고마워."

레이스이의 판단이 옳고 그른지 따질 생각은 로한에게 없었다. 펜촉을 고르듯, 카메라를 고르듯, 예술가라는 것을 그만두지 않는 한 본인이 〈수긍〉할 수 있는 길을 가면 된다고 생각했다.

"그런데 로한 선생, 지금… 밖에 있어? 바람 소리가 강해지는 것 같은데."

"아. 볼일이 좀 있어서."

"이 시간에? …바람소리를 들어보니, 바닷가 부근인가?"

"표범무늬 열암 쪽에… 이제 약속 시간이 다 됐으니 끊지. 어쩌면 교도소에서 만날지도 모르지만, 아마 그렇지는 않을 테니 한동안은 자네와 이야기할 일도 없겠군. 자수할 생각도 없고 말이야."

"…이봐? 로한 선생?"

그리고 로한은 통화를 종료했다.

장마는 이미 지났고 시기는 백중절. 한여름의 보름달이 휘영청 밝은 8월 밤.

레이스이가 〈침입자〉를 만난 6월은 누군가의 무언가에게 특별한 날이었을지도 모른다. 아니, 아마 아무에게도 특별하지 않은 날은 1년 중 하루도 없겠지만.

적어도 오늘 역시 누군가에게는 특별한 날.

"모리오초에 전해 내려온다는 전통… 8월 보름날에만 쓸 수 있다는 〈흑전복〉 밀렵 방법… 뭐, 이것도 진짜 실패하면 범죄가 되겠지만… 과연 잘되려나?"

역시 현대 사회의 윤리와는 어긋나 있을지도 모른다.

"…그래도 가볼까. 오로지 호기심 때문이지만."

로한은 그날, 한 가지 법을 어기려는 중이었다. 물론 동기는 〈호기심〉…으로 되어 있다. 사정이야 어떻든 현대의 윤리로는 범죄니까.

그러나 때로는 더욱 중요한 것을 위해 현대 사회의 규범을 넘어서는 판단이 필요한지도 모른다.

예를 들면 자기 자신의 뿌리를 탐구하거나, 또는 누군가의 생명을 구하거나, 때로는 순수하게 재미있는 만화를 그리기 위해서일지도 모른다.

무엇이 됐든, 그것은 끝없는 모험일 것이다.

분명 편한 길은 아니다.

끝까지 걸어간 후에는 녹초가 되어 지쳐 쓰러질지도 모른다.

그럴 때 돌아갈 〈집〉을 마음에 그릴 수만 있어도 사람은 모험을 떠날 수 있다. 허상이든 실상이든, 돌아갈 곳의 확실한 모습이 마음에 있다면 말이다.

"…무사히 돌아가면 우선 한숨 잘까. 〈집〉으로 돌아갈 수

있다면… 그런 다음 만화를 그려야지. 여름 단편은 45페이지
인가…"

한여름 바닷가에 주저 없는 발소리가 울린다.

달빛은 돌아가는 길을 밝게 비추고 있다.

아라키 히로히코 Hirohiko Araki

1960년생. 『무장 포커』로 제20회 데즈카오사무상에 준입선하며, 같은 작품으로 『주간 소년 점프』에서 데뷔했다.
1987년부터 연재를 시작한 『죠죠의 기묘한 모험』은 압도적인 인기를 자랑하고 있다.

키타구니 발라드 Ballad Kitaguni

제13회 슈퍼 대시 소설 신인상 우수상 수상.
대표작으로 『애프리코트 레드』 『우리들은 리얼충이라서 오타쿠스러운 과거 따위 없습니다(순 거짓말)』 등이 있다. 소설화를 담당한 작품으로는 「쿠샤가라」(『키시베 로한은 외치지 않는다 단편소설집』 수록) 『소설 주술회전 -떠나가는 여름과 돌아가는 가을-』 등이 있다.

옮긴이 서현아
고등학교 시절부터 일본 만화에 심취하여 현재 만화 전문 번역가로 활동하고 있다. 옮긴 책으로는 『배가본드』 『미스터 초밥왕』 『기생수』 『20세기 소년』 『강철의 연금술사』 『삼월의 라이온』 『일곱 개의 대죄』 『루브르의 고양이』 『투명한 요람』 『키시베 로한은 장난치지 않는다』 외 다수가 있다.

키시베 로한은 쓰러지지 않는다
© 2022 by Ballad Kitaguni/LUCKY LAND COMMUNICATIONS

초판 인쇄 2024년 7월 2일
초판 발행 2024년 7월 9일

지은이 키타구니 발라드
original concept 아라키 히로히코
옮긴이 서현아

책임편집 이보은 **편집** 김지애 김지아 김해인 조시은 **디자인** 이보람
마케팅 정민호 서지화 한민아 이민경 안남영 왕지경 정경주 김수인 김혜원 김하연 김예진
브랜딩 함유지 함근아 고보미 박민재 김희숙 박다솔 조다현 정승민 배진성
제작 강신은 김동욱 이순호

펴낸곳 (주)문학동네
펴낸이 김소영
출판등록 1993년 10월 22일 제2003-000045호
주소 10881 경기도 파주시 회동길 210
전자우편 comics@munhak.com
대표전화 031-955-8888 **팩스** 031-955-8855
문의전화 031-955-3576(마케팅) 031-955-2677(편집)

ISBN 978-89-546-9503-9 03830

인스타그램 @mundongcomics
카페 cafe.naver.com/mundongcomics
트위터 @mundongcomics
페이스북 facebook.com/mundongcomics
북클럽문학동네 bookclubmunhak.com

• 이 책의 판권은 지은이와 (주)문학동네에 있습니다.
  이 책 내용의 전부 또는 일부를 재사용하려면 반드시 양쪽의 서면 동의를 받아야 합니다.
• 잘못된 책은 구입하신 서점에서 교환해드립니다.
  기타 교환 문의 031-955-2661 | 031-955-3580

www.munhak.com